Peter Schlöndorff

Das Geheimnis der 1000-jährigen Eichen

Eine Geschichte über Elfen und andere Fantasien

Impressum

ISBN 3-9807337-6-9
Das Geheimnis der 1000-jährigen Eichen
(The Secret of the 1000-year-old oak tree)

Thiemo Graf Verlag und Verlagsauslieferung
Alter Kirchenweg 27
D - 90552 Roethenbach adP
Fon +49.911.95339862 Fax +49.911.5706950
info@thiemo-graf-verlag.de www.thiemo-graf-verlag.de

2. Auflage 2004

Umschlag
Peter Schlöndorff

Aquarell
Petra Schulz

Lektorat
Christine Condé, Sigrid Duhme

Druck
Druckerei Sonnenschein, Hersbruck

Inhaltsverzeichnis

Auf Abenteuersuche

Die letzte Woche der Herbstferien war angebrochen.

Pit und seine Freunde hofften endlich auf ein Abenteuer: Aber ein richtiges!

Es sah allerdings nicht danach aus. Irgendwie war der Wurm drin in der letzten Zeit. Seine Freunde, das waren: Der Lange, mit bürgerlichem Namen Siegberd (Siggi) - jedoch wegen seiner Größe, die nicht unerheblich war, nannte man ihn den „Langen“; dann die Zwillinge Björn und Kai, die Geheimwaffe der Freunde. Durch ihr fast identisches Aussehen hatten sie schon viel Spaß gehabt. Das Sahnestück war Wolfgang, Spitz- und Rufname: „Der Dicke“. Er war es wirklich, sah fast aus wie eine Kugel mit zwei Beinen. Und Kobold darf man nicht vergessen! Das war der Rauhaardackel von Pit, der fast immer mit dabei war, wenn sie auf Tour gingen.
„Also, was ist jetzt los, Freunde?“
Der Dicke malte verlegen mit seinem Stock Kreise in den Sand. Er war nämlich an der Reihe, einen Vorschlag für den Tag zu machen. Alle Augen richteten sich auf ihn..
„Ich weiß nichts!“ kam es ganz leise aus seinem Mund, der etwas zu klein geraten schien, wenn man seinen großen ballähnlichen Kopf als Maßstab nahm. „Und übrigens war ich letztes Mal dran.“
„Nee, nee, neeee!!!” kam es aus mehreren Kehlen gleichzeitig.
„Wau – wau – wau!“
„Kobold gibt seinen Kommentar dazu“, dachten sie sich.
„Wo will er denn hin?“ fragte der Lange und zeigte mit

ausgestrecktem Arm in die Richtung, in der Kobold versuchte, einem Wildkaninchen, das wohl von ihnen aufgescheucht worden war, keine Chance zu geben, in seinen Bau zu kommen. Die kleinen Beine wirbelten nur so durch die Luft, seine Ohren sahen aus wie kleine Flügel, die immer rauf und runter flogen.
„Jetzt wird es ernst!“ rief Pit und versuchte, seinem Hund zu folgen. Das war jedoch nicht ganz einfach.

Sie hatten sich am Kahlkenbaum getroffen: Dieses Gelände war sehr unübersichtlich und hatte zudem noch viele Gräben, die zu dieser Jahreszeit halb voll Wasser waren. Der Lange hatte Pit bald mit seinen riesigen Schritten eingeholt. Kai und Björn waren gleich schnell - kein Wunder, sie waren ja auch Zwillinge! Aber der Dicke machte ihnen Sorge. Bei fast jedem zweiten Sprung über den Graben fielen ihm Bonbons aus der Tasche, die natürlich erst wieder eingesammelt werden mussten. Kobold wurde immer kleiner, so weit war er schon weg. Pit rief so laut er konnte: “Kooobold!!“ Vergeblich! Bald hörte er nur noch sein Bellen, und auch das wurde immer leiser - bis es völlig verstummte. Dann war erst mal Schluss: Ein dichter Stacheldrahtzaun mit einem anschließenden etwas breiteren Graben zwang sie zu einer kleinen Verschnaufpause. Der Dicke konnte bei der Gelegenheit zu ihnen aufschließen und erreichte unter Schnaufen die Gruppe.
„So ein Mist!“ schimpfte Björn und zeigte auf einen Triangel in seiner Hose.
„Das gibt Ärger zu Hause“, grinste Kai und merkte gar nicht, dass seine Hosen bis zu den Knien nass waren.
Diese Probleme hatte Pit nicht, seine Gedanken waren jetzt bei Kobold. „Wo mag er nur stecken, dieser Teufelskerl?“ Er hatte Angst um ihn, zu Recht. Dachs- und Fuchsbauten waren sein liebstes Ziel und nicht ganz ungefährlich. Rauhaardackel sind Jagdhunde und kennen nur eines: Ihre Beute zu stellen! Wie war der kleine Kerl nur

über den breiten Graben gekommen? Wahrscheinlich geschwommen - was ihn doch sehr wunderte. Wasser mochte Kobold nämlich nur in einer Form, und das war zum Saufen.

Vor ihnen in einer Entfernung von circa hundert Metern lag ein starker Ast, der vor kurzer Zeit abgebrochen sein musste, denn er trug noch seine Blätter. Sie schleppten ihn bis zu einer Stelle, wo der Zaun schon kaputt war, und wuchteten ihn über den großen Graben. Unter leichtem Knacken des Astes erreichten sie das andere Ufer. Nur der Dicke hatte etwas Bedenken, wie man sich vorstellen kann. Nach kurzer Beratung trennten sie sich, blieben jedoch in Rufnähe, falls einer etwas bemerkte.
„Ungewollt wird es so langsam spannend“, dachte Kai und guckte zu Björn. Der sah seinen Bruder an und schnippte mit dem Finger, was so viel heißen sollte wie „Ich habe dich verstanden!“ Dabei hatte Kai kein Wort über die Lippen gebracht. Gedankenübertragung nennt man das wohl.

Das erste Haus der Nachbarsiedlung war schon in Sichtweite - und immer noch keine Spur von Kobold! Da! War das nicht ein Bellen? Sofort blieb der Lange stehen, um sich besser konzentrieren zu können. Na klar! Ein leises Bellen war aus der Richtung des alten Hauses am Rand der anderen Siedlung zu hören. Ein kurzer Pfiff als Signal für die anderen, verbunden mit ein paar Arm- und Handzeichen, gaben der Gruppe die Richtung an, von der die Laute kamen. Sie trafen wieder zusammen und hörten alle das Gewinsel eines Hundes. Es konnte im Prinzip jeder Hund in der Gegend sein. Komischerweise waren in der Not die Laute beim Winseln fast alle gleich, beim Bellen jedoch unterschiedlich, je nach Rasse und Angabe. Ein Hoffnungsschimmer für Pit. Was war passiert??
Ein total verrosteter Zaun, der noch teilweise von alten Betonpfählen gehalten wurde, konnte für sie kein Hindernis sein. Er musste einmal

sehr hoch und von riesigen Ausmaßen gewesen sein!
„Ist das nicht die Rückseite der alten Bäckerei?“ fragte Björn.
„Kann schon sein. Ich war noch nie hier“, gab Pit ihm zu verstehen.
„Wir durften nämlich nie so dicht an dieses alte Anwesen, da es baufällig und teilweise verfallen ist.“
Sie schlichen sich durch den kaputten Zaun an einem Wall entlang, der Schutz vor neugierigen Blicken, von wem auch immer, bot.
„Mensch, liegen hier Äppel“, flüsterte der Lange. „Ich wird’ verrückt!“ und - schwups - waren die Ersten in seiner Hosentasche verschwunden.
„Wahnsinn, was hier für Obstbäume stehen!“
„Komm jetzt,“ schnaufte Pit. „Die sind nachher auch noch da.“

Wie an einer Schnur gezogen, schlichen sie sich hintereinander an das Haus heran. Björn hätte dem Dicken ein paar Bonbons aus der Tasche ziehen können, ohne dass er es gemerkt hätte, so dicht hingen sie zusammen. Der Erste war Pit - aber nur, weil es sein Hund war, den sie suchten. Ansonsten hatte der Lange meistens die Nase vorn. Das Jaulen war ganz deutlich zu hören, es war eher ein Wimmern. Pit kannte dieses Wimmern von Kobold genau - sicherlich saß er irgendwo fest und konnte sich nicht befreien.
„Lieber Gott, ich danke dir schon jetzt, dass meinem Freund nichts Schlimmes passiert sein kann.“ Das Stoßgebet war von Pit.
„Hier muss er reingelaufen sein“, stellte Kai treffsicher fest und zeigte auf die einzige Tür auf dieser Seite des Hauses. Sie fragten nicht, woher er das wusste. Warum auch? Er war der Kombinierer in der Gruppe.
Die Tür hing nur noch an einem Scharnier. Dadurch neigte sie sich ihnen oben schräg entgegen. Der große Schlüssel hing aus dem Türschloss und hielt sich nur noch mit dem Bart fest.
„Wie lange der da wohl schon hängt? dachte Pit.
„Kobold!“ rief er leise. „Kobold!“.

Das Jaulen hörte sofort auf. Es ging in freundliches Bellen über. Er hatte sie gehört oder gewittert. Wie kamen sie nur schnell da rein? Die Tür war zwar ziemlich kaputt, hatte sich jedoch so verkantet, dass sie nicht zu bewegen war.
„Björn, du musst versuchen, unter die Tür zu krabbeln“, sagte Pit. Er zeigte auf die kleine Lücke, die sich durch die Schräglage der Tür ergeben hatte. Nervös blickten sie sich um, ob die Luft noch rein war. Björns Kopf war nicht mehr zu sehen. Das war ein gutes Zeichen: Wo er seinen Kopf durchstecken konnte, folgte stets der ganze Körper von ihm.

„Was siehst du?“ fragte Pit ungeduldig.
„Nichts!“ kam die Antwort. „Es ist dunkel und stinkt hier fürchterlich.“

Langsam gewöhnten sich seine Augen an das schummerige Licht in diesem Stall, oder war’s die alte Mühle? „Egal, ich muss den Hund befreien.“ Das rechte Bein war das Letzte, was sie von Björn sahen. Gebannt starrten alle auf das kleine Loch, wo Björn eben verschwunden war. Plötzlich brüllten sie wie aus einer Kehle, der Schreck ließ sie ins Taumeln geraten. Was war das? Irgendetwas flitzte aus dem Loch an der Tür, ihnen genau zwischen die Beine und dann ab in die Freiheit. Zitternd vor Schreck starrten sie sich an.
„Was war das???“ kam es wie aus einem Mund.
„Das Kaninchen, das Kobold gejagt hat“, stellte der Lange mit etwas zitteriger Stimme fest.
„Was ist da draußen los?“ rief Björn. „Habt Ihr die Hosen voll?“
Ein leichtes Grinsen ging über sein Gesicht. Er hatte das Kaninchen verängstigt in einer Holzkiepe entdeckt und ihm den Weg nach draußen gezeigt. Schade, dass er die ängstlichen Gesichter seiner Freunde nicht sehen konnte. Schnell hatten die sich wieder in der Gewalt. Keiner mochte natürlich zugeben, dass sie alle fürchterliche

Angst gehabt hatten vor diesem Etwas, das sich zu ihrer Erleichterung jetzt als total harmlos entpuppte.
„Siehst du was?“ rief Pit fragend Björn zu.
„So langsam geht’s“, kam leise die Antwort. „Da, ich sehe ihn. Ach, du Scheiße! Er ist in ein tiefes Loch gefallen. Den krieg’ ich da nicht alleine raus. Ihr müsst mir helfen.“
Mit Zurufen und Gesten versuchte er Kobold zu beruhigen. Was ihm auch gelang.

„Wir müssen die Tür aufbrechen! Los! Kommt!“
Pit nahm eine Eisenstange, die schon etwas verbogen war, klemmte sie zwischen Tür und Mauerwerk, um ihr einen ordentlichen Ruck zu verpassen. Der Dicke war sofort zur Stelle, um Pit zu helfen. Er hatte die meiste Kraft. Kai und der Lange sicherten die Lage, man konnte ja nie wissen. Beim dritten Ruck gab die Tür, oder das, was von ihr übrig war, schon nach. Jetzt war sie so weit auf, dass alle hindurch konnten.
„Los, kommt!“ rief Björn den Freunden zu. Langsam schoben sie ihre Körper, einer nach dem anderen, ins Ungewisse, bis auch der Letzte im Haus verschwunden war.
„Jetzt kann ich wenigstens etwas sehen“, gab Björn zu verstehen. „Hierher, kommt! Helft mir mal! Kobold steckt hier tief im Loch.“
Vorsichtig beugten sie sich über den Rand einer Grube von ungefähr zwei Metern Breite und zwei Metern Tiefe.
„Da unten muss Wasser sein! Es hört sich wenigstens so an, wenn der Hund sich bewegt“, mahnte Kai.
Der Lange drückte mit seinen Ellenbogen die anderen bei Seite, um sich Platz für einen Versuch zu verschaffen, nämlich seine ganze Körperlänge ins Spiel zu bringen.
„Haltet mich an den Beinen fest. Ich versuch’ es mal so. Vielleicht bekomme ich ihn ja zu fassen.“
Vorsichtig kniete er sich an den Rand, der erstaunlicherweise sehr

fest war. Mit einer Hand stützte er sich seitlich ab, mit der anderen tastete er sich nach unten.
„Festhalten!“ Seine Stimme klang, als wenn man in einen leeren Eimer spricht.
„Festhalten, habe ich gesagt.“ Sein Vertrauen schien nicht sehr groß zu sein. Kobold verhielt sich während der Rettungsaktion ziemlich ruhig.
„Was ist hier los?!?!“ donnerte eine tiefe Stimme aus der finsteren Ecke, die sie noch gar nicht in Augenschein hatten nehmen können, da sie sich ja erst um Kobolds Rettung kümmern mussten.
Vor Schreck zitterten ihnen die Knie. Was oder wer war das? Am liebsten wären sie in ein Mauseloch gekrochen. Leider waren sie zu groß, und im Übrigen hatten sie Wichtigeres zu tun, als Angst zu haben. Gezwungenermaßen musste ‚der Held gespielt werden’, denn sie hatten den Langen ja noch fest im Griff und Kobold drohte zu ersaufen.
„Wer ist da, zum Donnerlittchen?!?!“
Wieder erscholl diese tiefe Stimme, die ihnen Angst machte.
„Hilfe!! Hilfe!! Hier ertrinkt ein Hund!“ rief Kai in seiner Not. „Helfen sie uns.“
Er hatte einfach aus dem Bauch heraus reagiert und dadurch die momentane Lage unbewusst zum Besseren gewendet.
„Wer bringt es schon fertig, einen Hilferuf zu missachten? Dafür aber lieber Kinder zu verhauen, die in sein Haus eingedrungen sind? So weit man es als Haus überhaupt noch bezeichnen kann,“ sagte Pit und versuchte, den anderen Mut zu machen.
Die Lage an und in der Grube hatte sich nun wesentlich verändert, da sie alle durch die neue Situation wie versteinert waren.
„Ich kann nicht mehr halten“, schnaufte Björn. „Der Lange ist zu schwer.“
Kai hatte auch schon hörbare Probleme. - „Fühlst Du was?“ fragte Pit den Langen.

„Nein“, stöhnte er aus der Tiefe. „Ich hör’ auch nichts mehr.“
Sofort ließ Pit das Bein vom Langen los. Ohne zu überlegen rutschte der mit den Füßen zuerst in die Grube. Die Angst um Kobold war größer als die vor Verletzung - oder vor dem, was ihn da unten erwartete.
„Aua!“ schrie der Lange. Pit hatte ihn mit seinen Schuhen irgendwie verletzt, bevor diese unten am Grund mit ihm aufschlugen. Bis zum Knöchel stand Pit im Wasser, seine Schulter tat ihm höllisch weh. Irgendwo musste er angeschlagen sein. Pit kniete sich hin und tastete mit den Händen, so weit es ging, den Boden ab.
„Kobold, Kobold!“ rief Pit - ohne Erfolg. Ihm wurde schlecht vor Angst und Gestank, und die Luft war auch nicht die Beste. Irgendwo musste Kobold doch sein - „...oder ist er schon ertrunken?“
Pit wurde fast besinnungslos bei der Vorstellung, seinen besten Freund nicht mehr bei sich zu haben. Aber er hätte ihn doch irgendwo fühlen müssen.

Der Lange hatte sich mühselig wieder mit Hilfe seiner Freunde hochgeangelt, da bekam er auch schon einen leichten Seitenhieb mit einem Stock oder etwas Ähnlichem. Es war der alte Mann mit der Donnerstimme.
„Geht mal weg, macht Platz!“ hallte es durch den klammfeuchten Raum. „Was ist hier los?“
„Unser Hund ist da reingefallen und nicht mehr auffindbar“,
stammelte Kai ehrfurchtsvoll, denn vor ihm stand ein großer, kräftiger alter Mann mit schneeweißen Haaren und einem Handstock, den er als Halt, Waffe und Richtungsweiser zu benutzen schien.
„Wer von euch ist da unten drin?“ fragte er.
„Pit, unser Freund!“ riefen fast alle gleichzeitig.
„Hör mal, Pit“, sagte der Alte. „Du musst mal ungefähr
50 Zentimeter über dem Boden in eine Wandspalte fassen. Wahrscheinlich hat er sich da versteckt.“

Pit rutschte mit den Händen vom Fußboden die Wand entlang nach oben, wie der Alte es gesagt hatte. Zuerst war Wasser oder schleimige Brühe, dann fühlte er Steinvorsprünge - und tatsächlich! Etwas höher verschwanden seine Hände in einer Spalte. Pit fühlte sie ringsherum ab, und da, an der rechten Seite von ihm aus gesehen, fühlte er einen weichen pelzigen Gegenstand. Sofort wusste er, dass es sein Hund war, der jämmerlich vor Angst und Nässe zitterte.
„Ich habe ihn!" johlte Pit. „Ich habe ihn!!!! Er lebt, er lebt!!!"
Der kleine Kerl sperrte sich und wollte aus seiner für ihn sicheren Ecke nicht heraus. Das machen Dackel immer so, wenn sie Angst haben. Jetzt hatte Pit ihn und drückte Kobold ganz fest an sich. Ein paar Tränen der Freude liefen über sein Gesicht, was jedoch keiner bemerken konnte, weil es, wie ihr wisst, ziemlich dunkel war.
„Hier, nehmt ihn!" rief Pit seinen Freunden zu und zehn Arme reckten sich Kobold entgegen. Ja, ihr habt richtig gelesen. Denn der alte Mann hatte seinen Handstock zu Boden fallen lassen, um Kobold als Erster erfassen zu können.
„Komm her, mein Kleiner! Du bist ja ganz nass - und wie er zittert."
Keiner mochte dem Alten ihren Freund aus der Hand nehmen, obwohl ihn doch jeder am liebsten selbst an sich gedrückt hätte. Komisch, durch diese Situation mit Kobold hatten sie keine Angst mehr vor dem Alten. Seine tiefe Stimme wirkte auf einmal sanft und Vertrauen erweckend auf sie.

„Helft mir mal!" rief Pit aus seinem nassen Loch. „Soll ich hier Wurzeln schlagen?" Sofort reichte der Lange ihm die Hand und zog Pit nach oben.
„Kommt mal ans Licht," brummte der Alte. „Damit ich euch besser sehen kann. Aber bitte mir immer hinterher, denn hier sind noch mehr Gruben."
Gehorsam zogen sie hinter ihm her voller Spannung auf das, was da auf sie zukam. Pit war der Erste hinter ihm und versuchte durch

Gesten, an seinen Hund heranzukommen - jedoch vergeblich.
„So, jetzt kann ich euch besser sehen.“
Sie waren an eine zweite Tür gekommen, durch die er den Raum betreten haben musste. Licht brach durch mehrere Fenster in die alte Backstube. Staunend standen die Kinder vor den riesigen Backöfen, die bis zur Decke zu reichen schienen.
„Hey, was macht ihr hier, und wer seid ihr?“ fragte der Alte.
Der Lange erzählte ihm ihr kleines Abenteuer und hoffte auf sein Verständnis.
„So, so, Kaninchenjagd“, brummte er. „Habt ihr es wenigstens gefangen? Dann haben wir morgen einen schönen Braten auf dem Tisch“, witzelte er und zeigte mit dem Handstock zur nächsten Tür.
„Kommt mit. Ihr seid ja ganz nass.“ Damit meinte er Björns Hose, die von den Füßen bis zu den Knien dunkler aussah als das Oberteil von Pit, der in der Grube fast ein Vollbad genommen hatte. An sich wollten sie nicht, aber er hatte Kobold immer noch fest im Arm. Was sollten sie also machen?! Es folgte eine Tür, dann noch eine und noch eine. „Ein eigenartiges Haus und so groß“, dachte Pit. Alle Räume waren unbenutzt und teilweise unaufgeräumt. Es sah so aus, als ob hier vor 30 Jahren die Bäcker Feierabend gemacht hätten und nicht wiedergekommen wären. Gespenstisch waren alle Teile mit Spinnweben überzogen. Man hätte denken können, die Sachen wären eingepackt von Feenhand. Irgendwie war es doch sehr gruselig, aber durch den freundlichen alten Mann bekamen sie Mut.

„Hier sind wir.“ Damit wollte er ihnen wohl sagen, dass sie am Ziel waren. Eine große Küche, fast so groß wie in der alten Schulherberge, in der sie zuletzt waren, tat sich vor ihnen auf.
„Oma, komm, setz mal Wasser für einen heißen Tee auf. Wir haben Besuch!“ rief er freundlich in den Raum. Da kam sie schon, eine zierliche kleine Frau mit den gleichen weißen Haaren wie der Alte. Eine bunte Schürze hatte sie sich schnell umgebunden, die Bänder

band sie auf ihrem Rücken geschickt zu einer Schleife. Die Kinder staunten nicht schlecht, Schleifen vorne zu machen, war für sie schon schwierig. Mit großen Augen schaute Oma die Kinder fragend an.
„Hier haben sie dir was mitgebracht." Dabei drückte der Alte ihr Kobold in die Hände.
„Nein, nein!" rief Pit. „Das ist meiner." Mit einem Satz war er bei ihr, und bat sie, ihm den Hund zu geben.
„Du sollst ihn ja behalten. Aber erst mal müssen wir ihn trocken rubbeln."
Sie setzte ihn vorsichtig auf die Erde, griff mit der einen Hand zum Herd, um ein Handtuch, das über einer Stange hing, zu sich zu ziehen, mit der anderen hielt sie Kobold am Nacken fest. Der Hund legte sich wohlig auf den Rücken und ließ sich von Oma abrubbeln.
„Setzt euch und zieht die nassen Sachen aus", meinte der Alte freundlich und zeigte auf einen riesigen Tisch mit acht Stühlen und einer großen Eckbank. Die, die gemeint waren, gehorchten sofort, denn erkälten wollten sie sich nicht.

Es entstand eine eigenartige Atmosphäre in diesem Raum. Er war irgendwie anders, schien aus einer anderen Zeit zu stammen. Vielleicht lag es auch an der wohligen Wärme, die von einem großen alten Küchenofen ausging, der mit Holz, Kohle und Torf geheizt wurde. Über diesem Ofen hing eine Wäscheleine, auf die Oma die nassen Sachen von Björn und Pit hängte. Der alte Mann, ab jetzt sagten die Kinder Opa zu ihm, also Opa kam mit einem Wasserkessel, den sie so auch noch nie gesehen hatten, nahm mit einem Haken einen Ring aus der Ofenplatte und stellte den Kessel genau darauf, beziehungsweise hinein, denn der hatte eine Ausbuchtung und passte genau ins Loch. Man konnte sich vorstellen, dass jetzt die Feuerglut genau an den Kessel kam, somit das Wasser viel schneller heiß wurde. Neben dem Küchenherd war Holz gestapelt und Torf.

„Was ist das, was Opa da in den Ofen steckt?“ fragte der Dicke.
„Torf, du Torfkopf“, sagte Kai und zeigte auf seinen Kopf.
„Wo gibt’s denn den noch zu kaufen?“ fragte er weiter.
„Weiß ich doch nicht. Vielleicht beim Schlachter“, witzelte Kai.
Oma stellte Tassen und Kuchenteller auf den Tisch, dabei bekam der Dicke leuchtende Augen. Seine Bonbons hatte er in der Hektik tatsächlich verloren. Im Übrigen war die Mittagszeit auch schon überschritten.

„Langt zu! Ihr müsst ja richtig ausgehungert sein, wie ihr so ausseht.“ Mit dieser Bemerkung schob Oma einen großen Teller voll Honigkuchen auf den Tisch.
„Hmmmm, lecker“, grinste der Dicke und wollte gleich zugreifen, doch ein Schlag vom Langen auf seine Finger verhinderte den schnellen Zugriff. Jetzt kam der heiße Tee mit Zucker und Sahne, wie die Ostfriesen ihn zu trinken pflegten. Ein Stück Butter, falls einer seinen Honigkuchen damit bestreichen wollte, wurde auch noch gereicht.

„Langt zu, solange der Vorrat reich“, meinte Opa. „Ik steck mi ersmol ne Pipen an.“
„Was will er?“ fragte Kai. - „Er will sich eine Pfeife anstecken,“ flüsterte Björn ihm zu.
Einige von den Kindern konnten Opa verstehen, weil sie auch einen Opa hatten, der Platt sprach, die anderen verstanden nur ‚Bahnhof’.

Opa setzte sich in einen großen alten Sessel, steckte seine Pfeife an und beobachtete die Kinder eindringlich beim Essen.
„Oma, ich darf nicht mehr so viel Schnaps trinken, ich seh’ schon doppelt.“
„Geht’s dir nicht gut?“ Liebevoll legte sie ihre Hand auf seinen Arm. „Guck doch mal: Da sitzen zwei Gleiche, oder seh’ ich

nicht richtig?“
Die Kinder mussten sich auf die Zunge beißen, damit sie nicht laut loskicherten.
„Natürlich!“ rief Oma. „Zwillinge, wann habe ich die letzten gesehen?“
Sie zeigte auf Björn und Kai, bevor sie mit beiden Händen auf ihre Schenkel schlug und zu lachen anfing. Jetzt konnten sie sich auch nicht mehr das Lachen verkneifen und brüllten los. Nur Kai und Björn fanden das irgendwie nicht witzig.
„Wann haben wir die letzten Zwillinge gesehen?“ Fragend guckte Oma zum Sessel.
„Bi Hinnerk sine Hochtiet vor tein Jorn.“ (Bei Hinnerks Hochzeit, vor zehn Jahren.)
„Genau, du hast Recht. Da waren auch welche. Na, Sachen gibt’s, die gibt’s gar nicht“, grinste Opa und zog genüsslich an seiner Pfeife.
Die Idylle war perfekt, Kobold hatte sich zu Opas Füßen niedergelassen und seinen Kopf liebevoll auf einen davon gelegt.
„Toll“, dachte Pit. „So einen Opa müsste man habe!“ Der Lange sah ihn an und dann zu Opa, er dachte wohl das Gleiche. Sie hauten rein, was das Zeug hielt, bis zum letzten Stück, das wie immer keiner essen wollte.
„Aufessen!“ kam der Befehl von Oma. Schwups war das Stück auch weg, wer es nahm, braucht man ja wohl nicht berichten. Wohltuend rieb man sich die Bäuche. „Was für ein Tag“, dachten sie. Alle sahen zufrieden aus.
Pit war der Älteste in der Gruppe, der Ideengeber. Von diesen hatte er manchmal zu viel, eben so viel, dass manche gar nicht zu Ende gedacht oder gemacht wurden, weil die nächsten schon da waren. Die anderen setzten sie mit ihm in die Tat um. Ja, sie ergänzten sich bestens. Die Gruppe war eben ein gutes Team, wo jeder seinen Platz hatte.
Der Dicke lebte bei seiner Oma, da seine Eltern bei einem Autounfall ums Leben gekommen waren.

Björn und Kai hatten ihre Eltern noch, sie waren aber geschieden. So lebten sie bei ihrer Mutter, durften ab und zu jedoch zu ihrem Vater. Der Lange hatte ein richtiges Zuhause mit Eltern und großer Schwester, die Pit sehr leiden mochte, aber sie ihn wohl nicht so.
Pit lebte bei seiner Mutter und seinem Stiefvater, mit dem er sich sehr gut verstand.

Im Moment war etwas Ruhe eingekehrt, Opa machte die letzten Züge an seiner Pfeife, musterte die Kinder dabei aber immer noch. Oma stellte ein großes Glas Saft auf den Tisch, weil sie das Gefühl hatte, ihnen schmeckte ihr Tee nicht so recht, und Kobold fing leise an zu schnarchen.

„Wo kömmt jie her?“ fragte Opa. (Wo kommt ihr her?)
„Du musst Hochdeutsch mit den Jungs reden“, gab Oma ihm zu verstehen, womit sie nicht ganz Unrecht hatte.
„Also noch mal von vorne”, grinste der Alte. „Wo kommt ihr her, oder seid ihr vom Himmel gefallen?”
„Vom Nachbardorf“, gab der Lange zur Antwort. „Wie gesagt, wir haben unseren Hund gesucht, der hinter einem Kaninchen her war.“
„So, so, einem Karnickel“, brummte Opa.
„Wann haben wir eigentlich das letzte Mal Karnickel gegessen?“ Fragend wandte er sich zu seiner Frau. Diese reagierte nicht auf seine Frage, sondern befreite die Tischdecke von den Resten der Krümelei.
„Hört mal her, Jungs! Setzt euch mal zu mir. Dann brauche ich nicht so laut zu reden.“ Kaum hatte er die Kinder aufgefordert, standen sie auf und setzten oder knieten sich vor oder neben seinen Sessel.
„Was macht ihr so den ganzen Tag, wenn nicht gerade euer Hund weggelaufen ist?“ fragte er sie.
„Im Moment ist spielen angesagt, weil Schulferien sind!” - „Oder Abenteuer erleben“, ergänzte Kai die Antwort von Björn.
„So, so, Abenteuer. Wisst ihr, als ich so groß war wie ihr, gab’s für

mich immer Abenteuer. Dieser riesige Hof mit der Bäckerei und dem Laden war vor vielen Jahren voller Leben. Mein Vater und Großvater waren die größten Bäcker im ganzen Umland. Wir haben Brot für alle Menschen hier gebacken und es dann mit Pferd und Wagen ausgeliefert. Ich kann euch sagen, das war harte Arbeit. Jedoch für mich immer Abenteuer und Spiel. Ab und zu kamen Kinder aus dem Ort, halfen mit und spielten. Als Lohn gab es jede Menge Kuchenkanten vom Butterkuchen oder sonstige Kuchenreste. Manchmal durften wir Kinder auch mitfahren, wenn unser Brotfahrer Heini auf Tour ging und Brot auslieferte. Im Innenhof unter der großen Linde war immer was los, vor allen Dingen im Sommer. Die Pferde standen angepflockt in Reih und Glied, warteten auf ihren Einsatz. Draußen an der Mühle, das ist da, wo ihr euren kleinen Kobold gefunden habt, wurde das Korn säckeweise in die Kornkammer hochgezogen. Von da aus wurde es in eine Schütte geschoben oder geschaufelt und rutschte in das Mühlwerk. Unten hingen riesige Jutesäcke, die das fertige Mehl auffingen."

„Wie bei Max und Moritz", stellte der Dicke fest.

„Genau", nickte der Alte. „Wie bei Max und Moritz. Meine Freunde kamen damals von benachbarten Bauernhöfen. Nur so viel Zeit, wie ihr heute habt zum Spielen, die hatten wir lange nicht. Nach der Schule wurden Hausaufgaben gemacht. Anschließend mussten wir im Betrieb oder auf dem Hof helfen. Ihr habt ja die großen Backöfen gesehen. Da kamen ein Meter lange Brote raus. Mein lieber Mann! Das waren Dinger!"

„Opa, hör' auf. Das wollen die Jungs doch gar nicht hören!" rief Oma vom Spülbecken.

Sofort kam lauter Protest von allen Seiten: „Doch, doch, weitererzählen", gaben sie Opa zu verstehen.

„Na also." Ein zufriedenes Grinsen flog über sein durchfurchtes, blasses Gesicht.

„Ihr müsst wissen, früher liefen hier Schweine und Hühner über den Hof. Nur leider nicht sehr lange, dann kamen sie nämlich in den

Kochtopf. Aus den Schweinen machten wir Fett zum Backen, natürlich auch Wurst. Die Hühner mussten dran glauben, wenn sie keine Eier mehr legten. Zeitweise hatten wir 120 Hühner! Meine Aufgabe war es immer, die Eier einzusammeln und nach der Größe zu sortieren. Da gab es die Gruppen A und B, welche waren wohl die Größeren?"
„A", schallte es durch die Runde. Sie guckten sich an und mussten schmunzeln. Wenn das ihr Pauker gesehen hätte, wie sie bei der Sache waren, der hätte sich gewundert.

„Genau! ‚A' waren die großen, natürlich fast alles braune. Unter den 120 Hühnern hatte ich zwei Lieblingshennen. Sie hießen Trude und Wilma. Immer, wenn ich in den Stall kam, flatterten sie mir entgegen, als wollten sie mich begrüßen. Kaum hatte ich sie gefüttert, nahm ich mir eine von beiden unter den Arm und ging mit ihr nach draußen über den Hof zu Jule. Jule war mein Lieblingsschwein. Mit einem Satz war ich über die Futterklappe vom Stall, schob mir sauberes Stroh unter den Hintern und setzte mich in die Schweinestallecke. Entweder Trude oder Wilma, welche ich gerade dabei hatte, setzte ich ab und freute mich des Lebens. Irgendwie war es ein tolles Gefühl für mich. Ich hatte eine Art Freundschaft zwischen den Hühnern und Jule hergestellt. Sie begrüßten sich immer sehr ausgiebig. Irgendwann jedoch fiel Jule ein, dass ich sicherlich wieder etwas in der Tasche hatte. Wurzeln waren ihre Leib- und Magenkekse. ... Das war mein Lieblingsplatz auf dem ganzen Hof. Wenn man mich mal suchte, hier war ich meistens zu finden. Ihr glaubt ja nicht, was man einem Schwein alles erzählen kann - vor allen Dingen, wie gut es zuhört."
Opa lehnte sich zurück, suchte mit seiner rechten Hand in der Hosentasche nach Tabak, mit der linken griff er zur Pfeife.
„Junge, bring mir mal einen Fidibus." Nickend wies er mit dem Kopf zum Langen, der ihm am nächsten saß.

„Was soll ich holen, einen Fidibus?“ fragte der ungläubig. - „Richtig, aber vorsichtig!“
„Was ist ein Fidibus?“ fragte der Lange und guckte in die Runde. Sie zuckten alle die Schultern, was so viel heißen sollte wie:
„Keine Ahnung“.
„Ach ja, woher auch!“ entsann sich Opa. „Könnt ihr Grünschnäbel ja auch nicht wissen. Oma, zeig diesem langen Kerl mal, was ein Fidibus ist.“
„Komm her, Junge“, rief sie und zeigte mit dem Finger zum Ofen.Der Lange stand auf, ging zum Ofen und wartete auf das, was da kommen würde. Oma bückte sich, stützte sich mit einer Hand an der Ofenstange ab, die vor dem Ofen angebracht war, hob einen dünnen Holzspan hoch und steckte ihn durch das Loch in der Ofenklappe, wo sonst der Feuerhaken hineingesteckt wurde, um die Herdplatte zu bewegen. Nach einem kurzen Moment zog sie ihn vorsichtig wieder heraus und - siehe da, die Spitze brannte wie ein Streichholz.
„Hier, nimm, halt die Hand drunter und bringe Opa seinen Fidibus.“ Stolz wie Oskar und kerzengerade ging der Lange in Richtung Sessel. Irgendwie sah er durch seine Haltung noch länger aus, als er schon war. Vorsichtig reichte er Opa das Stück Holz. „Dank dir.“ Opa nahm es und führte es zur Pfeife. Vier bis fünf kräftige Züge und der Rauch quoll ihm aus Mund und Nase.
„Das ist ein Fidibus, spart Streichhölzer“, meinte Opa und hielt den Jungs die noch brennende Flamme unter die Nase.
„Auspusten, mal zu!!“ Was prompt erledigt wurde.
„Also, wo war ich stehen geblieben?“
„Nichts da!“ rief Oma. „Die Sachen sind trocken und dunkel wird es auch schon. Langsam müssen die Jungs wohl nach Hause, wenn sie keinen Ärger kriegen wollen. Sie können ja wiederkommen, wenn sie deine Geschichten wirklich interessieren, was ich bezweifle.“
Pit schaute auf die Uhr.

„Mensch, schon 18 Uhr. Nun wird's aber Zeit! Wo ist die bloß geblieben?" – „ Bis wir zu Hause sind, ist es 19 Uhr", stöhnte der Dicke. „Da gibt es vielleicht schon Ärger." Sie zogen ihre Sachen schnell über. „Alles trocken", strahlten sie und nahmen Oma in den Arm, als ob sie die alte Frau schon lange kennen würden.
„Danke! Danke für alles!" riefen Kai und Björn im Duett. - „Wir kommen wieder, wenn wir dürfen", fügte Pit hinzu.
„War toll hier", jauchzte der Dicke. „Besonders der Honigkuchen."
Opa blieb im Sessel sitzen, seine Beine wollten leider nicht mehr so, wie er wollte. Ein letzter Blick auf die beiden, dann fiel die Tür ins Schloss.

Sie konnten jetzt einen anderen Weg nehmen, der aus dem Haus führte. Opa hatte ihn den Kindern erklärt.
„Guckt mal! Der riesige Baum!" Björn staunte nicht schlecht über die Ausmaße der großen Linde, die sie im Innenhof mit eigenen Augen sahen. Keiner konnte ahnen, welche Rolle dieser Baum in ihrem Leben noch spielen würde.
„Halt! Wir haben Kobold vergessen!" rief Pit. Dieser kleine Teufelskerl hatte keinen Mucks gemacht. Sicherlich lag er noch genussvoll auf Opas Pantoffel. Schnell raste Pit zurück. Oma stand schon in der Tür und schob Kobold mit dem Fuß liebevoll nach draußen.
„Danke! Komm, Kobold. Ab zu Frauchen."
Die Freunde warteten am Graben. Es war der kürzere Weg nach Hause, kürzer als der, den sie gekommen waren.
„Das war eine tolle Sache heute! Da gehen wir doch wieder hin, oder?" fragte Kai.
„Natürlich!" kam dreistimmig die Antwort. „Habt ihr gesehen, was da für Laub unter der Linde lag? Vielleicht können wir unsere Kasse etwas aufbessern, wenn wir helfen, es wegzuschaffen."
„Also, macht's gut. Keiner sagt, wo wir waren. Sonst gibt es noch

Ärger. Alles klaro. Dann tschüss - bis morgen. Komm, Kobold. Ab nach Hause!“
Sie verließen ihren Treffpunkt, den Kahlkenbaum, und verschwanden in verschiedene Richtungen.

Zu Hause bei Pit schien alles ruhig zu sein. Das Abendessen war schon ohne ihn gelaufen. Seine Mutter meinte, dass er zu spät dran sei, hatte aber keine Zeit, sich mit ihm zu beschäftigen, da sie Besuch hatte. Glück für ihn!
Er ging an den Kühlschrank, holte sich eine Handvoll Essbares und verschwand in seinem Zimmer. Dort schmiss er sich auf sein Bett, legte eine CD ein und dachte über das Erlebte nach. „Ob die alten Leute da wohl ganz alleine lebten?“ fragte er sich. „Wie alt mögen sie sein?“ Alles unbeantwortete Fragen.
Ein leises Kratzen an seiner Zimmertür ließ ihn aufhorchen: Kobold wollte rein. Also ließ er ihn hinein. Er sprang in Pits Bett, streckte sich und stöhnte wie ein Alter, als wollte er sagen „Gott sei Dank! Ruhe im Bau!“
Die Klamotten flogen in die Ecke, mit starrem Blick musterte Pit die Zimmerdecke, sah die Bilder vom heutigen Tag wie einen Film ablaufen, kuschelte sich an seinen vierbeinigen Freund und schlief bei laufender Musik ein.

Ein geheimnisvoller Fund

„Pit! Telefon! Steh auf! Der Lange!“ hörte er seine Mutter rufen. Mit geschlossenen Augen setzte er sich auf die Bettkante. „Wie spät ist es?“
„Neun Uhr! Komm, beeil dich. Ich muss weg, das Frühstück steht auf dem Tisch.“
Dann hörte er die Haustür zuschlagen. Seine Hände rieben die Augen, bis sie tränten. Mit schlürfenden Schritten ging er aus dem Zimmer zum Telefon.
„Ja, was ist?“ Vermischt mit einem Gähnen schnaufte Pit ins Telefon.
„Endlich! Das hat aber gedauert!“ hörte er die Stimme vom Langen. „Wo bleibst du denn so lange?“
„Ich hatte fest geschlafen. Was denkst du denn? Was gibt es denn so Wichtiges?“
„Wir wollen doch heute wieder zu der alten Bäckerei, oder?“
„Na klaro,“ gab Pit zur Antwort. „Warum fragst Du?“
„Ein kleines Problem taucht auf. Ich muss auf meine Schwester aufpassen.“
„Wieso? Die ist doch schon groß, oder?“
„Ja, schon. Aber sie hat Stubenarrest bekommen und darf nicht raus. Es sei denn, sie geht mit mir.“
„Ach, du heiliger Strohsack! Mit Mädchen spielen ist nicht mein Ding.“
„Weiß ich. Was soll ich denn machen?“ fragte der Lange. „Ich will aber unbedingt mit.“
Der Lange war Pits bester Freund, er konnte ihn nicht hängen lassen. Übrigens, ohne ihn wäre er sowieso nicht gegangen.

„Also, nehmen wir sie mit. Aber nur heute. Wann wollen wir uns treffen?“ fragte er. „Um 13 Uhr?“
„Ja, ist gut. Wie immer am Kahlkenbaum“, gab Pit ihm zur Antwort. „Tschüss, bis dann.“
Er legte den Hörer auf das Telefon, griff sich im Vorbeigehen ein Brötchen vom Küchentisch, stellte der Katze eine Schale Milch vor die Füße und begab sich ins Badezimmer.

Sein Herz schlug etwas heftiger als normal bei dem Gedanken, dass Rena, so hieß die Schwester vom Langen, mit ihnen kommen sollte. Pit mochte sie sehr gerne, und immer, wenn sie sich sahen, fing sein Puls an zu rasen. Sie hatten nie die Möglichkeit genutzt, zusammen etwas zu unternehmen. Rena hatte ihre Freunde und Pit seine. Sie war eine richtige Liebe. Insgeheim freute er sich, dass sie mitkam - nur, was würden die anderen sagen? ‚Abwarten und Tee trinken’, pflegte sein Vater immer zu sagen. Nun musste er sich aber beeilen. „Es gibt noch viel zu tun bis zum Treffen“, dachte er sich. Tisch abräumen, Staub saugen, mit dem Hund gehen. Ja, ihr habt richtig gehört, Staub saugen auch. Pit hatte festgestellt, wenn er zu Hause mithalf, ohne aufgefordert zu werden, bekam er auch mehr Freiheiten. Das war eine tolle Sache, die man natürlich nicht ausnutzen durfte.
So, es war geschafft! Kurz noch ein paar Zeilen für seine Mutter, damit sie wusste, wo er war, einen Pfiff nach seinem Hund, und ab ging es.
Die Jungs waren schon da, bis auf den Langen und seine, na, ihr wisst schon. Noch waren sie guter Dinge - noch, aber bestimmt nicht mehr lange, oder?
„Hallo, Jungs! Alles klaro?“ tönte Pit.
„Zicke - zacke – Hühnerkacke“, kam es wie aus der Pistole zurück. Man muss wissen, das war ihr Schlachtruf.
„Hatte jemand Ärger zu Hause wegen gestern?“ fragte Pit. Keine Antwort hieß wohl so viel wie ‚Nein’.

„Gehen wir heute noch mal zur alten Bäckerei?“ fragte der Dicke.
„Na klar. Vielleicht erzählt Opa uns ja noch ein paar Abenteuer aus seiner Jugendzeit“, meinten Kai und Björn. „Da..., der Lange kommt. Wen bringt der denn mit?“
„Ne wa, ist das nicht seine Schwester?“ fragte der Dicke. „Die soll doch wohl nicht mit, oder?“ Keiner sagte einen Ton, bis die beiden vor ihnen standen.
„Hallo, Jungs, alles klaro?“
„Das ist mein Spruch, Langer“, gab Pit ihm zu verstehen.
„OK ‚OK! Hört mal her! Ich muss euch eben kurz was mitteilen. Wie ihr wisst, ist das meine Schwester.“
Er nahm sie kurz zur Seite, flüsterte ihr etwas ins Ohr, das ihr anscheinend nicht besonders gefiel, und meinte weiter: „Sie hat euch was mitgebracht.“
Er griff in seine Hosentasche, zog eine Tüte Lakritzen und Gummibärchen heraus, reichte sie dem Dicken und sagte zu ihm: „Sie möchte heute mal mit uns kommen, ich habe ihr von unserem Abenteuer gestern erzählt.“
Wolfgangs Augen leuchteten wie zwei Sterne am Nachthimmel. „Aber klar doch, kein Problem für uns.“
Da Pit die Taktik des Langen sofort kapierte, nämlich, den Dicken durch Süßigkeiten zu bestechen, stimmte er auch zu.
„Na, dann ist ja alles in bester Ordnung. Kommt, wir gehen.“
Björn und Kai waren etwas verstimmt, was der Dicke natürlich sofort spitz hatte. An die Süßigkeiten denkend, reichte er den beiden großzügig die Tüte.
„Hier, nehmt, die sehen doch gut aus und schmecken ganz lecker.“
Er hatte Angst, sie könnten noch Ärger machen, und das Geschäft wäre geplatzt.
„Gib schon her!“ Kai nahm die Tüte, riss sie auf und steckte sich zwei bis drei Lakritzschnecken in den Mund, dann wanderte sie zu Björn, der sie total ignorierte und mit einer abwertenden

Handbewegung weiterschob.
„Wir haben gewonnen“, dachte Pit. Ganz schön geschickt, wie der Lange das gemeistert hat. „Er weiß genau die Schwachstelle in unserer Gruppe. Ein Taktiker ist er durch und durch.“ Pit war richtig stolz, mit ihm befreundet zu sein.
Später erfuhr er auch, warum Rena so ungehalten war, als der Lange sie kurz zur Seite nahm. Die so großzügig gespendeten Süßigkeiten hatte er ohne ihr Wissen aus der Schlickerdose (Betthupferldose), die an ihrem Bett stand, genommen.

An der Pforte zum Grundstück ihrer neuen Entdeckung machten sie halt.
„Kurze Lagebesprechung.“
Mit erhobenem Arm hielt Pit die kleine Gruppe an. Komischerweise kamen Kai und Rena als Letzte, in ein Gespräch vertieft, bei ihnen an. Wie gerne wäre Pit an Kais Stelle gewesen. „Der Tag ist ja noch lang“, dachte er.
„Hört mal zu! Vielleicht passt das den alten Leuten gar nicht, wenn wir heute schon wieder auftauchen. Es ist jetzt 14 Uhr, bestimmt machen sie einen Mittagsschlaf, also seid leise.“
„Wir können ja so tun, als ob wir was verloren hätten“, meinte Björn, der sich so langsam von dem Schock erholt hatte, was Rena anging.
„Gute Idee“, stimmte der Lange zu. „So machen wir es.“ Kobold war ständig in ihrer Nähe, er hatte wohl die Schnauze voll von gestern - im wahrsten Sinne des Wortes.
„Lasst uns doch mal von der anderen Seite das Anwesen beschreiten.“ gab Kai den Tipp.
„Wie drückst du dich denn vornehm aus!“ schmunzelte der Lange. „Ach ja, du bist in Damenbegleitung.“
Björn schmiss sich fast hin vor Lachen, letztlich steckte er sie alle an. Die Kinder konnten kaum noch stehen, hielten sich die Bäuche und wischten die Tränen aus dem Gesicht. Der Einzige, der nicht lachte, war Kai.

„Ihr Blödmänner“, brummte er sie an, was das Ganze noch verschlimmerte. Es verging einige Zeit, bis sie sich wieder etwas beruhigt hatten.
„Hast du mal ein Taschentuch?“ fragte Rena Pit.
„Mal gucken.“ Er griff in die Hosentasche, dabei wusste er, das keins da war. Wie gerne hätte er ihr eins gegeben. „Nein“, sagte Pit.
„Vielleicht in deiner Jackentasche?“ Sie zeigte an seine Seite und guckte ihn mit ihren großen Augen an.
„Ich kann ja mal nachsehen.“
Was war das? Er fasste es nicht, ein halbes Paket Tempotaschentücher kam zum Vorschein. Sicherlich hatte seine Mutter ihm diesen Zufall beschert. Sie hatte wohl bemerkt, dass seine Nase im Moment wieder mal ab und zu ein Taschentuch brauchte.
„Hier nimm, kannst du behalten.“
Er gab Rena das Päckchen und mimte den Großzügigen.

Pit nahm Kobold an die Leine. Er wollte ganz sicher gehen, dass er nicht wieder auf die Jagd ging. Das Grundstück grenzte hinten ein Graben ab, der eigenartigerweise kein Wasser führte, was in dieser Jahreszeit unüblich war.
Überall säumten alte Betonpfähle mit teilweise durchrostetem Draht das Areal. Die hintere Wiese war von Brennesseln bedeckt, es war kaum ein Durchkommen. Sie schlugen sich mit Stöcken, die sie als Sensen benutzten, durch sie hindurch, bis sie an das hintere Haus kamen.
„Was war hier denn früher drin?“ fragte Björn und zeigte mit dem Stock, der sie eben noch vor den Brennesseln geschützt hatte, auf eine große Doppeltür.
„Sieht so aus wie ein alter Pferdestall. Komm, wir gehen mal rein, da steht ein Fenster offen.“ Leise schlichen sie zum Fenster.
„Los, da müssen wir rein. Wer geht zuerst?“
Pit rief: „Ich mach’ das! Komm Dicker, gib mir Hilfestellung!“

Der Gerufene kam sofort zu ihm, kniete sich vors Fenster und machte seinen Rücken krumm. Mit einem Fuß nahm Pit ihn als Stütze, mit dem anderen angelte er sich auf die Unterkante des Fensters und zog sich mit der Hand am Rahmen hoch.
„Okay, ich bin drin.“ Mit einem Sprung landete er im weichen Sand. „Gib mir den Kobold rüber, bevor der Nächste kommt.“
Der Lange reichte ihn mit einer Hand hinüber, als wäre er leicht wie eine Feder. Rena folgte als Nächste, dann Björn und Kai, zuletzt der Lange.
„Was machen wir jetzt mit dem Dicken?“ fragte er.
„Ich bleibe hier draußen, halte Wache. Einer muss ja aufpassen.“
In Wirklichkeit war er froh, sich nicht durch das Fenster quälen zu müssen.
„Alles paletti, wir kommen hierher zurück.“ gaben sie ihm zu verstehen.
„Guckt mal! Steht da nicht ein alter Brotwagen oder so was ähnliches? Opa hat doch davon erzählt.“
Vor ihnen stand ein Wagen mit Pferdedeichsel, ein Einspänner.
Vorne war so eine Art Führerhaus, in dem der Lenker geschützt saß. Dahinter war ein großer Kasten mit seitlichem Werbeschriftzug, der leider nicht mehr zu entziffern war. Hinten war eine kleine Doppeltür, die aber klemmte. Björn war als Erster auf dem Kutschbock, nahm seinen Stock und schwang ihn wie eine Peitsche.
„Lauft, Pferdchen, lauft!“ rief er und schnalzte mit der Zunge.
„Irgendwie sieht der Wagen aus wie aus einem Wildwestfilm“, meinte der Lange, womit er ziemlich richtig lag. Kai und Rena versuchten, die hintere Tür zu öffnen, bis jetzt vergeblich. „Seht mal, was ich hier gefunden habe!“ Björn hob eine alte, verstaubte Aktentasche in die Höhe. „Ob da noch was drin ist?“
„Gib mal her, wir gucken nach!“
Pit nahm ihm die Tasche ab. Verrostete Schlösser ließen das Öffnen jedoch nicht so einfach zu.

„Schüttel sie mal, ob man was hört!“ gab Kai einen Tipp, den Pit sofort annahm.
„Da ist was drin, ich höre es ganz deutlich.“
„Hier, versuch’s mal damit.“
Der Lange reichte ihm sein Taschenmesser mit aufgeklapptem Schraubenzieher - ein tolles Ding, Schon so manches Mal hatte es gute Dienste geleistet. Pit setzte das Messer unter den Verschluss der Tasche, verkantete es etwas, und schon hatte er Erfolg, die Tasche ging auf. Alle vorhandenen Köpfe trafen sich in der Mitte über der Tasche, um auch ja nichts zu versäumen. Pit fasste in das Ungewisse und brachte ein Stück Papier zum Vorschein.
„Zeig mal! Eine alte Zeitung! Ich werd´ verrückt und bin entzückt!“ jubelte der Lange.
„Da hat wohl einer seine Verpflegungstasche vergessen, denn hier kommt noch eine Thermosflasche. Da ist sogar noch etwas drin.“
Pit schüttelte sie hin und her. „Iigitt!“
Schon lief ihm eine stinkende Brühe über die Hand. Vor Schreck ließ er die Thermosflasche fallen, dabei zerschellte sie am Boden in viele kleine Stücke.
Die Tasche schien leer zu sein. Er drehte sie auf den Kopf, schlug mit der flachen Hand noch mal gegen die Seite und wollte sie gerade fallen lassen. Da geschah etwas Unfassbares! Ein Gegenstand fiel zu Boden in den Staub und rollte Rena genau vor die Füße. Sie bückte sich ganz langsam, nahm den Gegenstand in die Hand und richtete sich wieder auf.
„Was ist das denn?“ kam es ihnen gleichzeitig über die Lippen. Sie rieben sich verwundert die Augen. Rena hielt eine Blockflöte in ihren Händen, die aber viel kleiner war als die, die sie aus ihrem Schulunterricht kannten.
„Ich werd´ verrückt, das kann doch gar nicht sein! Wieso ist die denn so sauber und nicht vergammelt wie die Thermoskanne?“ fragte der Lange . „Puste mal rein, ob sie noch einen Ton abgibt.“

Rena wischte das kleine Mundstück mit ihrem Ärmel ab, führte die Flöte zum Mund und blies hinein. Sie lauschten auf das, was da kommen würde. Nichts, nicht der leiseste Ton verließ die kleine Flöte.
„Vom 19. August 1969 ist die Zeitung!“ rief Kai. „Noch ziemlich gut erhalten, wenn man bedenkt, dass sie 30 Jahre alt ist. Vielleicht ist sie ja wertvoll.“
„Du mit deiner Zeitung, guck mal hier, was Rena hat.“
Kai, der die Sache mit der Flöte nicht mitbekommen hatte, weil er sich neugierig über die Zeitung hermachte, staunte nicht schlecht.

Pit bat Rena, ihm die Flöte mal zu geben, was sie widerwillig tat.
„Du kriegst sie ja wieder. Ich will nur mal gucken, vielleicht ist sie ja verstopft.“ Ein eigenartiges Gefühl überkam ihn, als sie in seiner Hand lag. Wahrscheinlich, weil sie so leicht war.
„Bestimmt Balsaholz oder ein ähnliches Tropenholz“, meinte Pit. Diese Holzarten kannte er von seinen Modellflugzeugen her. Durch Schütteln und leichtes Schlagen der Flöte auf seinen Oberschenkel versuchte er, etwas rauszuschlagen, das den Ton vielleicht blockierte. Es nützte nichts.
„Geht nicht, hier hast du sie wieder.“ Er nahm die Flöte und reichte sie Rena.

„Mach sie doch mal auf“, meinte der Lange.
Rena nahm sie in beide Hände, drehte das Mundstück nach der einen und das Ende der Flöte nach der anderen Seite. Plötzlich gab sie nach, mit einem Ruck hatte sie es geschafft. Was war das? Kleine runde Kugeln wie Seifenblasen lösten sich aus dem Endstück wie auch dem Mundstück der Flöte. Sie erschraken. Was geschah da? Gespannt schauten die Kinder den kleinen perlartigen Gebilden nach, die senkrecht in die Höhe schwebten. Keiner mochte danach greifen, sie waren einfach zu schön. Kupfer- bis goldfarbiges Licht

spiegelten sie wider und verschwanden so schnell, wie sie gekommen waren. Kurz unter der Decke lösten sie sich auf und verschwanden.
Sie standen wie erstarrt und guckten unter die Decke, wo eben noch die farbigen Kugeln gewesen waren. Sogar Kai hatte seine Zeitung vergessen. Was war denn das eben? Sie guckten sich ungläubig an. Rena nahm die Flöte, drehte das Mundstück schräg nach unten, um ihm vielleicht noch eine Perle oder Seifenblase zu entlocken. Tatsächlich! Eine Perle löste sich noch aus der Flöte, blieb einen Moment in der Luft über ihren Köpfen stehen und schwebte wie ferngelenkt in die Richtung, in der vorher alle anderen verschwunden waren.
„Schüttel noch mal!“ meinte Björn „Vielleicht kommt ja noch eine.“
Es war die Letzte gewesen.

Nach ungefähr einer Minute der Besinnung und Sprachlosigkeit fanden sie wieder zur Wirklichkeit zurück. Rena nahm die Flöte, als ob nichts passiert sei, und steckte sie wieder zusammen. Sie setzte sie an ihre Lippen und versuchte, jetzt einen Ton aus ihr heraus zu bekommen. Vergeblich, sie blieb stumm wie ein Fisch.
„Das ist ja Zauberei.“ Björn fand als Erster die Sprache wieder.
„Ja, und wer hat gezaubert?“ fragte Kai seinen Bruder.
„Weiß´ nicht.“ Er zuckte mit den Schultern. „Weiß´ nicht.“ kam es noch einmal leise hinterher. „Vielleicht hat sich in der Flöte in 30 Jahren ja etwas gebildet, so was Ähnliches wie Gase,“ kombinierte der Lange „die durch das Öffnen der Flöte freigesetzt wurden. Die haben sich dann mit dem Sauerstoff, also unserer Luft, vermischt und diese zauberhaften Blasen gebildet.“ „Kann sein“, nickte Pit.
„Vielleicht auch nicht“, brummte Björn.
Mit dieser fachlichen Analyse konnten sie gut leben und wandten sich wieder den gegenständlichen Dingen zu. Rena steckte die kleine Flöte in ihre Tasche, ohne dass die anderen es bemerkten.

Kai wandte sich wieder seiner Zeitung zu. „Scheiße, so ein Mist!“ schimpfte er laut.
„Was ist?“ fragte Pit.
„Sie zerfällt in meinen Händen wie ein Blatt Papier, das ausgebrannt ist“, gab er traurig und entsetzt zurück. Pit beugte sich zu ihm. Tatsächlich, sie zerfiel in tausend Teilchen. Wütend stand Kai auf, nahm seinen Fuß und stieß gegen die zerfallende Zeitung. Eine Staubwolke löste sich vom Boden, bestehend aus kleinen Zeitungsschnipseln, fast wie Konfetti, nur nicht so bunt. „Guck mal da, Kai!“
Pit zeigte mit der Hand auf den Fußboden. Was war das? Die Zeitung schien nicht ganz verrottet gewesen zu sein. Er bückte sich, fasste den Rest der Zeitung vorsichtig an und hob sie hoch. Tatsächlich, die letzte Seite schien verschont zu sein.
„Lass uns mal ans Licht gehen“, meinte er, nahm das Stück Papier und ging zum Fenster, an dem der Dicke Wache schob.

Der sah sie schon kommen.
„Was gibt es da zu sehen? Habt ihr was Interessantes entdeckt?“ fragte er neugierig. Sein Kopf war halb zu sehen, nur Augen und Nase guckten über die Unterkante des Fensters.
„Jede Menge“, meinten Kai und Pit. Die anderen waren bei dem Wagen geblieben und versuchten, die hintere Tür aufzukriegen.
„Wir erzählen dir später alles.“
„Warum nicht jetzt?“ fragte er trotzig. „Ich will auch wissen, was da drinnen los ist, immer bin ich der Doofe“, motzte er weiter.
„Du wolltest doch nicht mit rein“, warf Pit ihm vor. „Also halt deinen Mund und rege uns nicht auf. Wir haben hier Wichtigeres zu tun, als uns dein Gejammer anzuhören.“

Der Dicke wurde still und sein Kopf verschwand. Es war wohl zu anstrengend, so lange auf Zehenspitzen zu stehen.

„Zeig mal, komm ans Licht!"
Pit zog Kai mit seiner Zeitung oder dem, was davon noch übrig war, zu sich her.
„Hier, guck mal, einen Artikel kann man noch lesen. Ziemlich gut erhalten", meinte Kai.
„Was steht drin?" fragte Pit neugierig.
„Etwas von dem Eichenurwald bei der Autobahn."
„Von den tausendjährigen Eichen?" fragte Pit. „Lass mal sehen!"
STERBEN DIE TAUSENDJÄHRIGEN EICHEN ?? So war es in großer Überschrift zu lesen. Von dem klein Geschriebenen konnte man nichts entziffern, das Papier war zu verblichen.
„Gib mir das Stück, ich gebe es meinem Vater. Der soll mal versuchen, ob er diesen Fetzen nicht lesbar bekommt."
Pits Vater war bei einer großen Tageszeitung Retuscheur. Das ist ein Mann, der die Bilder aus aller Welt, die über Internet oder Funk in die Redaktion kommen, mit technischen Mitteln so bearbeitet, dass man sie in der Zeitung schön begucken kann.

„Okay, gute Idee", meinte Kai, nahm die Seite und legte sie zusammen.
„Halt!" rief Pit. „Nicht knicken." Aber da war es schon zu spät. Kai hatte sie zweimal geknickt und ihm gereicht.
„Hier hast du sie. Warum soll ich die nicht knicken?"
„Weil sie sicherlich dann zerbricht, so spröde wie die ist."
Vorsichtig nahm Pit das gefaltete Stück und versuchte es aufzuklappen, um zu kontrollieren, ob seine Vermutung richtig war. Komisch, das Blatt war unversehrt an der Knickstelle. Zufrieden steckte er es in seine Jackentasche und zog den Reißverschluss zu.

„Zugleich, zugleich!" tönte es vom Wagen.
Mit vereinten Kräften versuchten der Lange und Björn, den Wagen aufzubrechen, mit Erfolg. Die Tür sprang auf ohne kaputt zu gehen.

Kai und Pit waren wieder bei der Gruppe, um nichts zu verpassen.
„Siehst du was?“ fragte Björn den Langen, der versuchte, in dem Inneren des Wagens etwas zu erkennen. Es war dunkel, kein Fenster erhellte den Innenraum des Brotwagens. Ein paar Holzleisten konnten sie sehen, die wohl so eine Art Regal für die Brote darstellen sollten. Der Lange zog eine Leiste, die lose war, heraus und tastete damit die dunklen Ecken des Laderaums ab.
„Hier ist nichts mehr drin außer Staub und Modergeruch“, gab er ihnen zu verstehen.

„Wo ist die Tasche geblieben, die wir gefunden haben?“ fragte Kai.
„Warum, was willst du damit?“
„Vielleicht steht ja ein Name dran, oder wir zeigen sie Opa. Der weiß bestimmt, wem sie gehört hat.“
„Warum willst du das denn wissen?“ fragte sein Bruder.
„Ich weiß nicht, nur so.“
„Wenn du schon sagst: Nur so - dann steckt meistens was dahinter“, stellte Kai fest.
„Da steckt nichts dahinter. Ich möchte nur wissen, warum ein Mann seine Arbeitstasche hier auf dem Bock zurücklässt und sie nicht vermisst. Vielleicht sucht er ja seine Flöte und weiß nicht, dass er sie hier hat liegen lassen.“
„Kann sein, dass der Besitzer schon tot ist. Immerhin sind es 30 Jahre her, dass er sie hier abgestellt hat“, gab Pit zu bedenken.
„Wo ist eigentlich Kobold?“
Rena zeigte zum Fenster. „Da hinten in der Sonne, dem ist das hier zu kühl und zu langweilig. Ich gehe hin und leiste ihm Gesellschaft.“ Sie sah Pit mit ihren großen Augen an. „Kommst du mit, Pit?“ fragte sie.
„Ja, klaro, geh schon. Ich komm’ auch gleich.“
Warum ging er nicht sofort mit? Manchmal sagte er etwas und meinte genau das Gegenteil. „Ob Oma und Opa noch Mittagsschlaf halten, was meint ihr?“ fragte der Lange.

„Bestimmt nicht, es ist schon halb vier“, gab er gleich selber die Antwort und zeigte seinen Freunden bei der Gelegenheit rein zufällig seine neue Armbanduhr, die er angeblich gefunden hatte. „Mensch, wie die Zeit vergeht. Kommt, lasst uns gehen, sonst wird es zu spät.“
Sie waren alle seiner Meinung und begaben sich zum Fenster, wo Kobold sich in der Sonne räkelte, die durch einige kaputte Scheiben schien. Rena kraulte ihm den Bauch, was er sichtlich genoss, denn seine Pfoten streckte er weit von sich.

„Dicker! Aufwachen!“ rief Björn durch das Fenster. Es war kein Spaß, ihr Freund war vor Langeweile tatsächlich eingenickt.
„Du bist ein schöner Wachposten, mein Lieber. Komm, hilf uns wieder raus!“
Der Dicke kam so blitzartig hoch vor Schreck, dass er sich den Kopf am Fensterflügel stieß. Das Rausklettern ging schneller als das Reinklettern. Björn hatte einen alten Holzbock vors Fenster gestellt.
„Die Dame zuerst.“
Mit einer leichten Verbeugung reichte er Rena die Hand.
„Du Spinner, erst maulen und jetzt den Kavalier spielen“, fauchte Kai ihn an, was sein Bruder überhörte, während er Rena aus dem Fenster half.
Draußen angekommen stellten sie fest, dass schönstes Wetter war. Die Sonne schenkte ihnen einen wunderschönen Herbsttag.
Opa hatte seinen Mittagsschlaf beendet. Was heißt schlafen, er konnte nicht richtig schlafen, seine Gedanken waren bei den Jungs.„Ob sie heute wohl wiederkommen?“ fragte er sich. Es hatte ihm gefallen gestern. Mal etwas anderes, wieder Leben im Haus. Jeden Morgen nach dem Frühstück las er die Zeitung, Seite für Seite, aber heute war das anders. Beim Zusammenlegen der „Nord – West“, so hieß die Zeitung, stellte er fest, dass sein Kopf gar nichts aufgenommen hatte.
Die Gedanken waren in seine Kindheit zurückgekehrt. Lange hatte er

nicht mehr daran gedacht, sehr lange. Die Jungs hatten seine Erinnerungen in den eintönigen Alltag zurückgebracht. Dafür war er ihnen sehr dankbar.
Mit schlurfendem Gang betrat er die Küche. Ein freundliches Lächeln seiner Wilma war das Erste, was er sah. Seine liebe, gute Frau, die ihm in guten sowie schlechten Zeiten immer eine gute Freundin und liebevolle Ehefrau war. Sie hatte ihr Leben lang schwer arbeiten müssen. Zuerst auf dem elterlichen Bauernhof und später in der Bäckerei, wo sie zusätzlich noch einen Kolonialwarenladen führte, mit dem Nötigsten, was das Dorf so brauchte. Nie hatte sie gejammert über die schwere Arbeit, nebenbei wurden auch noch zwei Kinder großgezogen.
„Gut geschlafen, Anton?“ fragte sie liebevoll ihren Mann.
„Ja, ja,“ brummte er in seinen Bart. „Hast du was von den Jungs gehört?“
„Nein, bis jetzt noch nicht. Es ist doch auch erst 14 Uhr“, gab Oma zur Antwort.
„Ob sie heute wohl wiederkommen? Was meinst du, Wilma?“
„Kann ich dir nicht sagen, aber ich glaube nicht. Sie haben sicherlich Besseres zu tun, als alte Leute zu besuchen.“
„Meinst du wirklich? Es wäre schade, wenn sie nicht mehr kämen. Findest du nicht auch, Wilma?“
„Ja, mein Bäckermeister.“ So nannte sie ihn immer dann, wenn er sie nervte. „Zieh dich mal schön warm an, nimm die Wolldecke mit und setz dich auf deine Bank im Hof. Die Sonne scheint draußen.“
„Ja, du hast Recht, das mache ich. Bringst du mir den Kaffee raus?“
„Natürlich, wie immer, weißt du doch.“
Schön warm angezogen mit der Decke unter dem Arm ging er nach draußen zu seiner Bank. Die war aus Holz gefertigt und grünweiß angestrichen. Die Farbe musste jedoch schon viele Jahre auf dem Buckel haben. Teilweise war sie abgeblättert und sehr verwittert. Sein Gewicht bekam der Bank nicht. Sie knackte ziemlich laut, als

wollte sie sagen : Mensch, du wirst auch immer schwerer. Dabei war es wohl ihr Alter, denn Opa hatte sie vor vielen, vielen Jahren selbst gebaut. Er hatte gerne etwas aus Holz gebaut, wenn es die Zeit zuließ.
„Hallo, gute alte Bank. Du musst wohl auch mal wieder gestrichen werden!“
Diesen Satz brachte er immer über die Lippen, wenn er sich auf sie setzte und das schon seit bestimmt zwei Jahren. Aber nichts geschah. Mit den Füßen schob er die ersten Herbstblätter beiseite und machte es sich so gut es ging gemütlich. Die Sonne stand schräg über dem Stall, der für etwas Schatten sorgte. Von den Füßen bis zur Brust wärmte ihn die Sonne, der Rest seines Körpers befand sich im Schatten. Seine Beine sollten ständig warm gehalten werden, hatte ihm der Arzt geraten und dabei den Zeigefinger mahnend in die Höhe gehoben.
Seine liebe Frau brachte ihm den Kaffee.
„Komm, setz dich!“ Dabei klopfte er mit der flachen Hand neben sich auf die Bank. Oma lehnte dankend ab, was sie meistens tat. Sie saß lieber in ihrer Küche, das war ihr Reich.
„Bleib aber nicht zu lange hier draußen. Wenn die Sonne weg ist, solltest du wieder in die Küche kommen“, meinte sie liebevoll.
„Ja, ja, mach dir mal keine Sorgen um mich, meine Edeltanne!“
Dabei machte er ihr ein Zeichen mit der Hand, was so viel heißen sollte wie : Geh und lass mich allein.

So saß er da, mit dem Becher in der Hand. Sein Blick ging über den Hof zur Straße, die heute kaum noch jemand benutzte.
„Prost Anton“, witzelte er mit sich selber, führte den Becher zum Mund und stutzte.
Was war das? Im Kaffeepott spiegelte sich ein Bild wider. Sein Kopf färbte sich rot vor Schreck, schnell schaute er nach rechts und links, ob keiner in der Nähe war. Dann schaute er wieder auf den

Becherinhalt. Das Bild war nicht mehr da. „Potzblitz“, kam es aus ihm heraus. Vorsichtig stellte er die Tasse ab und seine Augen wanderten zur alten Linde. Er hatte das Bild sofort wiedererkannt, obwohl es schon 80 Jahre her war, dass er es das letzte Mal gesehen hatte. War es ein Trugbild oder nicht?
Gott sei Dank, dass Wilma nicht mehr da war. Die hätte wieder geschimpft. „Fängst du schon wieder mit dem Unfug an!“ hätte sie gesagt. „Du mit deinen Geschichten! Manchmal weißt du selber nicht mehr, ob sie wahr sind oder erfunden.“
Er schielte noch mal über den Becherrand: Kein Bild mehr.

Opas Erinnerungen

„Lieber Gott! Bin ich schon so alt, dass ich phantasiere?“
„Natürlich, mit 80 Jahren darf man das“, dachte er und schloss die Augen, um sich besser erinnern zu können.
Wie war das damals? Ich war ungefähr 8 Jahre alt. Mein Lieblingsspielplatz war die alte Linde im Hof. Sie war mein bester Freund. Mit meinem Opa zusammen hatte ich aus Latten und Brettern eine Baumhöhle gebaut. Kein einziger Nagel wurde damals verwendet, um ihr nicht weh zu tun, meiner Linde. Wenn ich von der Schule kam, galt mein erster Besuch ihr und der Höhle. Manchmal habe ich sogar in ihr Mittag essen dürfen oder die Schulaufgaben wurden da gemacht. Unten hing ein Eimer am Seil, den ich hochzog, wenn ich was Wichtiges brauchte. Wie zum Beispiel Verpflegung. Eines Tages lag ich in meiner Höhle und guckte verträumt in die Zweige, die sich im Wind hin und her bewegten. Ich versuchte, in den Zweigen immer etwas zu entdecken, was mir ab und zu auch gelang. Einfache Bilder wie ein Vogel, eine Blume oder Gesichter. Mit Wolken kann man das auch gut machen.
An diesem Tag passierte etwas Sonderbares, das mein Leben verändern sollte.
Da, eine Figur, dachte ich so bei mir, es könnte eine Mädchengestalt sein. Kaum hatte ich diesen Gedanken gefasst, löste sich aus den Zweigen eine kleine Gestalt, nicht größer als eine Milchkanne, wie wir sie auf dem Hof hatten für unsere Kuhmilch. Vor Schreck verlor ich das Gleichgewicht, kam ins Wanken und fiel aus meiner Behausung. Als wollte der Baum seinen kleinen Bewohner nicht runterfallen lassen, fing er mich mit seinen dichten Zweigen und

Ästen auf. Mühsam zog ich mich wieder ans rettende Ufer, das in diesem Falle meine Höhle war.
„Was war das, wo ist sie?“ Trotz meines Schreckens suchte ich nach ihr. Es war keine Einbildung: Da war sie wieder, die Erscheinung. Wunderschön war sie anzuschauen, wie in Nebel gehüllt.“
„Wer bist du?“ fragte ich ehrfurchtsvoll. „Ich bin eine Elfe“, gab sie mir zur Antwort.
„Elfen gibt es nicht“, widersprach ich mutig. „Wer sagt das, Anton? So heißt du doch, oder?“
„Ja, aber woher weißt du das?“ fragte ich neugierig.
„Elfen wissen alles“, meinte sie. „Also, warum gibt es keine Elfen?“ fragte sie wieder.
„Alle sagen das.“ - „Dann lass sie in dem Glauben“, meinte die Elfe, „Hauptsache, du glaubst an uns.“

Ich glaubte tatsächlich an Elfen. Meine Oma las mir immer Geschichten vor von diesen Fabelwesen. Sie meinte, dass man sie sehen könnte, wenn man an sie glaubt und ein reines Herz hat.
„Deine Oma hat recht“, gab mir die Elfe zu verstehen.
„Aber ich habe doch gar nichts gesagt!“ Verdutzt sah ich sie an.
„Das brauchst du auch nicht, denn ich weiß, was du denkst.“
„Oh, wie schrecklich“, dachte ich. „So schrecklich ist das gar nicht, nur praktisch“, lächelte sie mich an.
„Was machst du hier?“ wollte ich wissen.
„Ich wohne hier in der Linde, genauso wie du.“
„Ich habe dich aber noch nie hier gesehen.“
„Du kannst mich auch nur sehen, wenn ich es will.“ Sprach’s und verschwand. Meine Augen suchten und suchten nach ihr in den Zweigen, bis sie mir wehtaten.
„Anton, komm runter! Du musst helfen, die Tiere zu füttern“, hörte ich meine Mutter rufen. Ich nahm meine Strickleiter, ließ sie langsam runter und folgte ihr. Unten angekommen zog ich sie wieder hoch,

mit einem dünnen Seil, das ich anschließend an einer Wurzel der Linde befestigte.
Abends lag ich im Bett und wartete auf meine Oma. Ich hatte sie gebeten, noch einmal in mein Zimmer zu kommen, um ihr zu berichten, was sich zugetragen hatte.
Sie hörte mir aufmerksam zu und guckte mich etwas ungläubig an. Dann nahm sie meine Hand, drückte sie fest an ihr Herz und sagte mit Stolz in der Stimme:„Ich habe es dir doch gesagt: Es gibt sie. Nun schlaf schön und träume von deiner Elfe, mein kleiner Anton."

Es vergingen Tage um Tage, ohne dass ich sie wiedersah. Aber dann, ungefähr nach vierzehn Tagen, ich hatte schon Zweifel an der Sache bekommen, war sie wieder da. Noch schöner als vorher kam sie mir vor.
Die Sätze, die sie zu mir sprach, habe ich heute noch im Ohr", dachte Opa und sprach sie leise vor sich hin. „Hallo, lieber Anton. Da bist du ja. Hör mir gut zu, ich muss dir etwas Wichtiges erzählen und kann das aber nur einmal tun, hörst du?"
Ich erschrak über ihr plötzliches Erscheinen und die Art, wie sie mit mir sprach. Was ist passiert? wollte ich fragen und noch viele Dinge mehr. Ich kam nicht dazu.
„Wir brauchen deine Hilfe!!"
„Wer ist wir?" fragte ich erstaunt.
„Wir im Urwald der tausendjährigen Eichen, du wirst uns kennen lernen. Die Königin Isir hat mich in diesen Baum hier geschickt, um Hilfe zu holen. Nun hoffe ich, dass du uns helfen kannst, denn niemand hat mich zuvor gesehen."
„Wieso nicht?" fragte ich.
„Weil keiner ein reines Herz hatte so wie du."
„Wie lange wohnst du denn schon hier?"
„Ich weiß es nicht, wir Elfen kennen keine Zeit."
„Wie kann man euch denn helfen?" wollte ich wissen.

„Du musst mit mir kommen, dann siehst du es vielleicht. Komm morgen Mittag gegen 13 Uhr zur ältesten Eiche in dem Urwald. Du weißt, wo sie steht?“
„Jawohl“, antwortete ich artig. „Ich weiß, wo sie steht.“
„Dann ist es gut, denk dran morgen Mittag!“ sprach´s und war verschwunden, genauso wie sie gekommen war.
Am nächsten Tag hatte ich ein Problem in der Schule. Alles, was nur schief gehen konnte, ging schief.
Meine Gedanken waren nur bei der Elfe und der alten Eiche im Urwald. Man muss wissen, bei uns, fast angrenzend an die Bäckerei und nur durch eine große Wiese getrennt, fing ein Waldstück an, das zu den ältesten in Norddeutschland zählte. Es war ein Eichen- und Buchenwald, in dem unter anderem 12 tausendjährige Eichen standen. Sie waren so hoch wie Kirchtürme und hatten einen Stammumfang, der so groß war, dass wir sechs Kinder ausgestreckte Arme brauchten, um sie zu umfassen. Damals waren sie noch so groß, heute sind manche nur noch Baumruinen, sie scheinen zu sterben.
Wir hatten Streiche in der Schule gemacht. Ich war nicht daran beteiligt gewesen, aber es hatte mich trotzdem erwischt. Nachsitzen hieß die Strafe für mich und einen meiner Freunde. Ausgerechnet heute, wo ich doch zur Eiche musste.
Mir war alles egal, ich haute einfach ab und lief nach Hause, so schnell ich konnte. Dort schlang ich mein Essen runter und wollte gerade weg, da rief meine Mutter nach mir. Ich versteckte mich, so gut es ging, doch es nützte nichts.
„Was ist los, was machst du da hinter der Tür?“ fragte sie.
„Ich habe etwas verloren!“
„Komm, beeil dich. Wir müssen los.“
„Wohin denn?“ wollte ich wissen.
„Na, zum Zahnarzt. Wir haben doch heute Mittag einen Termin.“
Ich sackte in mich zusammen, jetzt war alles aus. „Aber ich muss doch in den Urwald zur Elfe“, stammelte ich.

„Was musst du?“ fragte sie.
„Zur Elfe muss ich jetzt. Wir wollen uns an der alten Eiche treffen.“
„Welche Elfe?“ fragte meine Mutter zornig.
„Die in der Linde bei uns wohnt“, stotterte ich. „Frag doch Oma.“
„Schluss jetzt! Du kommst mit mir zum Zahnarzt und keine Widerrede.“
„Aber die Elfe....“, weiter kam ich nicht mehr. Eine saftige Ohrfeige war der Lohn für meine ständige Nörgelei.
„Schluss! Du kommst mit, basta! Eine Woche Stubenarrest! Und mit Oma werde ich reden, damit sie aufhört, dir diesen Blödsinn von Elfen und Winzlingen zu erzählen.“

Seit damals habe ich die Elfe nie wiedergesehen. Das Erlebnis hatte ich oft erzählt, aber keiner hatte mir geglaubt, sogar meine eigene Frau nicht. Sie meinte immer, ich sei ein Geschichtenerzähler. So war das damals vor 70 Jahren, und jetzt sehe ich dieses Gesicht in meiner Kaffeetasse als Spiegelbild wieder, oder war es ein Trugbild?
„Guckt mal, da sitzt Opa auf der Bank.“
Kai war der Erste an der Stallecke, die den Blick freigab über den Hof zur großen Doppelschiebetür. Gleich daneben saß der alte Mann. Sie blieben einen Moment an der Ecke stehen, um zu beratschlagen, wie sie sich jetzt verhalten sollten. Das hatte sich aber schnell erledigt, weil Kobold Opa entdeckt hatte und mit wedelndem Schwanz zu ihm hin rannte. „Ihm nach!“ rief Pit und schon verließen sie die schützende Hauswand.
Opa schien die Kinder erst gar nicht zu bemerken. Er war in Gedanken versunken und stierte in seinen Kaffeepott.
„Hallo Opa!“ riefen die Kinder. Er schaute hoch zu ihnen und ein Lächeln zog über sein Gesicht, das sie alle mutig stimmte.

„Wo kommt ihr denn her, Jungs? Und wer ist die schöne Dame an eurer Seite?“ fragte er galant. Pit schob Rena nach vorne und stellte sie ihm vor. „Das ist die Schwester von dem Langen“, klärte er Opa auf.

„So, so, Schwester. Wie heißt du denn, mein schönes Kind?“
„Rena“, antwortete sie artig, reichte ihm die Hand und machte einen Knicks.
„Das ist aber lieb von dir, Rena. Dass es so was heute noch gibt!“
Rena erschrak. Noch nie hatte sie einen Knicks gemacht, das war von ganz alleine gekommen. Eine eigenartige Wärme durchdrang ihren Körper, als sie die Hand des alten Mannes erfasste. Sie mochte ihn auf Anhieb, wie sie alle.

„Kommt, setzt euch zu mir“, sagte Opa und zeigte auf die Bank. Sie war lang genug und hatte Platz für alle.
„Soll ich frischen Kaffee holen?“ fragte der Dicke freundlich und wollte den Kaffee, der inzwischen kalt geworden war, auskippen.
„Nein, nein, die Elfe . . . “ Opa hielt inne im Satz und guckte in den Becher.
„Welche Elfe?“ fragte Rena. „Glaubst du an Elfen, mein Kind?“ fragte er sie ungläubig.
„Natürlich! Sie sind wunderbare Wesen, die das Gute verkörpern und dir manchmal helfen, ohne dass du es merkst.“
„Weibergeschwätz! Quatsch!“ tönte der Dicke.
Die Übrigen stimmten ihm durch Kopfnicken zu. Opa gab aber Rena Recht, nahm ihre Hand und führte diese zum Becher.
„Sei so gut, hole mir einen neuen Kaffee. Dieser ist kalt.“ Sie stutzte.
„Wieso? Der ist doch nicht kalt“, stellte sie fest, als sie ihn mit der Hand berührte. „Tatsächlich, er ist heiß. Was für ein Tag, Kinder!“ strahlte Opa sie an, setzte den Becher an seine Lippen und nahm einen kräftigen Schluck.
„Hee, du!“ er zeigte mit dem Finger auf Kai. „Sei mal so gut und geh zu Oma, den Weg kennst du ja, und hol mir meine Pfeife mit dem Tabak. Ich glaube, jetzt muss ich eine rauchen.“
Kai strahlte über beide Wangen, dass ausgerechnet er diesen Dienst tun durfte.

Nach der Zeremonie des Pfeifestopfens lehnte Opa sich genüsslich zurück und blies den Rauch Björn ins Gesicht, sodass der anfangen musste zu husten.
Opa stöhnte: „Ja, ja die Elfen. Da muss ich euch eine Geschichte erzählen, die ich vor langer, langer Zeit selber erlebt habe. Damals war ich so alt war wie ihr jetzt."

Ihm fiel es leicht, diese Geschichte zu erzählen, weil sie ja gerade durch seine Gedanken gegangen war. Die Kinder kauerten sich vor und neben ihn, keinen Augenblick ließen sie sich von etwas anderem ablenken. Gespannt schauten sie auf seine Lippen, die die sonderbare Geschichte von dem Erlebnis mit der Elfe in seiner Baumhöhle erzählten. Ihnen lief es kalt über den Rücken, so anschaulich konnte der alte Mann sein Erlebnis schildern. Sie hatten das Gefühl, dabei gewesen zu sein.
„Na, was haltet ihr davon?" fragte er die Kinder.
Mäuschenstill war es um sie herum, keiner wollte etwas Falsches sagen. „Irgendwie war sie schon unglaubwürdig, diese Geschichte. Wenn der kalte und dann auf einmal heiße Kaffee nicht gewesen wäre! Vielleicht ein Trick", dachte Pit, „aber wie hat er es gemacht mit dem Kaffee?" Rena glaubte die Geschichte. Vielleicht, weil sie ein Mädchen war. Der Dicke glaubte sie auch, weil er den Becher berührt hatte, als er noch kalt war, und jetzt war er heiß. Die anderen waren eher skeptisch.

„Was könnte die Elfe denn für eine Hilfe gemeint haben?" wandte Rena sich dem Alten zu. „Oft bin ich in den Wald gefahren mit dem Rad. Nichts konnte ich entdecken. Gerufen habe ich nach Leibeskräften, vergeblich. Später gab ich es auf, man nannte mich schon den Träumer oder Phantasten. Ein Jahr später starb meine Großmutter. Nun hatte ich keinen mehr, mit dem ich darüber sprechen konnte. Ich habe viel nachgedacht in den Jahren, dabei ist mir eines aufgefallen."

„Und was?“ unterbrach Rena den Alten ungeduldig.
„Die alten Eichen sterben langsam, sie werden immer kleiner. Damals in meiner Kindheit waren sie noch riesig! Aber guckt sie euch doch heute an. Es stehen teilweise nur noch Rümpfe da, keine Krone dieser Giganten ragt mehr in den Himmel - bis auf zwei oder drei. Allerdings betrifft es nur die alten Eichen, junge Bäume oder andere Laubbäume im Wald haben sich gut gemacht. Allgemein meint man, dass die Eichen eben ihr Alter haben, um zu sterben. So wie der Mensch auch.“

Kai flüsterte Pit etwas ins Ohr, das er nicht sofort verstand.
„Was meinst du, welche Leitung?“ fragte er.
„Die Zeitung!“ wiederholte Kai.
„Was ist damit?“
„Die wir gefunden haben, der Artikel!“
„Ja, natürlich“, hastig griff Pit in seine Jackentasche. „Hier ist er.“
„Zeig ihn doch mal Opa. Vielleicht gibt es da einen Zusammenhang wegen der Eichen“, meinte Kai.
Wie sollte Pit ihm erklären, dass sie ohne zu fragen in seinem Stall herumgestöbert hatten? Egal, die Sache war wichtig.
„Wir waren schon vor einer Stunde hier, mochten aber nicht stören beim Mittagsschlaf“, gab Pit Opa zu verstehen.
„So, so, das ist aber sehr nachsichtig von euch. Was habt ihr denn so lange angestellt?“ fragte er die Kinder.
„Das trifft sich ja gut“, dachten sie. „Dann können wir es ihm ja erzählen ohne Ärger zu bekommen.“

Jetzt waren die Kinder dran. Opa hörte gespannt zu bis zum Ende ihres Berichtes.
„Seht ihr, ich gehe nicht mehr in den Stall. Wegen der Erinnerungen.“ Er war anscheinend nicht böse mit ihnen. „Zeig mal den Zeitungsausschnitt, Junge.“

Pit reichte ihm das Blatt Papier.
„Holt mir einer meine Brille?“ Kai und Björn rasten gleichzeitig los. Dabei schlugen sie mit den Köpfen zusammen. Die anderen mussten lachen, die beiden allerdings nicht. Fluchend verschwanden sie hinter der großen Schiebetür. Nach einer kurzen Weile kamen sie wieder, ohne Brille. Dafür aber jeder mit einem Küchenmesser, das sie an ihre Köpfe hielten, um die Beulen zu kühlen, die sie sich bei ihrem Zusammenstoß geholt hatten.
„Oma kommt gleich und bringt sie raus,“ meinte Kai.“ Sie muss die Brille erst putzen“, ergänzte Björn.
Kaum hatte er das ausgesprochen, trat Oma vor die Tür. Sie hatte Opas Brille aufgesetzt und tat so, als ob sie dadurch nichts sehen könnte. Ihre Hände tasteten sich nach vorne.

Die Kinder mussten lachen, es sah wirklich lustig aus, wie sie das machte.
„Hier, Professor Bäckermeister“, witzelte sie mit Opa und reichte ihm dabei seine Brille. „Da sind ja deine neuen Freunde. Er hatte schon Angst, dass ihr nicht wiederkommt.“ „Papperlapapp“, brummte er, nahm die Brille, hielt sie, ohne sie aufzuklappen, mit der rechten Hand vor seine Augen und las laut die Überschrift des Artikels:
“WARUM STERBEN IM URWALD DIE ALTEN EICHEN?“
„Sag mal, was anderes, Wilma. Wie hieß noch mal der Brotwagenfahrer, der zuletzt bei uns war?“
„Du meinst Heini, Heini Harmsen, oder?“ half sie ihm auf die Sprünge.
„Genau, Heini. Der ist doch vor zwei Jahren gestorben, ist es nicht so?“
„Ja, der arme Kerl, so gehen sie alle dahin.“
„Wohin ist er gegangen?“ Opas Ohren waren nicht mehr die besten.
„In den Himmel, will ich doch hoffen“, dabei lächelte sie und ihre Augen guckten in den strahlend blauen Himmel.
„Sag mal, Wilma: Hat Heini damals nicht auch noch im Urwald

als Waldarbeiter gearbeitet, als bei uns nicht mehr so viel zu fahren war?"
„Ja, das hat er wohl. Ab und zu brachte er uns Kaminholz mit für die kalten Wintertage, weißt du noch, Anton?"
„Ja, richtig, jetzt fällt es mir wieder ein. Wenn ich dich nicht hätte, meine Edeltanne." „Apropos Kaminholz, ich muss schnell zum Ofen gucken, bevor er ausgeht." sprach´s und verschwand.
Ihre Stimme hörten sie noch hinter der Tür. „Erzähl den Jungs nicht so viel Geschichten, hörst du!"

„Sieh an, ich habe Verstärkung." Omas Stimme war wieder klar und deutlich zu hören. Kein Wunder, denn sie war zurückgekommen, weil ihr erst jetzt bewusst geworden war, dass ein Mädchen dabei war.
„Das ist Rena", stellte Opa sie ihr vor. Oma strich zärtlich mit ihrer Hand über Renas Haar. „Schön, dass du zu dieser Rasselbande gehörst, dann machen sie sicherlich nicht zu viel Dummheiten", meinte sie und verschwand endgültig zu ihrem Ofen.
„Heini war es, Heini", wiederholte Opa. „Seltsam ist das ja schon mit der Zeitung. Hier, nimm!" er reichte Pit den Artikel. „Bewahre ihn gut auf, vielleicht brauchen wir ihn ja noch mal."

„Und die Flöte", fragte der Lange. „Was ist mit der Flöte, warum ist sie so unversehrt?" Richtig, die Flöte, die hatten sie in der Aufregung fast vergessen.
„Rena, zeig sie Opa mal!"
Sie griff vorsichtig in ihre Seitentasche, sortierte mit einer Hand den Inhalt, ohne dass etwas zu sehen war, und brachte die Flöte zum Vorschein. Kaum hatte Rena sie ans Tageslicht gebracht, rief Opa erstaunt aus: „Das ist ja eine ELFENFLÖTE !!! Eine ELFENFLÖTE !!" wiederholte er.
Die Flöte lag in Renas Hand wie eine Perle in der Muschel. Zuerst

bemerkten sie es gar nicht, aber dann konnte man es nicht mehr übersehen: Die Blätter der Linde, die sich bereits herbstlich gefärbt hatten und kurz vor dem Abfallen waren, änderten ihre Farbe in ein leuchtendes Lindgrün. Es sah aus, als wenn der ganze Baum voller Lichter hinge. Nur kurze Zeit dauerte der Zauber, dann war die vorherige Farbe wieder zurückgekehrt. Hier und da fiel ein Blatt zur Erde wie vorher auch.
Mit offenem Mund standen sie alle, auch Opa , vor diesem großen Baum und waren Zeugen. Keiner sagte ein Wort, alle waren ergriffen von diesem wunderschönen Bild.

„Da, ich sehe die Elfe!“ rief der Dicke.
„Wo, wo?“
„Da oben“, er zeigte mit ausgestrecktem Arm in die Baumkrone. „Jetzt ist sie weg.“
„Du hast doch gar kein reines Herz, das weiß ich genau“, meinte der Lange.
„Wieso nicht?“ wollte der Dicke wissen.
„Weil du mich beschupst hast mit deinen Abziehbildern.“ Der Dicke guckte beschämt auf den Boden.
„Dann war es wohl eine Einbildung. Ich habe mich getäuscht.“

Opa setzte sich mit einem Stöhnen auf die Bank zurück.
„Ich habe es immer gewusst! Mein ganzes Leben habe ich es gewusst, dass ich mir nichts eingebildet habe.“
Rena stand immer noch wie angewurzelt mit ihrer Flöte in der Hand.
„Was war das?“ fragte sie den alten Mann.
„Ein Zeichen, mein Kind, ein Zeichen.“
„Was für ein Zeichen?“ wollte sie weiter wissen.
„Ich nehme an, von der Elfe oder uns nicht bekannten Mächten.“
„So wie Raumschiff Enterprise, Abenteuer von fernen Galaxien?“ fragte Kai.

„Nein, das glaube ich nicht. Eins wissen wir aber: Es hat etwas mit der Flöte in Renas Hand zu tun“, antwortete Opa.
Alle guckten auf die kleine zierliche Flöte, nur Rena nicht.
Sie starrte wie hypnotisiert in den Lindenbaum.
„He, siehst du was?“ fragte ihr Bruder. „Was ist?“ verstört blickte sie um sich.
„Ob du was gesehen hast, wollte ich wissen?“
„Nein, nichts“, war die abweisende Antwort.

„Was machen wir jetzt?“ wollte Pit wissen.
„Ich glaube, ihr geht alle schön nach Hause“, gab Opa ihnen den Rat. „Es ist auch schon spät, meine Beine werden langsam kalt.“
„Ja, gut, ist vielleicht das Beste im Moment“, nickte der Lange zustimmend.
„Kommt, helft mir mal hoch“, bat Opa und reichte dem Langen die Hand. Er war ganz schön schwer, ihr lieber alter Freund.
„Einen Rat möchte ich euch noch mit auf den Weg geben. Sprecht mit keinem darüber, sonst werdet ihr ausgelacht und habt nur Schwierigkeiten. Wir müssen selbst drauf kommen, was das Ganze zu bedeuten hat. Jetzt sind wir ja zu sechst. Ich bin nicht mehr alleine, ihr seid meine Zeugen.“

„Tschüß, Opa! Und einen schönen Gruß an Ihre Frau.“
Rena stellte sich auf die Zehenspitzen. Dabei zog sie Opa etwas zu sich herunter, um ihm einen zärtlichen Kuß auf die Wange zu geben.

„Mensch, Kind, du machst mich ganz verlegen! Bist ein liebes Mädchen! Pass gut auf die Flöte auf. Ich glaube, wir werden sie noch brauchen.“
Die Kinder verließen Opa und liefen über den Hof zur Straße. Ab jetzt gehörten sie hierher, brauchten sich nicht mehr heranzuschleichen, sondern konnten erhobenen Hauptes dieses Anwesen betreten.

Still in sich versunken gingen sie nebeneinander her. Jeder war mit sich und seinen Gedanken beschäftigt. Nur Kobold hatte das alles nicht beeindruckt. Er merkte, dass etwas mit seinen Freunden nicht stimmte. Mit lautem Bellen versuchte er, die Gruppe aufzuheitern, was aber nicht gelang.
„Also Leute, denkt dran, was Opa uns mit auf den Weg gegeben hat: Zu keinem ein Wort!“ erinnerte Pit die anderen. „Übrigens, morgen kann ich nicht.“
„Wir auch nicht“, schlossen sich Kai und Björn an.
„Heute ist Donnerstag, Montag fängt die Schule wieder an. Also lasst uns Samstag wieder zusammenkommen.“ schlug Pit vor. Alle waren einverstanden. Die vier Freunde - oder waren es jetzt fünf geworden ?- zogen ab nach Hause.
Pits Vater stand in der Haustür, als er um die Ecke bog.
„Hallo, mein Herr Sohn! Schön, dass man dich auch mal sieht“, begrüßte er ihn ironisch. „Gehst du heute Abend kegeln?“ fragte Pit zurück.
„Nein, wieso?“
„Ich möchte mit dir etwas besprechen, falls du Zeit hast.“
„Ja, mal zu. Am Besten gleich!“ Sie gingen in sein Arbeitszimmer. Sein Vater war bei der Zeitung - nur zur Erinnerung. Vielleicht konnte er den Kindern helfen bei der Entzifferung des Zeitungsartikels.
„Was gibt es, Junge? Eine schlechte Arbeit in der Schule kann es ja nicht sein. Ferien sind doch angesagt, oder? Also, was gibt es so Wichtiges?“
„Wir, das sind meine Freunde und ich, haben eine alte Zeitung gefunden, die schon 30 Jahre alt ist. Leider können wir nicht alles lesen. Da gibt es einen Artikel, der uns interessiert.“ „Dann lass mal sehen!“
Er streckte Pit die Hand entgegen und schnipste mit den Fingern. Das machte er immer, wenn es ihm nicht schnell genug ging. Etwas zögerlich reichte sein Sohn ihm den Artikel.

„Was ist? Willst du nun, dass ich dir helfe oder nicht? Also gib ihn schon her!“
Nach kurzem Hinsehen fragte er ihn, ob das sein Ernst sei, der Artikel sei doch nicht 30 Jahre alt.
„Warum nicht, steht doch da oben drauf?“ Pit zeigte mit dem Finger auf das Datum. „Tatsächlich, ist ja eigenartig.“

Jetzt nahm er das Stück Papier und setzte sich an seinen Schreibtisch. Er legte es vorsichtig auf die Arbeitsplatte und glättete es sachte mit beiden Händen, indem er es von innen nach außen strich.
Ohne hinzugucken griff er in eine Schublade und holte seine Lupe als Hilfe.
„Was ist?“ fragte Pit neugierig. „Kannst du was erkennen?“ Er erhielt keine Antwort.
„Wo hast du den Artikel denn gefunden?“ wollte sein Vater wissen.
„In einer Mülltonne.“
„Was machst du denn an einer Mülltonne?“
„Sie war umgeweht, da haben wir sie wieder aufgestellt.“
„Gut, mein Sohn, das lob´ ich mir. Ganz meine Erziehung. Das ist ja eigenartig, die Hotline ist im guten, ja tadellosen Zustand, und der Rest ist nicht zu erkennen.“
„Was ist denn eine Hotline?“ fragte Pit.
„Eine Überschrift oder ein Oberbegriff“, kam es schlau zurück. „Komisch, das sieht so aus, als wären da zwei Schriften übereinander gedruckt. Wahrscheinlich ein Fehldruck. Pass mal auf, ich nehme die mal mit zur Firma. Da kann ich auf fotografischem Weg vielleicht etwas herausbekommen. Wo, sagtest du, habt ihr sie gefunden?“
„Weiß nicht genau, irgendwo beim Spielen.“
Der Vater knipste die Schreibtischlampe aus, steckte den Artikel in seine Aktentasche und meinte mit einem Augenzwinkern: „Das kriegen wir schon raus. Wenn nicht, geht die Welt auch nicht unter.“

Pit sah das ganz anders. Ihm war unwohl bei dem Gedanken, dass sein Vater die Sache vielleicht halbherzig anging. Aber er hatte wohl keine andere Wahl. Der nächste Tag fing wie der vorherige an.
„Telefon, Pit. Steh auf, der Lange!“ rief seine Mutter. Er hastete zum Hörer, als würde er dafür bezahlt.
„Hallo, Langer, was gibt es?“ - „Sitzt du gut?“ fragte der Pit.
„Nee, ich stehe, also was ist?“
„Meine Schwester und ich haben gestern noch längere Zeit über die Ereignisse gesprochen.“ „Ja, und?“ - „Halt dich fest! Sie hat mir anvertraut, dass sie die Elfe im Baum gesehen hat.“
„Waaas! Sag das noch mal!“ rief Pit erstaunt.
„Ich habe nichts gesagt, Pit“, kam es aus der Küche zurück.
„Nein, Ma, ich mein’ dich nicht. Der Lange spricht so leise.“
„Ach so!!“
„Bist du sicher, dass sie nicht flunkert?“ wandte er sich wieder dem Langen zu.
„Ich glaube nicht. Sie war ganz verstört, als sie mir das erzählte.“
„Und warum hat sie uns das nicht gleich gesagt?“
„Das habe ich auch gefragt. Sie zuckte nur mit den Schultern.“
„Hast du sie heute morgen schon gesehen?“ fragte Pit.
„Nein, sie liegt noch in ihrem Bett.“
„Okay, beobachte sie gut, und pass auf, dass sie keinem etwas erzählt. Mach´s gut, Langer.“
Pit legte den Hörer auf die Gabel. “Hoffentlich lügt sie“, dachte er bei sich. Wir sind hier doch nicht bei Peter Pan oder im Film.

Rena lag lange im Bett. Sie schlief nicht mehr, sondern träumte schon längere Zeit vor sich hin. Einmal war sie kurz aufgestanden, um sich etwas aus dem Kühlschrank zu holen, einen Schokoriegel und etwas Kühles zu trinken. Schnell kuschelte sie sich wieder in ihre noch warme Decke. Ihren Lieblingsteddy hob sie vom Fußboden auf, er war wohl beim Aufstehen heruntergefallen.

„He du, Mops“, so hieß der kleine wuschelige Kerl, „was soll ich nur machen?“
Mops wusste bestens Bescheid. Er hatte sich gestern Abend die ganze Geschichte von der Elfe, Opa und dem Abenteuer anhören müssen. Er war ein guter Zuhörer, und er wusste mehr als alle anderen, auch mehr als der Lange. Sie hatte ihrem Teddy ganz ausführlich anvertraut, was sie alles im Lindenbaum gesehen hatte: Zuerst war es nur ein Lichternebel, der sich langsam auflöste und die Erscheinung der Elfe herbeizauberte. Ganz deutlich war sie zu erkennen gewesen, fast wie eine Zeichentrickfigur.
„Hallo Rena, ich spreche zu dir. Hebe die Hand, wenn du mich siehst. Sage aber kein Wort, um dich nicht zu verraten!“
Die Stimme kam zu ihr wie auf Schallwellen, so hörte sich das an. Sie tat, wie man es von ihr verlangte.
„Die anderen können mich nicht hören, darum stutze nicht, wenn keiner von deinen Freunden reagiert. Ich habe eine Botschaft für dich, mein liebes Kind. Komm alleine morgen Mittag um 13 Uhr zur ältesten tausendjährigen Eiche in den Urwald. Morgen um 13 Uhr, alleine.“
Weg war sie, keiner hatte etwas bemerkt. Rena hatte abends versucht, mit ihrem Bruder darüber zu sprechen, aber den Mut nicht gehabt, ihm alles zu erzählen.

„Nun, mein kleiner Mops, was soll ich machen?“ fragte sie ihren Teddy, „Du wirst mir sicher einen Rat geben können.“
Liebevoll nahm sie seine Stoffarme und richtete ihn auf. Rena erschrak. Was war das? Er brummte!! Das haben Bären normal so an sich, wenn man sie nach unten beugt, aber nicht Mops. Er konnte noch nie brummen, solange er bei ihr war.
Vorsichtig nahm sie ihren Teddy, schaute ihn an und fragte: „Soll ich heute nicht zur Eiche gehen?“ Keinen Laut gab er von sich.
„Soll ich heute zur Eiche gehen?“ Er brummte!!

„Also soll ich“, dachte Rena leicht irritiert. Mops wurde auf den Boden gelegt und abgetastet. Es war keine harte Stelle zu finden, die das Brummen verursacht haben könnte. Ein paar Mal wurde der Versuch wiederholt, ohne Ergebnis - kein Brummen mehr.
„Also gut, ich gehe hin. Aber du kommst mit, falls mir was passiert.“

So gegen 11 Uhr verließ Rena ihr Zimmer.
„Mutti, wo bist du?“ rief sie laut durchs Haus.
„Hier bin ich, im Schlafzimmer“, kam die Antwort.
Rena nahm immer zwei Stufen auf einmal, bis sie oben war. Das Schlafzimmer der Eltern lag im 1. Stock.
„Hast du dein Bett aufgeschüttelt und ans Fenster gehängt zum Lüften, Rena?“
„Natürlich, Mutti, wie immer. Weißt du doch!“ „Warum frage ich eigentlich?“ dachte die Mutter. „Die Kleine ist immer so hilfsbereit und aufmerksam. Eben ein Kind, wie man es sich wünscht.“
„Sag mal, Mutti, kann der Mops eigentlich brummen?“
„Nein, das weißt du doch. Brummen konnte er nie.“
„Ich mein’ ja auch, als du ihn noch hattest als Kind.“
„Nein, ich glaube, damals gab es so was noch gar nicht. Mops ist schon ungefähr 50 Jahre alt. Oma hatte ihn irgendwann zum Geburtstag bekommen. Warum fragst du?“
„Ach, nur so. Kann ich dir noch irgendwie helfen, Mutti?“
„Ja, die Wäsche kann auf die Leine. Wäre schön, wenn du mir das abnimmst. Dein Bruder kann dir ja helfen.“
„Ist gut, mal sehen, wo er sich rumtreibt. Anschließend, wenn die Wäsche hängt, wollte ich gerne zu Nicole. Darf ich?“
„Natürlich, sind ja deine letzten Ferientage. Sei aber bitte zum Abendessen wieder zu Hause.“ Zufrieden lief sie die Treppe hinunter. Die letzten Meter rutschte sie auf dem Geländer, ihrem Bruder fast in die Arme.
„Spionierst du mir nach, Bruderherz?“ fragte sie empört.

„Nein, warum sollte ich.“
„Habe so den Eindruck. Du sollst mir helfen, die Wäsche aufzuhängen.“
„Keine Zeit, ich muss noch den Rasen mähen“, maulte er sie an.
„Dann trag mir bitte die nasse Wäsche nach draußen.“
„Mach ich, Schwesterherz, wenn du mir sagst, wie das gestern mit der Elfe war.“
„Elfe, Elfe, du mit deiner Elfe! Es gibt keine Elfen, oder hast du schon mal eine gesehen?“ antwortete sie patzig.
„Du hast mir doch gesagt, dass du sie gestern gesehen hast!“
„Gestern, gestern, nur nicht heute, sagen alle faulen Leute“, sang sie mit klarer Stimme und lief wie beim Hinkespielen hüpfend auf einem Bein davon.
Die Wäsche war schnell aufgehängt, ihr Bruder hatte den schweren Korb mit angefasst. Wenn sie sich auch manchmal etwas in den Haaren lagen: Der eine konnte auf den anderen zählen. Es hielt sie nichts mehr zurück, fast lautlos fiel die Tür ihres Zimmers ins Schloss.
„Mein kleiner Freund, jetzt wird es Ernst. Du kommst mit.“
Ein fester Handgriff umklammerte die Bauchpartie des kleinen Teddy, als wollte sie ihm keine Möglichkeit mehr geben zu entkommen. Dann packte sie ihn zusammen mit einigen anderen Utensilien in eine Plastiktüte und verschwand.

Das Fahrrad schob Rena im Schutz der Hauswand aus der Garage. Nach dem Geräusch zu urteilen, war der Lange am anderen Ende des Grundstücks mit dem Rasenmäher beschäftigt. Das kam ihr ganz gelegen. Hastig schob sie ihr Rad ein paar Meter bis zur Pforte. „Nun schnell“, spornte sie sich an, schwang sich drauf und raste davon. Kurz drehte sie ihren Kopf in Richtung Rasenmäher. Nichts war zu sehen.

Renas Reise ins Ungewisse

In ihr kehrte Ruhe ein. Langsam radelte Rena in Richtung Eichenwald. Am Dorfrand angekommen, musste sie den Weg ändern.
„Guck mal da, die vielen Vögel! Es sieht so aus, als wollten sie sich sammeln. Ach ja, du kannst nichts sehen, armer Mops."
An einem alten Wegweiser hielt sie an, befreite Mops aus seinem düsteren Versteck und setzte ihn zwischen Lenkstange und Lampe.
„Weiter geht´s. Wenn ich nur wüßte, wo die älteste Eiche steht! Irgendwie werden wir sie schon finden."
Sie fuhr an abgemähten Wiesen vorbei, es roch immer noch nach Heu. Sie liebte diese Jahreszeit und ebenso den Frühling, wenn alles wieder zu neuem Leben erwacht.
„Hallo, Pferd, wie geht´s?" rief sie einem alten Haflinger zu, der wahrscheinlich sein Gnadenbrot bekam. „Guck mal da, Mops!" sie drehte seinen Kopf zur anderen Seite. „Rehe, mindestens sechs Stück. Die sind aber zutraulich, sie laufen nicht weg." Kurz vor dem Wald machte sie noch einmal halt.
„Was ist denn hier los?" rief sie den Vögeln zu. „Ich habe nichts für euch!" Sie schwirrten und zwitscherten um ihren Kopf herum, als wollten sie etwas sagen.
„Was macht ihr mit mir? Fliegt in den Himmel, dahin, wo ihr hingehört!" Sie schwang sich wieder auf ihr Rad und bog in den Waldweg ein. „Wo geht´s lang?" rief sie aus lauter Verzweiflung, weil sie nicht wusste, wo die Eiche stand.
„Hier, hier!" zwitscherten die Vögel. Wenigstens hörte sich das so an.

„Na gut, wenn ihr meint, folge ich euch einfach." „Seltsam war das schon, aber was soll´s", dachte Rena, „es wird schon nicht falsch sein." Sie folgte den beiden Vögeln, die vornweg flogen. Die anderen waren hinter ihr geblieben, eine ganze Schar. Bunte Kerle waren die beiden vor ihr.
„Seid ihr Frau und Herr Gimpel?" fragte sie. Die Vögel drehten sich um, als wollten sie sagen: „Jawohl, gestatten sie, Frau und Herr Gimpel!"

So ging es eine ganze Weile, kein Mensch kam ihr entgegen. Wahrscheinlich, weil gerade Mittagszeit war.
„Oh, mein Rad ist kaputt. Ich trete, ohne weiterzukommen. Wahrscheinlich ist die Kette ab." Sie stieg vom Rad, um es zu kontrollieren. Komisch, die Kette war noch drauf. Irgendetwas anderes schien kaputt zu sein, aber was? „Das fehlt mir noch, und jetzt?"
„Du bist da!! Lieb, dass du gekommen bist!" hörte Rena eine Stimme, die ihr vertraut war. Es war die der Elfe. Rena drehte sich um. Sie hatte gar nicht bemerkt, dass die Zweige über ihr schon zur alten Eiche gehörten. Riesig war sie wirklich immer noch, auch wenn ein Teil von ihr schon abgestorben war. Es sah so aus, als ob die eine Seite von einem Blitz getroffen worden war. Die Überreste trugen keine Rinde, geschweige denn Blätter, mehr. Die andere Seite dagegen war immer noch so groß, dass man glauben konnte, unter mehreren Bäumen zu stehen. Renas Füße standen wie auf einem Teppich, solch ein Gefühl hatte sie. Es waren aber nur die vielen abgefallenen Blätter. Sie hatten eine dicke Schicht gebildet.

„Hier bin ich!" rief die Elfe und zeigte sich in Augenhöhe von Rena auf einem Busch neben der Eiche. Rena drehte sich verstohlen um, ob auch kein Mensch da war und sie beobachtete. „Du brauchst dich nicht zu fürchten", sagte die Elfe. „Nur du siehst und hörst mich, wie

ich es dir schon auf dem Hof des alten Bäckers gesagt habe."
„Ach ja", gab Rena verstohlen zurück. „Ich hatte es vergessen."
„Du brauchst keine Angst zu haben, liebe Rena. Wir nehmen dir keine Zeit deines Lebens weg. Alles, was du hier mit mir erleben wirst - falls du es willst - ist für euch Menschen zeitlos, genauso wie für uns. Wir kennen keine Zeit. Wenn ich dir alles gezeigt und erklärt habe, bringe ich dich wieder hierher. Und die Uhrzeit, die wir dann haben, wird die gleiche sein wie jetzt. Bist du bereit, mir zu folgen?"
„Wohin?" fragte sie.
„In unser Elfenreich, oder besser gesagt unseren Elfenwald."
„Wo ist der?" - „Das werde ich dir gleich zeigen. Du musst dich dazu erst mal in die Eiche stellen."
„In die Eiche?" „Ja, sie ist teilweise innen im Stamm hohl."

Das wusste Rena, denn sie hatten sich schon oft in den anderen Eichen versteckt beim Spielen im Wald.

Sie tat, was die Elfe von ihr wollte, riss aber in letzter Minute ihren Teddy vom Lenker. Ganz alleine wollte sie nun doch nicht in dieses Abenteuer gehen.

„Ich werde dich jetzt berühren, habe keine Angst und vertrau mir."
Die Elfe schwebte zu ihr, berührte sie mit einer Hand an der Schulter und weg war sie.
„Wo bin ich?" fragte Rena.
„Du bist immer noch da, wo du eben warst, in der Eiche."
„Wieso hat sich denn alles so verändert?" wollte sie wissen.
„Weil du jetzt so klein bist wie eine Erbse." - „Eine Erbse, oh wie schrecklich!"
„Keine Angst, liebe Rena. Du wirst nachher wieder größer, aber um in unsere Welt zu kommen, musst du erst einmal so klein werden."
„Ist gut, ich habe auch keine Angst mehr."

Ab jetzt begannen sonderbare Dinge, die nur zu verstehen sind, wenn man ein kindliches Gemüt hat. Eine Tür ging auf, sie sah so aus wie eine Fahrstuhltür, die mit Borkenrinde verkleidet war.
„Hallo, Raul, bring uns zur Königin“, bat die Elfe ein Wesen, das so ähnlich aussah wie ein Maulwurf, aber mit einer schönen Uniform voller goldener Knöpfe.
„Ist gut, mach' ich!“
Erstaunt betrachtete Rena diesen niedlichen Kerl. Putzig sah er aus, hatte allerdings fast ihre Größe. Die Tür schloss sich wieder automatisch, ohne dass er einen Hebel oder Knopf betätigte. Es ging abwärts, das zeigte Renas Magen ihr an. Nach einer kurzen Fahrzeit hielt der Fahrstuhl. Die Tür öffnete sich wieder wie von Geisterhand.
„Komm, Rena, steig aus!“ Raul verbeugte sich vor ihr wie ein englischer Butler.
„Danke, Herr Raul, aber woher kennen Sie meinen Namen?“
Die Elfe antwortete für ihn. „Hier in unserem Reich kennen sie dich alle. Wir haben schon lange auf dich gewartet.“
„Auf mich?“ fragte sie ungläubig. „Wieso gerade auf mich?“
„Das wirst du später verstehen. Komm, wir gehen jetzt zur Königin, sie erwartet dich schon.“ Sie traten in eine Art Grotte oder Höhle. Raul blieb an seiner Fahrstuhltür zurück, leider. Rena hätte ihn gerne weiter bei sich gehabt, er machte so einen zutraulichen Eindruck.

Eine eigenartige Welt tat sich vor ihren Augen auf, allerdings ähnlich der unserigen. Grüne Bäume und Büsche, blühende Blumen, so wie sie noch keine gesehen hatte. Die Elfe bat um Renas Hand.
„Gib sie mir, dann geht es schneller.“ Kaum hatte Rena das getan, verlor sie den Halt unter den Füßen.
„Was ist los? Ich schwebe!“ rief sie.
„Ja, Rena, du fliegst. Immer, wenn du eine Elfe berührst, kannst du schweben oder fliegen, ansonsten nur laufen oder gehen wie sonst auch. Du musst wissen, hier leben zwei Arten von Wesen. Einmal

unsere Waldbewohnerfreunde, die können nur laufen, krabbeln oder fliegen, wie oben auf der Erde. Wir Elfen können nur schweben, langsam und auch schnell."

Eine wunderbare, märchenhafte Landschaft war zu sehen. Wo war sie, im Paradies oder im Schlaraffenland? „Das glaubt mir keiner, oder träume ich nur?" Sie wollte sich kneifen, das ging aber nicht, in der einen Hand hielt sie den Teddy, mit der anderen sich an der Elfe fest.
„Wir sind da", sagte die Elfe.
Der Flug war zu Ende, Rena stand wieder mit beiden Füßen auf dem Boden. Vor ihr stand ein riesiger Baum, viel größer als die alte Eiche, vielleicht dreimal so groß. In ihrem Stamm war ein Tor, so schön, wie es nur sein konnte. Efeu rankte an wunderschönen Holzwurzeln hoch, die das Tor einfassten. Blätter in verschiedenen Grüntönen umschlossen das Ganze wie hingemalt.
Rena war noch ganz ergriffen von dieser Schönheit, da ging das große Tor auf. Ein Pelzmann erschien, wie sollte es auch anders sein. Nur mit einem Unterschied: Er hatte grüne Knöpfe an seiner Uniform und keine goldenen.

„Komm herein, liebe Rena, wir erwarten dich."
Ihre Augen wurden noch größer, als sie schon waren, bei dem wunderschönen Anblick, der sich ihr bot. Alles, was sie sah, war in Grün gehalten, verschiedene Farbstufen von ganz hell bis fast schwarz. Die Tische und Stühle waren aus Blättern geformt. Einfach alles, was sie sah, hatte etwas mit dem Thema Baum zu tun. An den Wänden lief ab und zu Wasser herunter, wie kleine Wasserfälle sah das aus. Der Fußboden war von einer Art Nebel bedeckt, so ähnlich wie bei uns im Fernsehen auf der Bühne, wenn eine Rockband spielt. Laufen musste man nicht. Man wurde wie auf einer Rolltreppe oder einem Laufband befördert, wohin man wollte oder wie in Renas Fall, sollte.

So stand Rena auf einem Fleck, kam aber trotzdem vorwärts. Gewöhnungsbedürftig war das schon, am Anfang wäre sie beinah hingefallen.

Jetzt war sie wohl im Baumsaal angekommen. Alles, was Rena hier sah, hatte irgendwie mit der Eiche zu tun. Die Stühle sahen aus wie kleine Eicheln, die sie immer sammelte zum Basteln. Ein riesiger Tisch in der Form eines Eichenblattes und viel mehr.
Am Ende des Tisches saß die Königin. Ihr Platz war etwas erhöht. Neben ihr war der Stuhl, oder besser gesagt der Thron, nicht besetzt. Über der Tafel, so nennt man solche großen Tische, schwirrten kleine Lichter. Später erkannte Rena sie als Glühwürmchen.

Einer der vielen Pelzmänner begrüßte Rena auch hier. Mit einer freundlichen Handbewegung wies er ihr den Weg zur Königin. Eine wunderschöne Erscheinung war sie, ihre Gestalt war in gelbes Licht gehüllt.
Sie stand auf, um Rena zu begrüßen. In dem Moment erhoben sich alle Anwesenden in dem Raum von ihren Plätzen. Es erklang eine liebliche Stimme: „Hallo, Rena! Schön, dass du den Mut hast, hier zu erscheinen. Wir grüßen dich und deinen Freund Mops aufs Herzlichste! Bitte nimm Platz!“
Dabei zeigte die Königin auf den leeren Stuhl neben sich.
Inzwischen war Rena doch sehr mutig geworden, dankend nahm sie das Angebot an. Die Königin klatschte in die Hände und forderte einen Stuhl extra für Mops.
„Nein, bitte nicht. Er soll bei mir bleiben, bitte!“
„Dann soll es so sein.“ Alle setzten sich wieder auf ihre Plätze.

„Wer von euch will Rena erklären, wo sie ist, und warum sie hier ist?“ fragte die Königin. „Die ältesten Rechte habe ich, oder ist einer hier im Saal älter als ich?“ vernahm sie eine kräftige, rauhe Stimme,

die zu einem hasenähnlichen Geschöpf gehörte.
„Aha, Herr Felix, dann kommen Sie bitte nach vorne zu uns, so schonen sie ihre Stimmbänder."
Tatsächlich, es war ein Hase. Auch er trug eine Art Uniform wie die Herren Pelzmänner. „Hallo, mein Kind", begrüßte er Rena.
„Hallo, Herr Felix", gab sie brav Antwort.
„Du musst jetzt gut zuhören und bitte zwischendurch keine Fragen stellen, sonst komme ich durcheinander", bat er.
„Ja, ist gut, ich will aufpassen", versprach sie.

„Du bist hier in einem unterirdischen Reich, das Elfen und Waldtiere bewohnen", begann er mit ehrfurchtsvoller Stimme. „Dieses Reich liegt genau unter dem Eichenurwald, den du kennst. Er kommt dir natürlich viel größer vor. Das liegt daran, weil du im Moment so klein bist wie eine Erbse.
Dieses Reich gibt es schon sehr, sehr lange. Wie lange genau, wissen wir nicht. Zuerst haben hier nur Elfen gewohnt, deren Herkunft bis heute nicht richtig aufgeklärt ist, wir arbeiten dran. Später sind wir Waldtiere dazugekommen. Du musst dir das so vorstellen: Dieses schöne Land hier ist unser Paradies.
Eines Tages, auch vor langer Zeit, fanden unsere Tierseelen keinen Frieden mehr. Immer, wenn einer von uns starb, wusste die arme Seele nicht wohin. Warum das auf einmal so war, weiß keiner von uns. Das Elfenreich hat uns in der Not aufgenommen, und so ist es geblieben bis heute. Immer, wenn oben bei euch im Wald ein Tier stirbt, egal was für eins, kommt die Seele ins Elfenreich. Hier bei uns nimmt es die Gestalt wieder an, die es vorher hatte. Mit dem einen Unterschied, dass wir keine festen Körper mehr haben wie die sterblichen auf der Erde."

„Darf ich mich setzen?" fragte er die Königin.
„Aber natürlich, guter alter Felix. Hier ist der Stuhl von Mops."

Wie von Geisterhand bewegt, kam der Stuhl zu Herrn Felix.
„Danke, danke“, stammelte der alte Hase und setzte sich.
„Leider ist dieses Elfenreich gefährdet“, fuhr er fort. „Dazu musst du wissen: Die Elfen brauchen Sauerstoff, um zu leben wie ihr Menschen. Zwar nicht so viel, aber sie brauchen ihn. Die großen uralten Eichen oben im Wald, in Wirklichkeit sind sie viel älter als man annimmt, bringen die wichtige Luft zum Leben durch ihre kräftigen Wurzeln in dieses Paradies. Aber nicht nur der Sauerstoff kommt durch diese Wurzeln, sie sind auch die einzige Verbindung zur menschlichen Welt für uns, wie du ja sicherlich bemerkt hast. Du bist auch durch die Wurzeln befördert wurden.“

„Nein, nein, ich bin mit einem Fahrstuhl...“ wollte Rena sagen, aber Herr Felix hielt seine Pfote vor die Schnauze, als wolle er andeuten: Pssst.. keine Fragen jetzt.

„Seit längerer Zeit haben wir ein Problem und zwar ein großes!! Die alten Eichen sterben langsam, und wir können nichts dagegen tun. Unser Elfenreich wird keine Möglichkeit mehr haben zu überleben. Was wir brauchen, ist Zeit. Zeit für weitere Forschungen, um herauszufinden, woher die Elfen kommen. Wir sind kurz davor, unsere Schlaumeier arbeiten daran. So, das muss reichen fürs Erste, liebe Rena, sicherlich hast du noch eine Menge Fragen.“

Alle Anwesenden standen auf und applaudierten, sogar die Königin.
„Hast du alles verstanden?“ fragte sie Rena.
“Ja, nein, vielleicht, ich weiß nicht“, stotterte sie aufgeregt.
„Jetzt kannst du Fragen stellen, wenn du willst.“ Und ob sie wollte, nur wo anfangen? „Warum zaubert ihr euch nicht einfach neue Eichen her? Dann ist das Problem doch schon gelöst!“
Rena war stolz: „Auf die Idee ist wohl noch keiner gekommen“, dachte sie.

„Wir können nicht zaubern, Rena.“
„Aber ihr könnt doch fliegen!“ rief sie in den Saal.
„Ja, wir können schweben oder fliegen, uns groß oder klein machen. Laufen und gehen wie ihr Menschen können wir zum Beispiel nicht“, antwortete die Königin.
„Wie ist das mit dem Beschützen? Ihr beschützt uns Kinder doch, oder?“
„Ja, das tun wir, wenn sie es verdienen. Doch für uns selber einsetzen dürfen wir das nicht.“
„Was soll ich denn machen? Wie kann man euch helfen?“ fragte Rena erregt.
„Du könntest uns helfen, wenn oben auf der Erde einiges verzögert würde. Sieh mal, wie du jetzt weißt, wird es unser Reich irgendwann nicht mehr geben - es sei denn, ein Wunder geschieht. Darauf können wir aber nicht warten.“
„Wo habt ihr denn vorher gelebt, bevor ihr dieses Reich erschaffen habt?“ wollte Rena wissen.
„Das weiß keiner, wir sind nicht so wie die Menschen, die alles aufschreiben und erforschen. Wir sind wenige, unser Reich besteht nur aus 99 Elfen und Tausenden von Waldbewohnern. Die lieben Freunde helfen uns schon, so gut es geht. Die Regenwürmer, Maulwürfe und Wühlmäuse graben bis zur Erschöpfung neue Luftschächte und Kanäle, um die Zufuhr von Sauerstoff zu garantieren. Aber ein starker Regenguss und alles ist wieder zugeschwemmt.
Die Menschen bauen Straßen und senken den Grundwasserspiegel. Die Welt verändert sich und damit auch unser Reich, leider nur zum Nachteil für uns Elfen. Wir hoffen auf eine Lösung, indem wir unsere alte Heimat wiederfinden.“
„Dann wird es keine Elfen mehr hier geben?“ fragte Rena ängstlich.
„Sicherlich, meine Liebe, es werden neue Elfen kommen. Uns wird es geben, solange es Menschen gibt mit reinen Herzen.“

„Wo ist denn eure Heimat, ist sie weit weg?“ fragte Rena weiter.
„Ja, das kann man wohl sagen, wir sind bei den Sternen zu Hause.“
„Ihr kommt von einem Stern?“ fragte sie erstaunt.
„Jawohl, von einem wunderschönen Stern, genauso schön wie eure Erde.“
„Warum habt ihr denn nicht vorher Hilfe geholt?“ wollte Rena weiter wissen.
„Haben wir. Leider kann derjenige uns nicht mehr helfen.“ -
„Warum nicht?“
„Weil er nicht unsterblich war wie wir.“
„Wer war er, ein Mensch?“
„Ja, ein Mensch wie du. Er war uns ein lieber Freund geworden, der alles versucht hat, uns zu helfen.“
„Kann ich das nicht weitermachen, was er gemacht hat? Ich habe viele Freunde, die können alle mit anfassen!“ rief Rena der Versammlung zu. „Wie hieß dieser Mensch? War es ein Kind wie ich oder eine Frau?“ wollte sie wissen.
„Es war ein Mann und er hieß Heini. Sein halbes Leben hat er damit zugebracht, die alten Eichen oben auf der Erde zu pflegen. Wir haben es ihm zu verdanken, dass vieles noch so ist wie früher“, antwortete die Königin.

Rena kam ins Schwitzen. Auf ihrer Stirn bildeten sich kleine Schweißperlen, die, wenn sie sich trafen, zu einem großen Tropfen wurden und ihr an der Nase oder Wange hinunterliefen. In Wirklichkeit war es die Aufregung.
Sie griff in ihre Jackentasche, denn vielleicht war ja noch eins von den Taschentüchern darin, die Pit ihr gegeben hatte. Tatsächlich! Vorsichtig zog sie es heraus, um sich von dem Schweiß auf der Stirn zu befreien, und dabei passierte es. Die Flöte in ihrer Tasche hatte sich mit dem Taschentuch verhakt und war beim Herausziehen heruntergefallen. Kaum schlug sie auf dem Boden auf, erklang ein heller Ton wie eine Glocke.

Alle Anwesenden standen ehrfurchtsvoll auf, und ein Raunen ging durch den Saal. Bevor Rena reagieren konnte, bückte sich die Königin. Sie griff in den Nebel zu ihren Füßen und erfasste die Flöte mit ihren zarten Händen.
„Wo hast du denn diese Elfenflöte her?“ wollte sie wissen.
„Ich hhaaaabb sie gefunden“, stotterte Rena. „Wir haben sie gefunden“, verbesserte sie sich, „meine Freunde und ich!“
„Liebe Rena, weißt du, wem diese Flöte gehörte?“ Die Königin guckte sie mit ihren klaren Augen durchdringend an.
„Nein, nein, woher denn?“
„Unserem treuen Freund Heini hatten wir sie geschenkt als Dankeschön für seine ständige Hilfe. Falls er mal in Not kommen sollte - ein Ton aus dieser Flöte, und wir wären ihm zu Hilfe geeilt. Der arme Freund hatte sie verlegt, er wusste nicht, wo. Den ganzen Wald hat er bis zu seinem Tod abgesucht.“

Rena erzählte den Anwesenden die Geschichte, wie und wo sie die Flöte gefunden hatte. „Nimm du sie jetzt, vielleicht kann sie dir nützlich sein.“
„Ich kann aber nicht darauf spielen! Keinen Ton bekomme ich raus.“
„Versuch es“, bat die Königin, indem sie Rena die Flöte wieder reichte.
Rena nahm sie in ihre Hände. Dann machte sie ein paar Fingerübungen und versuchte, was ihr gestern nicht gelungen war.
„Gestern“, dachte sie, „gestern fing erst alles an mit meinem Stubenarrest und dem zufälligen Besuch beim alten Bäckermeister mit meinem Bruder und seinen Freunden.“
Kaum hatte sie die Flöte an ihre Lippen gesetzt, erklang ein wunderschöner Ton. Von diesem Klang ermutigt, spielte sie eine Melodie aus dem Musikunterricht. Um Rena herum flogen die Glühwürmchen, es war ein phantastisches Bild. Sie tanzten zur Musik und wirkten ausgelassen.

„Hurra, hurra, die Flöte ist wieder da!!" riefen sie wie aufgezogen und klatschten dabei mit den Händen, Pfoten und mit den Flügeln oder was sie sonst so alles hatten.
Rena hörte auf zu spielen. Sie hatte gar nicht bemerkt, dass einige Elfen ihr zu Hilfe gekommen waren, indem sie sie mit ihren Flöten begleiteten. Alles fing an zu tanzen.
„Halt, halt!" rief die Königin nach einer Weile. „Hört auf, es reicht!" Langsam kehrte Ruhe ein. Die Anwesenden im Baumsaal begaben sich wieder auf ihre Sitzgelegenheiten.
„Ich glaube, das langt für heute. Wir wollen Rena nicht überfordern. Ihr dürft nicht vergessen, sie ist noch ein Kind."
„Ich bin aber schon 12 Jahre!" rief Rena in den Saal. Dabei versuchte sie, sich noch etwas größer zu machen, als sie sowieso schon war, indem sie sich auf ihre Zehenspitzen stellte.
„Wir wissen alles über dich, liebe Rena, natürlich auch das Alter. Behalte dein reines Herz. Solange du das schaffst, wirst du unsere Welt miterleben, wenn du möchtest. Holt Lum herein!" verlangte die Königin.
Ein Pelzmann ging zur Tür und verschwand nach draußen in den Flursaal. Nach kurzer Zeit schwebte die Elfe in den Raum, die Rena hierher gebracht hatte. Ehrfurchtsvoll verneigte sie sich vor der Königin.
„Große Elfe, sie haben mich gerufen?" fragte sie. „Hier bin ich."
„Gut, gut, meine kleine Lum. Du sollst die Verbindungselfe sein für Rena. Ich bin sicher, die Sache wirst du gut machen. Es kann wichtig für uns alle sein."
„Oh, danke, große Elfe! Ich freue mich auf diese Aufgabe."
„Das will ich hoffen, kleine Lum."
Die Königin berührte Lum mit einem Stock oder vielleicht auch einer Art Zepter. Kaum hatte sie das getan, wechselte Lum ihre Farbe.
„Danke, große Elfe, danke für die Beförderung."

Alle Anwesenden im Saal erhoben sich wieder von ihren Plätzen und sprachen dabei ein Gebet oder so etwas Ähnliches.

„Schluss für heute, die Sitzung ist beendet.“
Zu Rena gewandt, sprach die Königin: „Alles weitere, liebe Rena, wirst du von Lum erfahren. Sie wird immer in deiner Nähe sein. Falls du Hilfe brauchst oder in Not bist, denke an die Flöte. Pass gut auf sie auf, es gibt nur die Eine für dich. Mach’s gut, mein Kind, und bleibe rein wie wir.“
Die Königin erhob sich und schwebte mit ihrem Gefolge davon.
Lum kam zu Rena, verbeugte sich und sagte: „Deine Dienerin, liebe Rena.“
„Nein, nicht Dienerin, liebe Lum. Sei meine Freundin, das wäre toll! Wer hat schon eine Elfe zur Freundin.“
„Komm, Rena, ich zeig’ dir jetzt kurz unser schönes Reich. Danach bringe ich deinen Freund Mops und dich wieder zu den Menschen.“
„Ja, bitte tue das, ich möchte so langsam wieder nach Hause.“
Lum erfasste Renas Hand und ab ging die Reise. Das Baumschloss war bald nicht mehr zu sehen, sie flogen über bunte Wiesen und saftige Wälder.
„Was ist das?“ fragte Rena und zeigte auf kleine runde Gegenstände auf dem Boden unter ihnen, die wie Pilze aussahen.
„Das sind die Wohnungen der Waldbewohner, sie leben in Pilzhäusern. Komm, ich zeig’ sie dir.“
Sie flogen wie Peter Pan in seinen besten Zeiten. Jetzt sah Rena die kleinen niedlichen Pilzhäuser mit schön angelegten Gärten und kleinen Wegen, die sie miteinander verbanden. „Niedlich sieht das aus“, meinte sie.

„Da musst du sie erst mal von innen sehen“, meinte Lum, „aber nicht heute, später einmal.“ Sie flogen weiter über Wasserfälle und blühende Büsche. Es war einfach traumhaft!

„So, die Reise ist für heute zu Ende. Wir sind an unserem Ausgangspunkt angelangt.“
„Richtig, und da ist ja Raul, unser Pelzmann, der den Fahrstuhl bedient hat. Guten Tag, Herr Raul!“ - „Guten Tag, liebe Rena, wie war der Besuch im Schloss?“
„Toll, sehr schön, Herr Raul“, antwortete sie. „Aber jetzt bringen sie mich bitte nach oben zu meinem Fahrrad, falls es noch da ist!“
„Selbstverständlich, bitte treten sie ein.“
Die Tür öffnete sich wieder wie von Geisterhand betätigt. Oben angekommen, bat Lum den Pelzmann, die Tür noch nicht zu öffnen.
„Ich muss dir noch einiges mit auf den Weg geben, liebe Rena. Du kannst deine Erlebnisse bei uns ruhig erzählen, wenn du meinst, dass es Sinn hat. Die meisten aber werden dir nicht glauben, also übertreibe die Sache nicht. Wenn du zu uns möchtest, komm hierher zur Eiche. Ein Laut aus deiner Flöte, und ich bin da. Allerdings kannst du nur allein kommen. Später können wir vielleicht mit einer Sondergenehmigung der Königin eine Ausnahme machen.“
„Wie sieht die aus?“ wollte Rena wissen.
„Du kannst eine Person mitbringen in unser Reich. Sie wird unsere Welt aber nur im Traum sehen. Das heißt, diese Person glaubt nachher, alles geträumt zu haben. Jetzt geh schön nach Hause und schlaf über die ganze Sache. Falls dir morgen Zweifel kommen sollten über das Erlebte, brauchst du nur Mops auf den Bauch zu drücken. In ihm ist alles gespeichert, was du heute gehört hast. Versuche nur keinem deiner Freunde oder Bekannten das Dokument vorzuspielen. Es kann keiner hören, nur für deine Ohren ist es bestimmt. Nun geh!“
Sie berührte Rena an der Schulter, ein zischendes Geräusch erklang und sie fand sich in der alten Eiche wieder.

Nervös schaute sie sich um. Keiner war zu sehen. Einen Blick riskierte sie noch in das Innere der Eiche. Es war da nichts zu sehen

außer Baumrinde und Herbstlaub, das in den hohlen Baum gefallen war
Sie schwang sich auf ihr Fahrrad und trat fest in die Pedalen. Keine Vögel und Rehe nahm sie wahr, keine blühenden Wiesen wie auf dem Herweg. Sie wollte nur eins, schnell nach Hause. Der Weg kam ihr endlos lang vor. Wie spät war es? Ihre Uhr stand. Schon bog sie um die Ecke in die Straße ein, wo ihr Elternhaus stand. Sie war angekommen, mit einer Hand wurde die Pforte aufgedrückt. Was war das? Ihr Bruder kam gerade um die Hausecke mit dem Rasenmäher. Hatte er so lange Pause gemacht? Der Lange sah sie und stellte den Motor ab.
„Willst du jetzt zu Nicole?“ fragte er von weitem.
„Nein, ich k..k. komme. .ja.. Ich glaube, ich fahre heute nicht mehr“, sagte sie und schob ihr Fahrrad durch die Pforte.
„Typisch Frau,“ gab der Lange von sich, „die wissen nie, was sie wollen.“, schmiss seinen Mäher wieder an und machte weiter.
„Die Elfen hatten recht“, dachte Rena. „Keiner hat etwas gemerkt.“ Die Zeit war tatsächlich stehen geblieben und ihre Uhr ging auch wieder.

Das Geheimpapier

Rolf, Pits Vater, war guter Dinge. Die Fahrt zur Firma mal ohne Stau war sehr angenehm. Die Arbeit machte ihm immer noch Spaß wie am ersten Tag, der war immerhin vor 20 Jahren gewesen. Abwechslungsreich war die Arbeit, aber schwer. Durch die ständige Entwicklung in der Technik wurde so manche Arbeit erleichtert. Man musste dafür aber immer mehr Zeit aufwenden und die Bedienung dieser komplizierten Geräte erlernen. Die Zeit dafür musste man sich von der Freizeit abzwacken.
Sein großer Rückhalt war die Familie. Sie war intakt, wie man so schön sagt. Er liebte seine Frau über alles, und der Pit war sein ganzer Stolz, wenn er auch nicht sein leiblicher Sohn war. Leider blieben meistens nur die Ferien, um miteinander etwas zu unternehmen. Pit hatte seinen eigenen Kopf, es war nicht immer einfach mit ihm. Beide hatten jetzt einen Weg gefunden, der schon fast freundschaftlich zu nennen war.

Das Arbeitsbüro, oder besser gesagt die Repro-Abteilung, war ziemlich groß. Jeder hatte seinen eigenen Arbeitsplatz, der mit einer Art Trennwand geschützt war, den Blick zum Kollegen jedoch ermöglichte. Das war auch nötig. Denn die Arbeit verlangte es, dass man viel miteinander sprach. Eine Nische weiter saß Dieter. Er war der Älteste in der Gruppe und über die Jahre sein bester Freund geworden.
„Hast du an meine Karten für das Fußballspiel gedacht?"
Rolf guckte hoch. Sein Freund sah über die Trennwand und streckte ihm seine rechte Hand entgegen, was soviel wie: „Gib sie mir." heißen sollte.

„Klar, hab ich.“ Pits Vater griff zu seiner Aktentasche. Er öffnete sie und zog einen DIN A4 Umschlag heraus, der ziemlich prall gefüllt war.
„Moment, kommt gleich“, meinte er und zog ein paar Bogen Papier aus dem Umschlag. Dabei rutschte dieser alte Zeitungsausschnitt von Pit auf den Tisch.
„Was ist das denn?“ fragte Dieter und zeigte dabei auf das vergilbte Stück Papier.
„Ach, das. Mein Sohn hat wieder mal eine Sonderaufgabe für mich. Ich soll das hier entziffern.“ Rolf reichte seinem Freund den Artikel.
„Das ist ja ein Auszug der NWZ vom 9.9.1969. Wo hat er den denn her?“
„Gefunden im Müll angeblich, was ich ihm allerdings nicht abnehme.“
„Soll ich mich mal drum kümmern? Ich habe einen guten Draht zur NWZ, die sollen mir mal einen Auszug aus dem Archiv vom 9.9.69 rüberfaxen.“
„Gute Idee, mach mal“, stimmte Rolf zu und rieb sich die Hände. Darauf wäre er im Moment nicht gekommen.

Dieter ging rüber zu seinem Arbeitsplatz ans Telefon, um die Angelegenheit zu erledigen. Er hatte wirklich gute Kontakte zur Konkurrenz. Sein Schwager arbeitete dort im Archiv, was für ein Zufall. Der Fall schien schnell geklärt, das gewünschte Fax kam sogar als Digitalaufzeichnung per E-Mail auf den Computerbildschirm.
„Rolf, ich hab' sie schon. Kommt gleich auf deinen Bildschirm.“
„Danke, altes Haus!“ Der Zeitungsausschnitt kam zeilenweise auf seinen Bildschirm.
„Der ist ja genauso schlecht zu entziffern wie unserer hier!“ rief Rolf. „Druck ihn doch mal aus!“ Kaum gedacht, schon gemacht.

Der Drucker brachte es schwarz auf weiß.

„Zeig mal!“ Dieter nahm Rolf das Stück Papier aus der Hand. „MÜSSEN DIE ALTEN EICHEN STERBEN?“ las er laut vor.
„Das kann ich auch lesen,“ meinte Pits Vater, „aber was dann kommt!“ Er griff zur Lupe, die auf seinem Tisch lag.
„Komisch, als ob hier zwei oder drei Drucke übereinander liegen.“„Vergrößere das doch mal im Computer!“ machte Dieter den Vorschlag, was Rolf gleich umsetzte. Beide starrten gebannt auf den 54-er Monitor.
„Da siehst du, ganz deutlich zu erkennen. Ein zweiter Druck.“
„Geh doch mal auf Anordnen, und versuche die Seite zu trennen.“ Tatsächlich, ein Druck verschwand, und jetzt waren es nur noch zwei.
„Sieht so aus wie eine Landkarte, meinst du nicht?“
„Ja, könnte sein. Ich versuche noch mal eine Trennung, indem ich über Anordnen und dann nach hinten Verschieben gehe. Es klappt!“ rief Rolf. „Guck dir das an.“ Auf dem Bildschirm war jetzt nur noch eine Landkarte zu sehen.
„Wo ist das, steht da was drauf?“ fragte Dieter seinen Freund.
„Das scheint der Eichen-Urwald bei uns zu sein, mit den 1000-jährigen Eichen. Wenigstens hat er die gleichen Umrisse.“
„Und was sind das für Kreuze da auf dem Plan?“ fragte er.
„Das könnten die Standorte der alten Eichen sein.“ Dieter zählte die Kreuze, indem er alle mit der Spitze des Kugelschreibers berührte.
„12 Stück, stimmt das?“
„Ja, es sind 12 Stück, soviel ich weiß. Wenigstens habe ich das in der Schule so gelernt. Zu meinem Bedauern muss ich zugeben, lange nicht mehr da gewesen zu sein.“
„Das würde ja auch einen Sinn ergeben mit der Überschrift.“
„Genau“, stimmte Dieter ihm zu. „Aber was für einen Sinn? Dazu müssen wir den Text kennen. Vielleicht liegt er jetzt ja in der Zwischenablage im Computer, versuch ihn mal zu holen.“ Rolf ging mit seiner Maus auf Einfügen, und siehe da, ein Schriftstück wurde sichtbar.
„Ich werd’ verrückt, das sieht ja aus wie ein Geheimpapier!

Kannst du das lesen?“
Rolf spürte den Atem seines Freundes, der mit dem Kopf über seiner Schulter hing, um besser auf den Bildschirm blicken zu können, und dabei fing er an, laut vorzulesen.

WICHTIGE MITTEILUNG!!!!!!!

DIE ALTEN EICHEN IM URWALD BEI OLDENBURG MÜSSEN UNBEDINGT GERETTET WERDEN: SIE DÜRFEN NICHT STERBEN. SIE STAMMEN AUS EINER ANDEREN ZEIT UND SIND VIEL ÄLTER, ALS WIR MENSCHEN AHNEN: SIE SIND KULTURELL GLEICHZUSTELLEN MIT DEN PYRAMIDEN ODER ANDEREN KULTURDENKMÄLERN; ICH HABE DURCH JAHRELANGE FORSCHUNG FESTGESTELLT, DASS SIE DER URSPRUNG DER GESAMTEN ÖKOLOGIE, WIE WIR SIE HEUTE KENNEN, SEIN KÖNNEN. MIT GRÖßTER WAHRSCHEINLICHKEIT SIND SIE VON AUßERIRDISCHEN MÄCHTEN IN UNSERE WELT GESETZT, DENN SIE HABEN IN IHRER RINDE MOLEKÜLE, DIE IN KEINEM ANDEREN MIR BEKANNTEN BAUM AUF UNSERER WELT EXISTIEREN. MEINE FORSCHUNG WURDE BIS HEUTE NICHT BEACHTET, ICH WEIß NICHT, WAS PASSIERT, WENN SIE WIRKLICH STERBEN. ABER IRGENDETWAS WIRD PASSIEREN, DAS FÜR UNS MENSCHEN NICHT VORSTELLBAR IST. MEIN VERMÄCHTNIS HABE ICH IN DIESEM DOKUMENT FESTGEHALTEN. MEINE HOFFNUNG IST, DASS DER FINDER DIESER ZEILEN IN EINER ZEIT LEBT , IN DER DIE FORSCHUNG MIT MEINEM WISSEN ETWAS ANFANGEN KANN. RETTET DIE EICHEN, FALLS ES NICHT SCHON ZU SPÄT IST !!
OLDENBURG, DEN 5. SEPTEMBER 1969
Professor Lehmann, Uni Oldbg.

Die beiden schauten sich minutenlang schweigend an.
„Was ist das denn?“
Pits Vater fand als Erster die Fassung wieder. „Ich glaube, das ist kein Spiel, oder? Wer hat das denn geschrieben? Kannst du das lesen?“ Dieter ging mit seinem Kopf näher an den Bildschirm.
„Ich glaube, du musst dir mal eine neue Brille besorgen, mein Lieber“, meinte Rolf.
„Ja, du hast Recht. Druck doch mal das Dokument aus.“ Schon summte der Drucker.
„Wie kommt das denn? Der druckt wieder alles zusammen, man kann nichts lesen. Verstehe ich nicht. Dein Drucker oder Computer ist wohl kaputt, ich hol’ mir das mal auf meinen rüber.“
Dieter ging zu seinem Schreibtisch und versuchte den Ausdruck, vergebens.
„Was ist denn das?“ rief er Rolf zu. „Komm mal rüber, aber schnell!“
Drei Schritte und Rolf war da. „Wo hast du das denn her?“
„Weiß ich nicht, es kam einfach auf meinen Bildschirm.“
Die beiden Freunde sahen vor sich eine Schriftart, die sie nicht kannten. Sie sah so ähnlich aus wie Keilschrift.
„Merkst du was?“ fragte Pits Vater.
„Ja, die Kreuze! Sie sind identisch mit dem anderen Papier. Genau, diese Dateien gehören zusammen. Versuch mal auszudrucken.“
Wieder summte der Drucker, ohne Erfolg. Immer kam dieses unleserliche Dokument heraus. „Das ist ja ein Ding, schon fast unheimlich. Findest du nicht?“ fragte Rolf seinen Freund. „Du hast Recht. Man hat den Eindruck, da stecken fremde Mächte dahinter. Oder das Dokument kommt aus einer anderen Zeit.“

„Also nehmen wir mal an, der Professor Lehman hat mit seiner Vermutung ins Schwarze getroffen. Dann scheinen die Hieroglyphen hier auf dem Schirm aus einer alten Kultur oder einer anderen Welt zu stammen. Oder nicht, Rolf?“

„Ja, du hast wohl Recht."
„Ich habe eine Idee! Wir kleben unsere Transparentfolie auf den Monitor und zeichnen die Schriftzeichen und Kreuze mit dem Filzstift ab."
„Das ist ein toller Einfall", gab Dieter zu.
Beide machten sich ans Werk. Der eine kopierte so die Hieroglyphen und der andere das Dokument. Danach zogen sie die Haftfolie vom Schirm und klebten sie auf ein Stück Pappe. Anschließend wurde es durch den Kopierer gejagt. Fertig!
„Toll, jetzt haben wir etwas in der Hand", meinte Rolf, „und ich kann meinen Sohn beglücken. Wahrscheinlich wird der damit nichts anfangen können."
„Herr Marten, haben Sie die Kontaktabzüge für die morgige Ausgabe schon in Arbeit?"
Die Stimme kam vom Abteilungsleiter und gemeint war Pits Vater. Er hieß mit Nachnamen Marten.
„Ja, ist in Arbeit. Wieso?" fragte Rolf.
„Wir müssen noch einige Korrekturen machen, denken sie dran."
„Ja, ist gut."

„Also lass uns mit diesem mysteriösen Artikel aufhören, wir können uns in der Mittagspause noch mal damit beschäftigen", meinte Rolf und packte alles zusammen. Er nahm eine leere Mappe, steckte alles hinein und schrieb mit dem Filzer drauf: „Geheime Akte"

Der Vormittag brachte viel Arbeit für Rolf und Dieter. Sie mussten ja die Zeit aufholen, in der sie sich mit Pits Angelegenheit beschäftigt hatten. Und das war ziemlich lange gewesen!
„Wollt ihr nicht zu Tisch?" fragte ein Kollege. „Es ist schon über die Zeit."
„Mensch Meier, nun aber los. Komm, Rolf, und bringe die Akte mit. Ich habe Hunger."

Das Essen war nicht besonders. Es gab Fisch wie jeden Freitag. Rolf schlug die Akte der Eichen auf und legte alle drei Blätter nebeneinander auf den Tisch.
„Pass auf, mach mir da keine Flecken drauf beim Essen!“ mahnte er seinen Nachbarn, einen Lehrling im ersten Lehrjahr. Rolf und Daniel stierten auf das Blatt mit den Hieroglyphen, es faszinierte sie am meisten.

„Machst du jetzt einen auf Astrologe?“ witzelte ein Kollege, der gerade mit einem vollen Teller über die Köpfe der beiden jonglierte, um an seinen Platz zu kommen.
„Wieso Astrologe?“ fragte Dieter Robert, so hieß der Kollege. „Das, was da vor euch liegt, ist doch ein Sternbild. Habe ich nicht Recht?“

„Wieso ein Sternbild?“ fragte Dieter nach. Er wusste, dass Robert sich in seiner Freizeit mit solchen Dingen beschäftigte.
„Zeig mal her!“ Robert nahm die Landkarte mit den Eichenkreuzen zu sich. „Ach so, das ist eine Landkarte. Ich dachte, es ist das Sternbild der Jungfrau. Die Kreuze stehen genauso wie das Sternbild aussieht.“
„Was sagst du da? Bist du dir sicher?“ wollte Rolf wissen.
„Absolut, mein Lieber. So wahr ich Robert Koch heiße!“
„Und was ist das hier?“ Rolf schob ihm den Zettel mit den Hieroglyphen zu.
„Das sind sicherlich Schriftzeichen mit den gleichen Kreuzen wie in der Landkarte. Was ist damit?“ fragte er die beiden.
„Nichts Besonderes, ein Rätsel.“
„Kann man dabei was gewinnen?“ wollte Robert noch wissen, aber Dieter unterbrach das Ganze, indem er ihm den Teller Fisch unter die Nase hielt: „Iss, sonst wird es kalt!“
Rolf schlug die Mappe zu.

„Wir lösen das Rätsel heute doch nicht mehr. Komm, lass uns von was anderem reden.“

Kaum hatte Pits Vater die Türklinke seines Hauses in der Hand, ging die Tür schon von alleine auf.
„Hallo, Papa! Du kommst aber spät heute“, empfing ihn sein Sohn.
„Hast du etwa auf mich gewartet, Pit?“
„Wenn ich ehrlich bin, ja. Wie ist es gelaufen, hast du was entschlüsselt?“
„Nun lass mich mal erst rein ins Haus, mein Junge. Eins nach dem andern.“ Pit half seinem Vater aus dem Mantel, was er sonst natürlich nicht tat.
„Hallo, Schatz, war's ein anstrengender Tag heute?“ Es war seine Frau, die sich danach erkundigte.
„Das kann man wohl sagen. Wo steckst du?“
„In der Küche, ich mache Abendbrot.“
Rolf ging in die Küche. Er nahm seine Frau, weil sie am Herd stand, zärtlich von hinten in den Arm. Sie zauberte, wie immer, etwas Leckeres.
„Hhmm, Rührei mit Speck. Da habe ich richtigen Appetit drauf!“
Pit stand ungeduldig in der Küchentür. „Was hast du rausbekommen?“
„Lass uns erst essen, und dann können wir alles in Ruhe besprechen.“
„Wieso besprechen, ist das denn so kompliziert?“
„Mein lieber Junge, deinetwegen komme ich so spät nach Hause. Nun lass mich erst zur Ruhe kommen. Ich habe gesagt, nach dem Abendessen, und dabei bleibt es.“
Pit wusste, es hatte keinen Sinn, sonst gab es noch Ärger. Also hörte er auf zu drängeln.

Das Rührei war lecker wie immer, nur Pit hatte keinen richtigen Hunger.
„Ich räume schon mal ab.“ Er stand auf und fing an, die Sachen in die Küche zu tragen.

„Was ist denn mit dem Jungen los?“ fragte Brigitte ihren Mann.
„Der möchte etwas wissen von mir, was ich in der Aktentasche habe.“
„Und was ist das?“ fragte sie.
„Das wirst du gleich sehen, sicherlich interessiert es dich auch.“
Ratzfatz war der Tisch abgeräumt.
„So, Papa, nun.“ Pit zog sich den Stuhl an den Tisch und guckte seinem Vater gespannt in die Augen.
„Also gut. Nur, wir müssen Deine Mutter einweihen, damit sie weiß, was los ist.“
„Muss das sein?“ fragte Pit.
„Warum nicht?“ wollte der Vater wissen. „Oder hast du mir etwas verheimlicht, was den gefundenen Artikel angeht?“
„Nein, nein, schon gut! Ich meine das auch nicht so, Mama.“
Rolf erzählte seiner Frau, was ihr Sohn mit nach Hause gebracht hatte, und dass er versuchen sollte, den Artikel leserlich zu machen.
„Mein Freund Dieter und ich haben uns heute fast zwei Stunden nur mit dem Artikel beschäftigt und dabei folgendes rausbekommen.“
Er zog die Akte aus seiner Tasche und legte sie auf den Tisch.
„Geheimakte Eiche. Das hört sich ja spannend an!“ meinte seine Frau.
„Ist es auch.“
Er schlug sie auf und legte die vier Blätter nebeneinander hin. Das erste war das Original, das zweite das Dokument von Professor Lehmann, das dritte zeigte die Hieroglyphen und das letzte die Landkarte.
„Was ihr hier seht, gehört alles zusammen. Diesen Artikel hat Pit gefunden, und die anderen konnten wir dank des Computers erstellen. Das Komische und Geheimnisvolle jedoch ist, dass Blatt zwei und drei nicht aus dem Drucker kamen, sondern wir einen Trick anwenden mussten, damit ihr sie hier seht.“
„Heißt das soviel, dass der Computer den Druck nicht freigegeben hat?“ fragte Pit aufgeregt. „Wer den Druck nicht freigeben wollte, wissen wir nicht. Vielleicht ist er verschlüsselt oder was weiß ich. So ihr beiden, nun macht euch da mal einen Reim draus.“

Pit und seine Mutter steckten die Köpfe zusammen. Dabei schoben sie die Blätter hin und her, wie beim Kartenspiel.
„Irgendwie ist diese Karte mir nicht unbekannt“, stellte Pits Mutter fest.
„Kein Wunder,“ meinte ihr Mann, „das ist die Karte von dem EICHENWALD bei uns.“ „Nein, das weiß ich ja. Ich meine, sie schon einmal in irgendeinem anderen Zusammenhang gesehen zu haben.“
„Wie meinst du das, Mama?“ fragte Pit neugierig.
„Weiß nicht, kann auch nur ein Zufall sein. Aber die Kreuze habe ich schon mal gesehen.“ „Meinst du die Anordnung der Kreuze oder was?“ wollte ihr Mann wissen.

„Ja genau, die Anordnung ist es.“
„Und wo hast du sie gesehen?“
Beide Männer schauten die Frau, die jeder auf seine Weise so lieb hatte, mit fragendem Blick an.
„Nun lasst mich doch mal nachdenken. Ich bin doch kein Computer, wie der von deinem Vater!“
„Ich hol’ dir noch eine Tasse Tee, vielleicht fällt es dir dann ein.“ Brigitte lachte.
„Nein danke, mein Junge, jetzt nicht. Irgendwie erinnert mich dieses an meine Großmutter. Sie hat mir früher oft Geschichten vorgelesen, sonderbare Geschichten.“
„Von Elfen etwa?“ platzte Pit heraus.
„Ja, von Elfen, Kobolden und anderen Fabelwesen. Wieso fragst du?“
Sein Kopf wurde rot und sein Herz raste vor Erregung: Er musste an den alten Bäcker denken und an den leuchtenden Lindenbaum im Hof. An Rena mit der Flöte und seine Freunde, denen er sein Wort gegeben hatte, keinem ein Sterbenswörtchen zu sagen.

„Was ist mit dir, Junge?“ fragte die Mutter voller Sorge, als sie ihren Sohn so sah.

„Der Tee war wohl zu stark, mir wird auf einmal so heiß", meinte er.
„Quatsch, rede keinen Unsinn! Am besten, du gehst mal an die frische Luft, das wird deinen Kopf wieder etwas abkühlen", meinte sein Vater.
„Gute Idee", meinte Pit.
Draußen holte er erst mal tief Luft, es war inzwischen dunkel geworden. „Sternenklare Nacht", dachte er und guckte in die unendliche Weite des Universums. „Da, eine Sternschnuppe und gleich noch eine", so deutlich hatte er noch keine gesehen. „Man darf sich etwas wünschen, aber keinem erzählen, was es ist." So hatte seine Oma ihm das erzählt. „Ich wünsche mir, dass meiner Mutter wieder einfällt, wo sie die Kreuze schon einmal gesehen hat", dachte er sich und war zufrieden.
Erholt von dem Schreck und mit der Hoffnung, dass sein Wunsch in Erfüllung gehen möge, betrat er wieder die Küche. Sein Vater hatte sich eine Flasche Bier aufgemacht, die Mutter ein Glas Wein eingeschenkt.
„Na, geht's wieder, mein Junge?" erkundigte sich der Vater.
„Ja, viel besser!"
„Erzählst du uns auch die Wahrheit über deinen gefundenen Artikel oder hast du ihn woanders her?" fragte er.
„Wieso, ist das so entscheidend?" wollte Pit wissen.
„Nein, an sich nicht. Mich wundert nur dein Interesse an diesem Stück Papier."
„Hast du doch auch, Vater, oder?"
„Na, wenn du es so siehst, behalte dein kleines Geheimnis."
„Ich glaube, jetzt weiß ich die Verbindung mit der Landkarte und den Kreuzen", sagte Brigitte leise vor sich hin.
Pit guckte durchs Küchenfenster, als wollte er sich bei den Sternschnuppen bedanken.
„Ich hatte ein Kinderbuch von deiner Großmutter, aus dem sie mir immer Geschichten vorgelesen hat. In diesem Buch waren auch Bilder zu den Geschichten gemalt. Ich weiß das noch so genau, weil

ich diese Bilder mit Buntstiften ausgemalt habe, sie waren nur als Konturen dargestellt. Eine dieser Geschichten handelte von Elfen, die in Steinen wohnten."

„In Steinen," fragte Pit, „nicht in Bäumen?"

„Nein, in Steinen, mein Junge. Es waren auch eher Felsen als Steine. Sie waren ziemlich groß und hatten eine ähnliche Anordnung wie diese Kreuze hier. Genau weiß ich das nicht mehr. In diesem Buch waren zwei Bilder zu der Geschichte, eins mit den Felsen, das andere mit einer Karte und den Kreuzen."

„Und wo ist dieses Buch jetzt?" fragte Pit.

„Weiß ich nicht, Junge, vielleicht sogar noch auf dem Boden bei meinen alten Kindersachen." „Oh toll, lass uns mal hochgucken!" schlug Pit vor.

„Das möchtest du wohl! Nicht so hastig, mein Junge. Morgen ist auch noch ein Tag."

„Ach, Mama, ich muss doch meinen Freunden..."

„Was musst du?"

„Ach nichts."

„Heute nicht, morgen guck' ich mal nach. Vielleicht finde ich es."

„Was gibt es sonst Neues, mein Schatz?" wechselte Rolf das Thema.

Das alte Märchenbuch

Am nächsten Morgen, es war der Sonnabend vor Schulbeginn, saß Pit in der Küche. Er hatte den Frühstückstisch gedeckt und Eier gekocht, der ganze Raum roch nach frischem Kaffee. Samstags schliefen die Eltern immer länger, das fand er an sich ganz gut.
Da konnte er machen, was er wollte, doch heute gefiel ihm das gar nicht. Er wollte doch schnellstens mit seiner Mutter auf den Boden.
„Schnell noch in den Garten und ein paar Blumen für den Tisch holen", dachte er, „dann wecke ich sie." Draußen stellte Pit fest, dass es die Natur nicht gut mit ihm meinte. Die Blumenzeit war schon fast vorbei. Er rannte durch den Garten, fand aber nur noch Blumen, die nicht mehr in voller Blüte standen.
„Egal", dachte er sich, „dann nehme ich Gräser statt Blumen. Das sieht auch gut aus."

„Frühstück ist fertig, aufstehen!"
Er klopfte leise an die Schlafzimmertür.
„Papa, die Zeitung ist auch schon da."
Kobold, der sich mühsam aus seinem Körbchen geräkelt hatte, gab auch seinen Senf dazu. „Wau, wau!" Mit wedelndem Schwanz stand er vor der Tür und wollte natürlich ins Zimmer. „Wie spät ist es?"rief die Mutter.
„Gleich 9 Uhr", gab Pit zur Antwort, was allerdings nicht stimmte. Es war erst 8 Uhr 45, aber man kann sich ja mal versehen.
„Ist gut, wir kommen gleich."
Die beiden staunten nicht schlecht, als sie die Küche betraten.
„Haben wir heute Muttertag?" fragte Rolf und wischte sich den

Schlaf aus den Augen.
„Nein, unser Sohn möchte mit mir auf den Boden, ich kenn´ ihn doch. Oder habe ich Unrecht?“ fragte die Mutter. Pit bekam etwas Farbe. Er ärgerte sich, dass seine Mutter ihn durchschaut hatte. Aber so waren sie eben, die Mütter.

„Du hast ein bisschen Recht,“ gab er verlegen zu, „aber nur ein bisschen.“
„Ist schon gut, mein Junge, ich freue mich auch so! Du kannst ja schon auf den Boden gehen und die zwei alten Korbtruhen von Oma frei räumen, aber nicht drin herumwühlen. Ich komme zu dir, wenn ich gefrühstückt habe.“
Pit strahlte über das ganze Gesicht, seine Taktik war aufgegangen. Sein Opa hatte immer zu ihm gesagt: „Junge, merke dir eins - von nix kommt nix. Willst du was, musst du was geben.“ Diesen Satz hatte er sich gemerkt und schon oft mit Erfolg angewendet.

Der Boden in dem Haus war klein, daher auch sehr voll. Weihnachtssachen, Ostersachen, alter Sperrmüll, von dem sein Vater sich nicht trennen konnte, und vieles mehr. Mühsam kämpfte er sich durch die alten Gegenstände, jedes Stück hatte sicherlich seine Geschichte. „Wenn die alle erzählen könnten,“ dachte Pit, „das wären bestimmt tolle Abenteuer.“
Natürlich waren die Wäschekörbe in der hintersten Ecke, wie sollte es auch anders sein. Er kämpfte sich weiter durch bis zum Ziel, hinter sich ließ er einen schmalen Gang frei für seine Mutter. Das Licht, das durchs kleine Dachfenster fiel, meinte es gut mit Pit. Die beiden Truhen wurden tadellos ausgeleuchtet, wie bestellt.
Sie standen übereinander, ein Lederriemen hielt jede von ihnen zusammen. Es sah fast so aus, als wollten sie platzen und nur der Riemen konnte das verhindern.
Pit versuchte, die untere von der oberen zu befreien, was ihm auch gelang. Komisch, so leicht hatte er sich das nicht vorgestellt.

„Was da wohl drin ist?“ dachte er und versuchte, die eine Kante des Deckels etwas anzuheben. Vergeblich, es reichte nicht um einen Blick rein zu werfen.
Das kleine Dachfenster ließ einen herrlichen Rundblick zu. Von hier aus konnte man die Nachbarschaft gut beobachten. Pit öffnete es, um ein bisschen frische Luft rein zu lassen und dabei störte er wohl eine Maus, die sich häuslich niedergelassen hatte.
„Hau bloß ab, Maus! Und lass dich hier nicht wieder blicken, wenn meine Mutter kommt, sonst haut sie gleich wieder ab oder kommt erst gar nicht hoch.“
Die Maus flitzte in den Zwischenboden, als wollte sie sagen: Ich habe verstanden.

Da endlich! Er hörte Schritte auf den Leiterstufen. „Jetzt wird es spannend“, dachte er sich, „hoffentlich findet sie das Buch.“ Pits Mutter steckte den Kopf durch die Bodenluke.
„Schlechte Luft hier, ganz schön muffig.“
„Hier hinten nicht, ich habe das Fenster aufgemacht!“ rief Pit, um seine Mutter bei Laune zu halten.
„Das ist gut, Junge. Hast du die Wäschekörbe gefunden?“
„Ja, hier sind sie. Sie warten nur noch auf dich, dass du sie öffnest!“
Seine Mutter berührte die rechteckigen Flechtkörbe ganz vorsichtig mit der Hand und strich andächtig über sie hinweg.
„Mein Gott, wie lange ist das her! Ich weiß gar nicht mehr, was da überhaupt drin ist.“
Sie lockerte den ersten Riemen, und schon sprang der Deckel des Korbes auf.
„Ganz schön voll“, meinte Pit, indem er auf die hochstehende Ecke zeigte.
„Sesam öffne dich“, sagte Brigitte und hob dabei mit einer Hand den Deckel hoch. Er fiel nach hinten weg, die Scharniere waren total durchgerostet und hatten keinerlei Funktion mehr.

„Ach nee, sieh mal da! Meine alte Häkeldecke!“
Sie zog eine Decke aus dem Korb, die sie mal als Kind gehäkelt hatte, um ihrer Mutter ein Geschenk zu machen. So kamen viele Erinnerungen an den Tag. Pits Mutter kniete sich vor den Korb, damit sie besser an die Sachen herankam.
„Hier, ich glaube, das ist es!“
Sie legte ein zirka 250 Seiten dickes Buch auf den anderen Korb. Es war eingeschlagen mit blauem Papier, das den Buchdeckel schützen sollte.
„Darf ich den abmachen?“ fragte Pit. Das Papier war schon sehr zerfleddert und die Aufgabe, das Buch zu schützen, konnte es bestimmt nicht mehr gewährleisten.
„Sicher, mein Junge, mach ruhig“, stimmte sie zu. Pit setzte es gleich in die Tat um und dadurch wurde der Titel sichtbar:
„ TRÄUME , DIE KEINE SIND“ stand auf dem Buch in bunten Buchstaben. Hastig blätterte Pit das Buch durch.
„Nicht so wild! Immerhin ist es 3 bis 4 mal so alt wie du“, mahnte die Mutter.
„Hier, ich glaube, hier ist es!!“ Aufgeregt zeigte Pit auf ein Bild ungefähr in der Mitte des Buches.
„Ja, genau. Siehst du, ich habe mich nicht geirrt“, meinte die Mutter zufrieden. „Gib mal her!“ Widerwillig gab Pit es aus der Hand.
„Ja, das ist sie, die Landkarte. Ist das nicht ein Witz? Sie sieht der anderen doch sehr ähnlich, oder meinst du nicht? Ich glaube, sie ist genauso wie die Urwaldkarte. Es sind nur keine Bäume drauf, wie ich gesagt habe, sondern Felsen.“
Das Bild war bunt bemalt, wie Brigitte es gesagt hatte. Zwar waren die Farben schon sehr verblasst, trotzdem war es ein schönes Bild. Es stellte eine Landschaft mit kleinen und großen Felsen dar, zwischen denen ein Weg verlief, der jeden der großen Felsen umschloss.
12 Felsen waren mit Kreuzen markiert.
„Komm, lass uns runtergehen. Mir ist es hier zu stickig.“ Pits Mutter

stopfte die Häkeldecke wieder in den Korb, schlug den Deckel zu und zog den Riemen wieder stramm.
„Geh schon mal, Mama, ich mache den Rest hier."
Die Mutter nahm dankend an und verließ mit dem Buch unterm Arm den Dachboden.

Als Pit in die Küche kam, saß seine Mutter tief über das Buch gebeugt und las. Er mochte nicht stören, so entspannt sah sie aus.
Pit machte durch ein Räuspern auf sich aufmerksam.
„Ach, Junge, da bist du ja. Ich lese gerade die Geschichte über die Steine. Da gibt es Elfen, die in Felsen wohnen. Ich hatte das Märchen fast vergessen. Es ist eine schöne Geschichte, Du musst sie mal lesen."
„Und was ist mit dem Plan und den Kreuzen?" fragte Pit.
„Das sind die Standorte, in denen die Elfen leben." Sie gab ihm das aufgeschlagene Buch. „Das ist ja toll! Es sieht so aus, als ob es genau identisch ist mit den Kreuzen auf unserem Plan."
„Wo ist Papa?"
„Ich glaube, in seinem Arbeitszimmer."
„Darf ich das Buch mal mitnehmen?"
„Ja, Pit. Aber wiederbringen, ich möchte noch etwas drin rumblättern."
Pit raste mit dem Buch unter dem Arm und in der Hand die losen Blätter vom Eichenwald in das Arbeitszimmer seines Vaters.
„Hallo, Papa, hier ist das Buch! Wir haben es gefunden! Siehst Du hier die Karte? Sie ist identisch mit meinem Plan. Kannst du das mal am Computer überprüfen, oder darf ich das tun?"
„Ja, Junge, mach mal. Das kann nicht schaden."
Pit ging zum Kopierer. Er kannte sich aus mit der Computertechnik, denn sein Vater hatte ihm viel beigebracht, und in der Schule hatten sie ja auch Unterricht. Also kopierte er die Seite aus dem Buch, nahm die kopierte Seite und legte sie unter den Scanner. Der speicherte das Bild wiederum in den Computer auf die Festplatte. Dann war die Karte auf dem Schirm zu sehen.

Jetzt nahm er das Blatt, das sein Vater mitgebracht hatte - die Landkarte vom Eichenwald - und scannte sie auch ein. Nun hatte er beide Pläne im Computer. Er brachte sie durch die minimale Verkleinerung auf eine Größe und druckte beide aus.
Sein Vater guckte nicht ohne Stolz Pit bei der Arbeit zu. Es war schon toll, wie sicher er mit der Technik umgehen konnte und überhaupt, wie er das Ganze anfasste. Ja, die Jugend hatte es heute leichter, sie wuchs mit dieser Technik in der Schule und im Privatleben auf. Er dagegen hatte erst lernen müssen, mit dieser Entwicklung umzugehen.
Pit hielt die ausgedruckten DIN A 4-Blätter in der Hand, ging zum Fenster und hielt sie gegen das Licht. Er legte sie genau übereinander.
„Siehst du!“ rief er seinem Vater zu. „Die Kreuze sind genau identisch, wie ich es vermutet habe.“
„Das kann kein Zufall sein“, meinte der Vater. „Irgendetwas haben diese beiden Geschichten oder Dokumente gemeinsam, aber was??“
Rena lag in ihrem Bett. Eigentlich war es viel zu früh, aber sie konnte nicht im Wohnzimmer sitzen. Sie wollte alleine sein. „Wenn ich das nicht alles selbst gesehen hätte, würde ich an einen Traum glauben“, dachte sie. Aber es war keiner! Ein Druck auf den Bauch von Mops war der Beweis. Sie hatte es schon ausprobiert, mit Erfolg.
„Ich muss meinen Bruder einweihen, überhaupt alle, die ganze Gruppe. Aber werden sie mir glauben?“ Es klopfte.
„Ja, bitte!“ Ihr Bruder steckte den Kopf durch die Tür.
„Hallo, Schwester, gibt´s was Neues?“
„Ja, du wirst staunen. Komm herein und mach die Tür richtig zu hinter dir.“
Der Lange trat neugierig in ihr Zimmer, irgendetwas war vorgefallen. Er kannte seine Rena zu gut, sie verhielt sich so geheimnisvoll.
„Komm, setz dich zu mir, Siggi, ich muss dir was erzählen. Du darfst nicht lachen, sonst höre ich sofort auf, verstanden! Du musst mir einfach glauben. Als Beweis für die Richtigkeit von dem, was ich dir

jetzt erzähle, musst du dir den großen Lindenbaum bei der alten Bäckerei in Erinnerung rufen. Wie er die Farbe wechselte, als ich die Flöte aus meiner Tasche zog."

Siggi war der Kurzname ihres Bruders, der mit richtigem Namen Siegbert hieß. Durch diese seltene Anrede seiner Schwester wusste er, dass es ihr ernst war.

„Also, was hast du auf dem Herzen, Rena?"

„Das will ich dir sagen."

Sie erzählte ihrem Bruder die ganze Geschichte, nichts ließ sie aus. Der Lange unterbrach sie nicht einmal, das war ein gutes Zeichen.Rena war richtig erschöpft von der Schilderung ihres Abenteuers in der Elfenwelt. Sie erlebte durch das Erzählen die Situationen alle noch einmal mit in Gedanken.

Eine kurze Zeit guckten sie sich tief in die Augen. Rena hatte gar nicht bemerkt, dass ihr Bruder zärtlich ihre Hände genommen und sie in seinen Schoß gelegt hatte. So nahe und verbunden hatten sich beide noch nie gefühlt.

„Ich glaube dir, liebe Schwester."

Fürsorglich wischte er ihr mit dem Finger die an ihrer Wange runterlaufende Träne aus dem Gesicht. Sie war Ausdruck der Notlage in ihrer erlebten Fabelwelt und der Elfen.

„Wie können wir ihnen helfen, was meinst du?" fragte sie den Langen.

„Ich weiß nicht, im Moment wenigstens nicht! Wir müssen unbedingt ein Treffen mit der ganzen Gruppe bei Opa, unserem alten Bäckermeister, verabreden. Vielleicht hat Pit ja auch schon was wegen der Zeitung rausbekommen."

„Ja, das sehe ich auch so. Vielleicht kann Opa uns helfen. Ich glaube, der weiß mehr als er uns gesagt hat."

„Da könntest du Recht haben, Rena. Ich werde die Jungs anrufen und ein Treffen für morgen, Samstag Nachmittag, verabreden. So gegen 14 Uhr am Kahlkenbaum."

Rena war einverstanden.

Am Samstag war es fast noch Mittag, die Uhr zeigte gerade 13 Uhr 30, als alle schon am Treffpunkt anlangten.
„Hallo, Leute! Was ist denn mit euch los, so zeitig?“ rief der Lange erstaunt, als er mit seiner Schwester um die Ecke kam.
Alle begrüßten sich per Handschlag und mit einem heftigen Faustschlag auf den Oberarm, es sah fast so aus wie Übermut. Nur bei Rena ließ man den Faustschlag weg. Keiner maulte diesmal, weil sie dabei war, sie war sowieso die wichtigste Person. Nur das wusste noch keiner.

Der Lange nahm Pit beiseite.
„Was macht der Artikel?“ fragte er.
„Du wirst staunen, ich habe das Undenkbare geschafft und ihn entschlüsselt.“
„Was hast du entschlüsselt?“ wollte der Dicke wissen, seine Ohren waren überall.
„Jetzt nicht, Freunde, hört mal alle zu! Ich bin der Meinung, da wir heute alle mit dem Rad hier sind, fahren wir zur alten Bäckerei. Vielleicht ist unser Opa schon von seinem Mittagsschlaf erwacht, und dann erzähle ich euch allen gemeinsam, was mein Vater und ich rausbekommen haben.“
„Gute Idee“, meinte der Lange. „Wir, das heißt meine Schwester und ich, haben euch auch etwas zu sagen.“
„Also, worauf warten wir noch!“ rief Kai und schwang sich auf sein Rad. „Fahren wir.“
Es ging los. Die Strecke mit dem Fahrrad zur Bäckerei war natürlich länger als die über Wiesen und Gräben, doch die Zeit blieb die gleiche.
Pit und der Lange nutzten die Gelegenheit, gleich wieder ihre Kräfte zu messen. Sie hatten jedoch den wieselflinken Björn unterschätzt, er hielt mit den beiden mit. Der Dicke und Rena bildeten den Schluss, aber nicht weil Rena so langsam war. Der Dicke tat ihr Leid, darum leistete sie ihm Gesellschaft.

Bei der alten Bäckerei gab es eine kurze Besprechung, wie man weiter vorgehen wollte. Eins war klar: Es ging nur mit Opa, also suchten sie ihn. Die Räder stellten sie an den maroden Zaun. Abschließen war wohl nicht nötig, hier kam ja doch keiner vorbei.

Der Lange ging vornweg mit seiner Schwester. Vorsichtig klopfte er an die Waschküchentür. Ohne Erfolg. Sie war nicht abgeschlossen, wie immer. Die nächste Tür war die zur Küche. Gerade wollte der Lange ansetzen zum Klopfen, da ging die Tür auf und Opa guckte um die Ecke.
„Siehst du, Oma, ich habe doch nichts mit den Ohren. Die Kinder sind da! Kommt rein, schön, dass ihr da seid."
Einer nach dem anderen betrat die gemütliche Wohnküche der alten Leute.
„Setzt euch, die Klamotten könnt ihr über den Stuhl hängen."
Jeder nahm seinen Platz an dem großen Tisch ein, wie beim letzten Mal.
„Erzählt, was gibt es Neues? Was macht der Artikel, Kinder?"
Opa war wie aufgedreht. Er kam ihnen 10 Jahre jünger vor. Pit stand auf und sprach für alle.
„Lieber Opa, so darf ich doch sagen?"
„Natürlich, mein Junge, das ehrt mich. Ihr dürft alle Opa sagen und Oma natürlich auch, aber hatten wir das nicht schon geklärt? Na, ist auch egal."
„Also, Opa," fing Pit neu an, „wir haben in der Zwischenzeit einiges erlebt. Damit wir es nicht 6 mal erzählen müssen, haben wir beschlossen, es in dieser Gruppe einmal zu machen. Alle haben den leuchtenden Baum gesehen. Also müssen wir auch glauben!
Zuerst fang' ich an, euch zu informieren, was auf dem Zeitungsblatt in dem Artikel steht, den wir gefunden haben. Und dann wird euch Rena ein Erlebnis von besonderer Bedeutung erzählen.
Ich fang' mal an."
Pit erzählte, was sein Vater bei der Zeitung erlebt hatte, von der

Unterhaltung mit seinen Eltern und der Entdeckung des Buches, das seine Mutter auf dem Boden gefunden hatte.
„So, das war es, was ich zu berichten habe, meine Freude.“ schloss Pit seinen Vortrag.

Alle saßen auf ihren Stühlen wie angeklebt, kaum einer hatte sich bewegt.
„Ist ja toll, du bist ja ein richtiger Detektiv, mein Junge. Alle Achtung!“ Opa nickte anerkennend mit dem Kopf. Pit erhob sich stolz von seinem Stuhl, ging zu seiner Jacke und zog die fünf Beweisstücke aus seiner Innentasche. Er legte sie auf den Tisch. Das gefundene Original zuerst, dann die Landkarte, das Dokument, die Felsenkarte und die Hieroglyphen.
„Oma, bring doch mal bitte Saft für die Kinder.“
„Kann ich helfen?“ fragte Björn aufmerksam.
„Ja, das kannst du. Die Gläser stehen da drüben im Schrank.“ Sie zeigte auf eine alte Glasvitrine. „Wollt ihr alle Saft oder lieber Milch?“
„Saft!“ kam es wie im Chor zurück. Nur Rena reagierte nicht. Sie saß immer noch wie angewurzelt und starrte auf die Dokumente, genauso ihr Bruder. Sie beide waren es schließlich, die mehr wussten als die anderen. Schnell hatten sie erkannt, dass die Dokumente sehr wichtig waren, wenn man überlegte, was Rena erlebt hatte.

Die Gläser waren schnell auf dem Tisch, Kai schenkte den Saft ein.
„Habt ihr auch Kekse?“ fragte der Dicke.
„Sei nicht so unverschämt, mein Freund!“ schimpfte Björn und versetzte ihm einen leichten Seitenhieb in die Rippen.
„Ja richtig, Oma. Bring den Jungs mal was von unserem guten Honigkuchen.“
Alle guckten den Dicken vorwurfsvoll an, freuten sich insgeheim aber schon auf den Kuchen. „Zeig mal den Felsenplan.“ Der Lange griff zur anderen Tischkante, wo die Dokumente lagen.

„Nein, jetzt nicht!“ Rena stand auf, um besser gehört zu werden. „Bevor wir uns mit dem Plan befassen, muss ich euch mein Erlebnis erzählen. Dann gibt das Ganze einen besseren Sinn für euch.“
Opa ließ seine tiefe Stimme ertönen. „Ruhe, setzen!!“
Alles gehorchte. „Fast wie bei Lehrer Klein“, dachte Rena.

„Also folgendes: Bis auf Oma wart ihr doch alle dabei, als im Hof die Linde ihre Blattfarbe wechselte, und es fast eine Minute anhielt. In dieser Zeit ist mir eine Elfe erschienen, die folgendes zu mir sagte.“ Rena erzählte ihre Erlebnisse bis in das kleinste Detail und endete mit dem Satz: „Bitte glaubt mir. Ich sage die Wahrheit, beim Leben meiner Eltern.“
Das war ein Hammer, sogar Oma hatte sich in die Runde gesetzt und Rena aufmerksam zugehört.
Stille war im Raum, der Honigkuchen noch nicht angerührt und die Saftgläser fast alle noch voll. Die Geschichte war irgendwie nicht glaubhaft. Sie bekam aber durch die Karten und das Dokument tatsächlich eine andere Dimension. Hier trafen Wirklichkeit und Phantasie aufeinander. Das eine war sichtbar, das andere unsichtbar. Wenigstens für alle, außer Rena.
„Also Kinder, hört mal zu.“
Opa war der Erste, der sich zu Wort meldete. „Ihr müßt Rena glauben, auch wenn es euch schwer fällt. Wir Menschen können doch nicht davon ausgehen, alleine auf der Welt oder im Universum zu existieren. Ihr könnt mir glauben, es gibt vieles, was ungeklärt ist. Wir können nur hoffen, dass es der Menschheit nie gelingt, alles zu ergründen.
Warum gibt es auf der Welt so viele Religionen und Glaubensrichtungen?
Wer sagt uns, dass die Schwarzen in Afrika einen falschen Glauben haben oder es Manitou bei den Indianern nicht gibt?
Keiner weiß es, wir können es nur glauben. Das sagt das Wort „GLAUBE“ schon aus: Wir wissen es nicht, wir glauben es. Wenn

wir an die Geschichte von Rena glauben, können wir den Elfen sicherlich in irgendeiner Form helfen, egal wie sie aussieht.
Sie haben uns ein Zeichen gegeben, das wir Menschen nicht verstehen, den leuchtenden Lindenbaum.
Daran müsst ihr immer denken. Ich habe eine Idee, damit das keiner vergisst. Ein Foto von der Linde habe ich, wie sie in ihrem schönsten hellgrünen Blätterkleid von der Sonne beschienen wird. Das suche ich raus. Einer von euch, ich nehme an Pit, weil er die besten Möglichkeiten hat über seinen Vater, verkleinert das Bild bis zur Größe eines Stickers. Jeder bekommt solch einen Sticker mit der Linde und trägt ihn so lange, bis wir den Elfen geholfen haben. Sozusagen ein Zeichen unseres Bündnisses."
„Hee, geil!" tönte Kai. „Das machen wir."
Alle waren begeistert von dieser Idee.
Sie staunten nicht schlecht über den alten Herrn, das hatte ihm keiner zugetraut. Er war geistig noch voll auf der Höhe, las jeden Tag seine Zeitung und war schon immer der Jugend gegenüber aufgeschlossen.
Oma hatte die ganze Zeit aufmerksam zugehört. Jetzt stand sie spontan auf, ging zu ihrem Mann, und nahm ihn zärtlich in die Arme. Sie beugte sich dabei runter zu ihm, denn er saß in seinem Schaukelstuhl.
„Mein lieber Schatz, was habe ich dir in all den Jahren angetan?
Bitte verzeih mir, mein Anton."
„Was ist mit dir denn los, Wilma?" polterte Opa. „Wirst du jetzt auf deine alten Tage noch melancholisch? Mach keinen Ärger."
Die Kinder hatten das Gefühl, dass die beiden sie vergessen hatten, so waren sie mit sich beschäftigt.
„Ich möchte mich entschuldigen", fing sie wieder an.
„Wofür denn, Wilma?" Opa war verlegen und entrüstet zugleich.
So kannte er seine Frau nicht.
„Die Elfen", stammelte sie.
„Was ist mit den Elfen?" wollte er wissen.
„Es gibt sie ja doch! Wie oft hast du mir davon erzählt, und ich habe

nicht geglaubt. Es tut mir so leid. Wie konnte ich wissen, dass du mir vom ersten Tag an die Wahrheit erzählt hast?“
Opa zog den Kopf seiner Frau zärtlich an sich und sagte leise in ihr Ohr: „Du hättest nur glauben müssen, mein Engel“, und gab ihr einen Kuss auf die Wange.
Die Kinder waren mucksmäuschenstill, keiner wollte dieses schöne Stimmung zwischen den beiden stören.
Oma versuchte wieder hochzukommen, aber das Kreuz machte ihr zu schaffen. Der Lange saß am nächsten, sprang auf und half der alten Dame, sich wieder aufzurichten.
„Danke mein Junge! Euch hat uns der Himmel geschickt oder die Elfen.“
Sie guckte die Kinder aus feuchten, glänzenden Augen an, und keiner hätte geglaubt, dass diese schon fast 80 Jahre lang die Welt beobachteten.

„Jetzt haben wir einen neuen Elfenfan“, meinte Rena, stand auf und ging zur Oma. „Herzlich willkommen im Club zum Elfenbaum!“
Sie standen alle auf und klatschten Beifall. Oma strahlte über das ganze Gesicht. Die Situation war dank Renas Initiative gerettet.
Einige von ihnen hatten noch Probleme mit Opas Rede. In dem Alter der Kinder ist so etwas nicht einfach zu verstehen, denn sie fangen ja erst an zu lernen und zu leben.

„Prost Saft!“ rief der Lange.„Sonst wird er warm!“
„Prost Saft“, erwiderten die Freunde. „Auf den Elfenbaum!“
„Lasst uns die Dinge noch einmal zusammenfassen“, meinte Pit. „Wir haben Elfen bei uns im Eichenwald. Sie bewohnen unterirdisch ein eigenes Reich, das durch die Wurzeln der Tausendjährigen Eichen mit Sauerstoff versorgt wird. Diese Sauerstoffzufuhr ist in Gefahr, weil die Eichen sterben und damit auch ihre Wurzeln.
Wir sollen helfen, aber wie? Die Elfen können es uns nicht sagen, weil sie selbst keine Lösung wissen und draußen auf der Erde auch keinen Einfluss auf die Eichen haben.

Der gefundene Plan deutet darauf hin, dass auf unserer Erde noch mehr Elfen leben. Wahrscheinlich sind Steine oder Felsen ihre Heimat."
„Gut, mein Junge. Das hast du richtig analysiert. Davon können wir ausgehen", lobte Opa. „Was ist analysiert?" fragte Björn.
„Das heißt, gut erklärt oder begreiflich gemacht." - „Ach so."
„Was könnten wir machen, Jungs? Hat einer eine Idee?"
„Vielleicht könnte man Löcher in die Erde bohren und dann Luftschläuche reinstecken, die den Sauerstoff nach unten schicken", schlug Kai vor.
„Wie willst du das machen ohne Erwachsene? Keiner wird dir oder uns glauben."
„Genau das ist unser Problem", stimmte Opa zu. „Ich habe es am eigenen Leib erlebt." „Vielleicht können sie ja woanders hinfliegen und da wohnen oder leben", gab der Dicke von sich. Es war gerade so eben zu verstehen.
„Mit vollem Mund spricht man nicht", rügte Rena den Freund, der hastig seinen Honigkuchen runterschluckte und mit einem kräftigen Schluck Saft das Ganze zu beschleunigen versuchte.

„So schlecht ist die Idee gar nicht", meldete sich Oma zu Wort. Alle schauten sie ungläubig an.
„Jawohl, ich meine es ernst. Man sollte diese Möglichkeit in Erwägung ziehen. Sicherlich gibt es überall Elfen. Aber wo wohnen sie? Rena müßte noch einmal Kontakt aufnehmen, dabei mehr über ihre Herkunft erfragen."
„Ja, das ist gut." Der Lange haute übermütig auf seine Oberschenkel.
„Die Dokumente mit den Kreuzen soll sie auch mitnehmen, vielleicht können die Elfen damit etwas anfangen." „Ich glaube auch, es geht nur mit den Elfen", stimmte Kai dem Langen zu.
„Vielleicht kann ja einer von euch mit runter. Ich frage mal Lum, sie hat so etwas angedeutet."
„Das finde ich gut, Rena. Vielleicht hast Du ja Glück."

„Aber wie soll das gehen?“ fragte Opa.
„Lum hat mir erzählt, dass ich jemanden mitbringen könnte, auch wenn er kein reines Herz hat. Dafür muss die Elfenkönigin Isir allerdings eine Sondergenehmigung erteilen.“
„Da kann ich auch mit, ...ich auch . . . . . und ich auch,“ riefen alle in der Runde.
„Stopp, das geht nicht, Freunde! Nur Einer darf es sein“, klärte Rena die Meute auf.
„Wer soll das sein, oder besser gesagt, wer entscheidet das?“ fragte Björn.
„Ich!“
Opa ließ seine gewaltigen Stimmbänder vibrieren. „Ich als Ältester in der Runde bestimme, wer mit Rena geht. Oder ist von den Anwesenden einer noch älter als ich?“
Die Kinder lachten, was richtig gut tat in dieser angespannten Situation.
„Ich gebe Pit den Auftrag, mit Rena in die Elfenwelt zu gehen!
Die Kombination der lieben, treuen reinherzigen Rena mit dem mutigen und besonnenen Pit erscheint mir für diese Mission ideal.“
Pit schlug das Herz bis zum Hals vor Aufregung und Freude. „Ich mit Rena!“ dachte er. „Womit habe ich das verdient?“

Rein zufällig saßen sie schon nebeneinander am Tisch. Rena drehte sich zu Pit, dabei ergriff sie seine Hand.
„An sich mochte ich dich schon immer. Lass uns diese Reise machen, wie Opa es gesagt hat. Mit dir fühle ich mich bestimmt sicherer.“
Die Freunde am Tisch nickten einer nach dem andern zustimmend.
„So sei es!“ rief der Lange und schlug mit seiner flache Handfläche auf die Mitte der Tischplatte. Björn, der neben ihm saß, legte seine Hand auf die des Langen, Kai seine auf die seines Bruders usw., bis alle Hände der Anwesenden übereinander lagen, auch die von Oma und Opa.
„So sei es!“ riefen alle wie einen Schwur.
„Bevor ihr beide zu den Elfen geht, habe ich noch eine Bitte.“

Die Stimme des alten Herrn war sanft und weich geworden, wie die Kinder sie bis jetzt noch nicht gehört hatten.
„Ich möchte mit euch zu meiner alten Parzelle am Eichenwaldrand fahren.“
„Wo ist denn da eine Parzelle?“ fragte der Lange. Er kannte den Wald wohl am besten von allen.
„Direkt am Fluss auf der anderen Seite, mein Junge. Da habe ich vor zwanzig Jahren ein Stück Land gehabt. Genau gesagt, mein Vater hatte es mir vererbt. Wir, meine Frau, ich und die Kinder, haben da eine wunderschöne Zeit verbracht. Ist es nicht so, Wilma?“
„Ja, du hast Recht. Es war an sich unsere schönste Zeit. Ich fühlte mich da geborgen wie an keinem anderen Ort.“
„Au ja, das machen wir, am besten gleich morgen“, jubelte Pit.
„Langsam, langsam, junger Mann, nicht so hastig. Da gibt es ein paar Probleme. Wie kommen wir Alten da hin? Von hier aus ist es ein ganzes Stück.“
„Vielleicht fährt uns Fiddi Behrens ja dahin“, meinte Oma. „Der ist uns noch was schuldig.“ „Das ist eine gute Idee, ruf ihn gleich mal an!“ Oma ging zum Telefon. Bis jetzt hatten die Kinder nicht bemerkt, dass überhaupt eins da war im Haus. Nach einer Weile kam sie zurück.
„Alles klar, er kommt morgen gleich so gegen 10 Uhr vorbei. Nachmittags hat er leider keine Zeit.“
„Ist gut, Wilma. Könnt ihr da auch, Kinder?“ Kopfnicken war angesagt.
„Wo treffen wir uns denn?“ wollte der Lange wissen.
„Am besten hier bei uns“, meinte Opa. „Dann fahren wir alle zusammen.“
„Hat der Herr Behrens denn so ein großes Auto, dass wir alle mitfahren können?“ fragte Rena.
„Ein Auto? Nein, ein Auto hat mein Freund Fiddi nicht. Eine Pferdekutsche für 12 Personen ist sein ganzer Stolz! Er wird wohl mit Lore kommen.“

„Seine Frau kommt auch mit?“
„Nein, nein, mein Deern, Lore heißt sein Pferd!“ Alles lachte.

Fiddi Behrens freute sich über den Anruf von Wilma, konnte er den beiden doch endlich einmal seiner Dankbarkeit zeigen.
Der alte Bäckermeister hatte früher in der schlechten Zeit, als viel Not und Leid zu ertragen waren durch den letzten Krieg, der Bevölkerung sehr geholfen. Die alte Bäckerei war für manche der letzte Ausweg gewesen, die hungrigen Mäuler der Kinder zu stopfen. Opa hatte geholfen, wo er konnte, und so manches Leben hatte er dadurch gerettet.
Auch Fiddi Behrens und seine Familie gehörte dazu. Oft hatte er dem alten Bäckermeister seine Hilfe angeboten, aber er hatte sie immer ausgeschlagen und jetzt dies. Eigentlich konnte er am Sonntag nicht, denn eine kleine Gruppe aus der Stadt wollte seine Dienste in Anspruch nehmen.
„So ist das Leben“, meinte er und ging zum Telefon, um der Gruppe abzusagen. Sein Pferd sei krank und ohne Pferd keine Kutsche.

Herr Watz und die Gesandten

Am Sonntagmorgen gegen 9 Uhr spannte Fiddi Behrens seine Lore vor den Wagen. Er hatte ein paar Zweige aus seiner Buchenhecke geschnitten und sie an die Kutsche gesteckt. Schön sah es aus, das alte Gefährt.
„Hüh, meine Alte!“ rief er Lore zu und schnalzte mit der Zunge.
Die so Aufgeforderte setzte sich in Bewegung, und ab ging die Post.
Um die gleiche Zeit saß Opa schon draußen auf der Bank bei der Linde. Es war ein schöner Morgen, und überhaupt schien es nur noch schöne Morgen zu geben. Die Wolldecke schlug er locker um die empfindlichen Beine, damit heute ja nichts schief ging.
Irgendwie war er aufgewühlt. Oma hatte einen kleinen Picknickkorb zurecht gepackt, wie früher, als sie noch zur Laube fuhren. Sie sagte immer Laube zur Parzelle, was Opa gar nicht gerne hörte.
„So viel wie das, was hier in den letzten vier Tagen passiert ist, haben wir im ganzen Jahr nicht erlebt“, dachte er. „Ob die Elfen die Kinder zu mir geschickt haben? Ich könnte es mir vorstellen.“

Fiddi Behrens bog in die alte Hauptstraße ein, die zur alten Landbäckerei führte.
„Früher, bevor sie die neue Straße gebaut hatten, war hier richtig was los“, dachte er. „Alles musste an der Bäckerei vorbei. Heute ist es hier wie ausgestorben, kaum einer verirrt sich in diese schöne Baumallee. Hat auch Vorteile, Lore! So kannst du ein bisschen träumen und musst nicht auf die Autos aufpassen.“
Er drehte sich auf seinem Kutschbock um. Da kam eine Horde ausgelassener Kinder auf Fahrrädern und überholte unter Winken das Gespann.

„Mensch, die sind ja gut drauf", dachte er und erwiderte den freundlichen Gruß der Gören. „Gibt ja doch noch anständige Kinder, was, Lore?" Lore wieherte laut, als wollte sie sagen: „Recht hast du, Fiddi." Der wahre Grund für ihr Wiehern war jedoch ein bildhübscher Hengst auf der Weide, die sie gerade hinter sich ließen. Die Kinder bogen um die Ecke. „Wo die wohl hinwollen am Sonntag? Bestimmt nicht in die Kirche", dachte er sich und musste über seine eigenen Gedanken schmunzeln.
„Wir sind da, Lore, jetzt ein bisschen langsamer, brrr !! Die Fahrräder kennst du doch, sind das nicht die von den Kindern vorhin?" Tatsächlich!
Kai und der Dicke machten das große Metalltor auf. Das war nicht leicht, auch hier hatte der Rost seine Arbeit getan.
„Hüüh, Lore, komm!" Fiddi schnalzte mit der Zunge, „Lass gehen, meine Beste."
So rollte der Wagen auf den Hof. Einmal um die Linde bis zur Bank, wo Opa saß und die übrigen Kinder um ihn herum.

Einer fehlte. Björn durfte nicht mit, denn er musste zu Hause helfen. Es hätte auch Kai treffen können, das Los hatte sich jedoch für Björn entschieden.
Fiddi sprang vom Kutschbock, und die Kinder rannten zum Pferd. Lore war ein ruhiges, schon in die Jahre gekommenes Pferd und war es gewohnt, mit Kindern umzugehen.
„Mensch, Anton! Du siehst ja noch rüstig aus!" begrüßte er Opa. „Wo ist denn deine Wilma?" „Die ist wohl noch in der Küche, du kennst doch die Frauen", grinste Opa mit einem Augenzwinkern.
„Wo soll's denn hingehen, mein alter Freund? Ins Grüne?"
„So ungefähr, Fiddi. Wilma und ich mit unseren neuen Freunde hier", dabei zeigte er auf die Kinder bei Lore, „möchten von dir zu meiner alten Parzelle am Fluss gebracht werden. Du weißt doch, am Eichenwald!"

Ungläubig guckte Fiddi Behrens den alten Bäcker an.
„Die existiert doch gar nicht mehr, oder?“
„Wahrscheinlich nicht, ich war fast 20 Jahre nicht mehr da.
Aber ist egal, versprochen ist versprochen.“
„Wem hast du das denn versprochen?“
„Den Kindern, mein Lieber, den Kindern.“

Fiddi war es an sich egal, wo er seinen alten Freund hinfahren sollte. Hauptsache, er fuhr ihn überhaupt mal irgendwohin.
Oma kam aus der großen Schiebetür, die beiden Hände voll mit schönen Dingen und unter dem Arm noch die Wolldecke.
„Hallo, Fiddi, schön, dass du kannst. Wie geht es Lisa?“
„Danke der Nachfrage, Wilma. Aber sie hat mich vor 2 Jahren verlassen.“
„Oh Gott, das habe ich ja gar nicht gewusst. Hatte sie denn wenigstens einen leichten Tod?“ „Nein, nicht tot! Mit einem anderen durchgebrannt.“

Oma wusste nicht, wo sie hingucken sollte. Ihr war die Situation sehr unangenehm.
„Andere Mütter haben auch schöne Töchter“, witzelte Opa mit einem schelmischen Grinsen. „Davon habe ich schon eine gefunden, sogar ein jüngeres Baujahr.“
„Baujahr, Töchter, wovon redet ihr?“

„Alles aufsteigen, die Reise geht los!“
Fiddi wollte das Thema wechseln, was ihm auch gelang. Nach kurzem Gerangel hatten sich Pit und der Lange durchgesetzt, was den Kutschbock betraf. Leider gingen nur zwei Personen neben dem Fahrer drauf.
Rena half Oma, die Beine von Opa schön mit der Wolldecke zuzudecken.
„Lass mal, das geht auch ohne Decke“, meinte er zwar, hatte aber gegen die zwei Frauen keine Chance.

„Lore, hüü, meine Perle! Mach uns einen schönen Vormittag."
Das Gespann verließ den Hof in Richtung Eichenwald. Die Kinder waren stolz wie Oskar. Schade, dass Björn nicht dabei war.
Der Dicke konnte wohl nicht anders! Er fixierte mit seinen Augen den Picknickkorb, aber ohne Erfolg. Das kleine rotkarierte Tuch verdeckte den Inhalt des Korbes.
Der Waldweg, auf dem sie sich befanden, wurde immer enger. Ein riesiges grünes Dach schloss sich über ihren Köpfen, und sie konnten kaum noch die Sonne sehen. Nach einer halben Stunde Fahrzeit waren sie am Ziel.
„Hier musst du rein, Fiddi", gab Opa Anweisung.
„Jetzt schon? Ich denke, das war hinter der nächsten Wegbiegung."
„Ja, du hast Recht. Ich möchte aber hier schon aussteigen, um den Rest zu Fuß am Fluss entlang zu laufen, und das werden meine Beine ja wohl noch schaffen."

Die Kinder waren überrascht, denn man konnte von einer Parzelle überhaupt nichts sehen. Alles war total zugewachsen und verwuchert.
„Brrr, meine alte Lore." Der Wagen kam zum Stehen.
Die Kinder sprangen zuerst auf den Waldboden, dann folgten Oma und Opa mit der Hilfe von Fiddi Behrens. Opa nahm seinen Handstock und versuchte, eine Wegschneise in die Brennesseln zu schlagen, die den Weg versperrten. Das war was für die Kinder! Der Lange brach sich als Erster einen Ast vom Baum und half Opa.
„Wohin müssen wir?" fragte er ihn.
„Dahin, mein Junge. Wir müssen zum Fluss, oder besser gesagt zum Bach."
Mittlerweile hatten sich alle mit Stöcken bewaffnet und waren dabei, einen Weg zum Bach zu schlagen. Etwa dreißig Meter mussten so bewältigt werden, dann waren sie am Wasserlauf.
Ein wunderschöner Anblick tat sich ihnen auf mit dem Bach, der sich durch die Landschaft schlängelte. Er führte zur Zeit kein hohes

Wasser. Dadurch konnte man die unterspülten Uferhänge mit den dicken, freigespülten Wurzeln der Eichen sehen, die am Uferrand majestätisch in den Himmel ragten. Der gelbe Sand am Flusslauf glänzte wie Gold. Was für ein Idyll, unberührte Natur.
„Kinder, kommt hier lang!"
Opa rief sie zurück. Ein kleiner Trampelpfad ging am Bach entlang und wahrscheinlich benutzten ihn Tiere, sonst kam ja keiner hierher.

„Hier ist es! Da hinten steht es noch, unsere Gartenhäuschen."
Tatsächlich, ungefähr fünfzig Meter von ihnen entfernt stand ein kleines Gebäude aus Holz, das früher einmal sehr schön ausgesehen haben musste. Je näher sie kamen, desto spannender wurde es für alle. Ab und zu mussten die Stöcke noch mal ihren Dienst erfüllen, indem sie Brenneseln oder sonstiges Gestrüpp aus dem Weg schafften.
Da war es! Opas Häuschen, das sie noch nie gesehen hatten. Die Farben Grün und Weiß waren gerade noch zu erkennen. Fenster und Türen waren kaputt, sowie das halbe Dach. Auf der Veranda standen oder lagen noch Stühle und ein Tisch, festgehalten von wucherndem Efeu.
Opas Augen fingen an zu leuchten. Er ließ seinen Stock fallen und ging zur ehemaligen Veranda. Dort beugte er sich nach vorne und griff nach einem Stuhl, der nur noch zwei Beine hatte. Er versuchte, ihn wieder richtig hinzustellen.
„Die Kinder schmeißen alles um und stellen nichts wieder hin", sagte er laut zu sich selbst. Die Kinder guckten sich an: Was meinte er damit? Oma bemerkte, dass sie etwas irritiert waren.

„Kinder, Opa ist im Moment mit seinen Gedanken nicht hier. Er meint euch nicht. Ich sah es an seinen Augen. Die Vergangenheit ist zurückgekehrt. Er glaubt, dass gerade eben die Kinder, und damit meint er seine eigenen und die Enkelkinder, den Stuhl

umgeschmissen haben. Er lebt in den Erinnerungen, die jetzt in ihm sind.
Also legt nicht alles auf die Goldwaage, was er euch sagt. Hier hat er seine schönste Zeit erlebt, darum wollte er auch nie wieder hierher. Opa wollte es so in Erinnerung behalten, wie es in seinem Kopf war. Er wird euch gleich durch seine alte Welt führen, und ihr solltet versuchen, es mit viel Phantasie zu sehen. Das würde euch helfen."
Pit reichte Opa seinen Handstock, den er vorhin hatte fallen lassen.
„Kommt, Kinder, hier geht's weiter."
Hinter dem Häuschen war eine kleine Hütte, wahrscheinlich die Toilette. Sie gingen am Bach entlang, unter riesigen Eichen und Buchen.
„Was ist das?" fragte Rena. An einem dicken Ast hing ein Seil herunter.
„Da schaukeln immer die Kinder, wenn sie uns besuchen. Oma, guck mal! Hier hängt auch noch deine Schaukel!"
Eine wunderschön geformte Schaukel, so ähnlich wie der Sitz eines alten Lehnstuhls, hing über Kopf an einer Kette. Durch sie hindurch suchte sich eine Kletterpflanze den Weg zur Sonne.
„Das war meine", sagte Oma voller Stolz in der Stimme.
„Ich habe gerne geschaukelt, auch noch als Erwachsene."
„Guck mal da!" Kai zeigte auf große Nistkästen an den Bäumen.
„Das sind Eulenkästen, ich hatte 6 Eulen hier", meinte Opa.
„Da, ein Hochsitz." Rena hatte ihn als Erste ausgemacht und was für einer!
„Der ist ja wahnsinnig hoch." Pit schätzte ihn auf 16 Meter Höhe.
„Da, noch einer, und da eine Futterkrippe für Rehe! Das muss ja toll hier gewesen sein", staunte der Lange. „Hier wäre ich auch gerne aufgewachsen."

Das war ein Reich für sich, was er hier geschaffen hatte. Klar war für die Kinder, dass er nahe bei den Elfen sein wollte. Welcher Erwachsene baute sich sonst eine Baumhöhle? Für Kinder war sie

zu groß.
„Kann einer gut klettern?“ fragte Opa in die Runde.
„Kai!“ riefen sie wie aus einem Mund. „Er ist der beste Turner in unserer Klasse, wieselflink und wendig.“
„Komm mal her, Kai.“ Der Gerufene ging zu dem alten Herrn.
„Hier bin ich. Was liegt an?“ „Kannst du da oben rauf?“ Opa zeigte zu der höchsten Baumhöhle.
„Ich glaube schon, wenn die Äste nicht zu morsch sind.“
„Versuch's mal, mein Lieber. Da oben müsste noch eine Sitzbank aus meinem alten Borgward sein. Die haben wir damals mit Seilen hochgezogen. Hinter der Rückenlehne ist ein Astloch, da musst du reinfassen. Aber Vorsicht, vielleicht hat sich da ein Tier heimisch niedergelassen. In diesem Astloch müsste eine Flasche sein. Die bring mir mal bitte runter, falls sie noch da ist.“

Kai musterte den Baum. Die unterste Partie war ungefähr bis zur Mitte gut zu klettern, dann kam ein schwierigerer Teil bis zu einem dicken Ast. Von dem aus führte dann eine Leiter zur Höhle, die noch ziemlich in Ordnung zu sein schien.
Sie gingen gemeinsam zum Baum, um Kai, falls nötig, irgendwie zu helfen. Das Wiesel machte seinem Namen alle Ehre. Wie eine Katze zog oder schwang er sich von Ast zu Ast. Auf halber Strecke war auf einmal Schluss: Seine Arme waren zu kurz, um den nächsten Ast fassen zu können.
Kai zog seinen Gürtel aus der Hose, schlug ihn über den Ast, der eigentlich nicht erreichbar schien und schwang sich wie Tarzan in seinen besten Tagen bis zur Leiter.
„Teufelskerl,“ staunte Opa, „klein, aber oho.“
Den Kindern stockte der Atem. Wenn jetzt was passierte, konnte ihm keiner helfen. Die Leiter war erreicht. Kai prüfte die Stufen - sie sahen noch ziemlich stabil aus. Vorsichtig setzte er den Fuß auf die erste Stufe, dann folgte die zweite, usw. Er war kein leichtsinniger

Junge. Alles, was er machte, wurde vorher gründlich durchdacht. Sein Körper war durchtrainiert, aber auch er hatte seine Grenzen. Die zweitletzte Sprosse wurde sein Verhängnis. Er wollte sich daran festhalten und hochziehen. Das misslang, die Sprosse gab nach. Wie in Zeitlupe stand er kurz vor dem Ziel und fuchtelte mit den Armen, um das Gleichgewicht zu halten.
Alle schrien auf vor Entsetzen und Angst um den Freund. Rena griff geistesgegenwärtig in ihre Tasche, riss die Flöte heraus und blies hinein. Es ging so schnell, dass sie zu stark blies, und kein Ton herauskam. Kai war kurz vor dem Absturz, sein Körper neigte sich in Rückenlage. Entsetzen bei allen!

Plötzlich löste sich eine armdicke Efeuranke und fiel ihrem Freund um den Rücken. Kai ergriff diese sofort und konnte dadurch sein Gleichgewicht wieder herstellen. Ein hörbares Aufatmen unten auf der Erde folgte.
Mit ein, zwei Armzügen war Kai am rettenden Ufer, besser gesagt, am Höhlenrand. Seine Knie zitterten, er hatte den Sturz schon vorhergesehen. Sicher stand er auf dem Höhlenboden und winkte seinen Freunden auf der Erde zu.
Keiner hatte mitbekommen, dass Rena die Flöte benutzt hatte, um Lum zu Hilfe zu rufen. Sie hatte die Elfe gesehen, wie sie Kai die Efeuranke in einer wahnsinnigen Geschwindigkeit um die Schulter gelegt hatte. Was für eine Reaktion mussten die Elfen haben, um solch eine Situation noch meistern zu können!

„Wir sind bei dir und deinen Freunden, liebe Rena! Hab keine Angst, du hast unseren Schutz."
„Danke, liebe Lum!" rief Rena nach oben.
Komisch, keiner hatte die Elfe gesehen und auch keiner die Unterhaltung zwischen Rena und Lum mitbekommen.
„Das war wie damals bei mir," stotterte Opa, „als ich die Elfe sah und

aus meiner Baumhöhle fiel. Nicht die Blätter der Linde haben mich damals aufgefangen, sondern die Elfe. Genauso ist es Kai ergangen. Es sah nur so aus, als sei die Efeuranke der Retter gewesen."

„Das sieht ja hier aus wie in einem Zimmer", dachte Kai, als er die Baumhöhle betrat. Die Aussicht war super, man konnte den Flusslauf genau beobachten. Der Blick ging durch Zweige und Äste in eine andere Welt. Von hier aus konnte man sich vorstellen, wie Vögel oder Eichhörnchen ihre Welt sehen.
Die Freunde unten auf der Erde wurden auf einmal unwichtig und klein. Es war wohl die Höhe, einfach toll. Er kannte Hochsitze aus dem Wald und war zigmal raufgeklettert, aber dieses war etwas ganz Anderes.
„Hier hat Opa gesessen und mit seinen Elfen geredet, die er nicht sah. So muss es gewesen sein!" dachte er.

Die Freunde unten riefen sich die Lunge aus dem Hals, aber Kai war nicht zu sehen.
„Was macht der da oben bloß?" wollte der Lange wissen.
„Dem geht es wahrscheinlich jetzt so wie mir früher", antwortete Opa. „Da oben bist du in einer anderen Welt, mein Junge. Die Tiere springen dir vor deiner Nase rum, du kannst sie fast anfassen. Sie wissen genau, dass sie vor uns Menschen da oben sicher sind.
Sie haben die besseren Karten in ihrem Reich."
Genauso war es da oben bei Kai. Ein Eichhörnchen lief nicht weiter als einen halben Meter von ihm entfernt mit einer Eichel im Maul wahrscheinlich zu seiner Höhle. Als es Kai entdeckte, blieb es stehen und machte Männchen. Keine Anstalten einer Flucht, wie es unten auf der Erde passiert wäre. Es schaute Kai ungläubig an, als wollte es sagen: „Was machst du denn hier, du Menschenkind?"
Ein farbenprächtiger Vogel gesellte sich zu ihm, plusterte sich auf und begann sich kräftig zu schütteln.

„Du bist aber ein hübscher Kerl, mein gefiederter Freund. Wo kommst du her? Dich habe ich noch nie gesehen?“
Der Vogel reckte seinen Kopf in die Höhe und fing an zu singen. Er hatte eine Stimme, wie sie schöner nicht sein konnte.

Plötzlich ein Knall, die Tiere verschwanden blitzschnell in den Schutz des Waldes. Ein Flugzeug hatte wohl die Schallmauer durchbrochen.
„Schade“, dachte Kai, „die beiden hätte ich gerne noch eine Weile beobachtet.“
Seine Bewegungen waren langsam in der Baumhöhle, um nicht noch eine böse Überraschung zu erleben. Sie war aus dicken Ästen und Brettern sehr solide gebaut und kein Nagel war zu entdecken. Alles war mit Hanfseilen und Tauen verbunden.
Die Autobank war ziemlich kaputt, der Lederbezug mürbe. Einige Sprungfedern hatten sich aus ihrer Verankerung gerissen und guckten aus dem Bezug raus. Auch hier war der Efeu fleißig gewesen und hatte diesen Hochsitz als Klettergerüst in Anspruch genommen. Von der einen Seite war alles bewuchert, nichts war mehr zu sehen von dem eigentlichen Baumaterial.
„Richtig, die Flasche, von der Opa gesprochen hat, muss ich noch suchen.“
Er rückte die Sitzbank etwas zur Seite. Da war es, das Astloch, wie Opa gesagt hatte. Er griff vorsichtig mit einem unguten Gefühl hinein. Man konnte nichts erkennen. Es war zu dunkel in dem Astloch. Immer tiefer ging sein Arm, fast bis zum Ellenbogen.
Jetzt fühlte er was, ein Nest oder so was Ähnliches. Kai wollte nichts kaputt machen. Also zog er vorsichtig den Inhalt ans Tageslicht. Blätter, Gräser und jede Menge Eicheln kamen zum Vorschein. Wenn hier mal nicht das Eichhörnchen wohnte, was ihn vorhin so erstaunt beäugt hatte. Alles, was er rauszog von dem Nest, legte er sorgfältig auf den Boden der Höhle, um es später wieder an die gleiche Stelle zurückzulegen.
Seine Finger ertasteten einen Gegenstand, der eine Flasche sein konnte.....

Es war eine! Jawohl, sie war aus Ton mit einem versiegelten Korken. Behutsam nahm Kai die Blätter, Gräser und Eicheln und legte sie wieder an ihren Platz. Nur lagen sie jetzt erheblich tiefer als vorher. „Was mag da wohl drin sein in der Flasche?“ Ziemlich schwer musste es sein.
Ein Grollen ertönte um ihn herum, hörte sich an wie ein nahendes Gewitter. „Wird Zeit, dass ich wieder runterkomme“, dachte er. Die Flasche wurde an seinem Gürtel festgebunden, damit er sie nicht verlor.
Die Efeuranke, der er sein Leben zu verdanken hatte, erleichterte seinen Abstieg. Er ließ sich an ihr heruntergleiten bis zu den Ästen in der Mitte des Baumes, und dann ging es schnell. Unten empfingen ihn alle mit Schulterklopfen und Händeschütteln. Man merkte seinen Freunden die Erleichterung an, ihn unverletzt wieder bei sich zu haben.
Opa nahm Kai in den Arm.
„Du hast uns einen schönen Schrecken eingejagt, mein Junge. Aber die Elfen meinen es gut mit dir und uns. Hast du die Flasche gefunden? Wie sieht es da oben aus?“ fragte er.
Kai erzählt ihm, was er vorgefunden hatte, und überreichte bei der Gelegenheit die Flasche. Opa nahm sie fest in beide Hände, der Puls schlug ihm bis zum Hals.
„Was ist da drin?“ fragte Rena voller Neugier.
„Ihr werdet es gleich sehen.“
Vorsichtig schlug Opa mit seinem Stock an den Boden der Tonflasche und drehte sie dabei im Uhrzeigersinn. Alle schauten gespannt auf die Flasche, was wohl passieren würde. Nach einer gewissen Zeit hörte er auf zu schlagen und brach den Boden auf. Der untere Teil löste sich ganz glatt von dem Körper, so, wie er ihn damals verklebt hatte.
Sachte griff Opa mit drei Fingern in die offene Flasche und zog einen Gegenstand heraus, der in Ölpapier eingewickelt war.

„Hier ist er, unversehrt!“
„Wer ist er?“ wollte nicht nur der Lange wissen.
Opa legte das eingewickelte Stück auf den Rest einer alten Bank, die auch schon mal bessere Zeiten gesehen hatte. Langsam entfernte er das Papier. Zum Vorschein kam ein glänzender Gegenstand, so ähnlich wie ein Hammer ohne Stil.
„Was ist das?“ wollten die Kinder wissen.
„Vielleicht der Schlüssel zu einem alten Geheimnis“, verriet Opa.
Das Ding sah wirklich wie ein Hammer aus. Es hatte an der flachen Seite ein geprägtes Zeichen, ähnlich wie ein Rhombus mit abgerundeten Ecken.
„Dieses Zeichen kenne ich!“ rief Pit und griff in die Innentasche seiner Jacke. „Hier, genau! Ich habe es gewusst.“
Er zeigte ihnen den Plan mit den Hieroglyphen. Tatsächlich, das gleiche Zeichen wie auf dem Schriftstück war auch auf dem flachen Ende des hammerähnlichen Gegenstands.
„Wo hast du den denn her?“ wollte Wilma wissen, „Den habe ich noch nie gesehen.“
„Kannst du auch nicht. Ich habe ihn hier bei diesem alten Baum gefunden. Er lag in der Erde. Damals hatte ich ein kleines Fundament gegossen für die Verankerung meiner Leiter, die zur Baumhöhle führte, und dabei hatte ich es gefunden.“
„Und warum hast du es da oben versteckt?“ wollte seine Frau wissen.
„Weil es hierher gehört, liebe Frau, weil es hierher gehört.“
Sie betrachteten diesen Fund von allen Seiten
„Er muss aus Gold oder einem anderen Metall sein“, meinte Kai.
„Das glaube ich nicht, mein Junge, denn er wechselt ab und zu die Farbe. Früher habe ich ihn in der Höhle oft beobachtet, und dabei konnte man sehen, dass er die Farbe bei einer bestimmten Sonneneinwirkung wechselte.“
„Toll, hier scheinen auch noch mehr Zeichen drauf zu sein“, Rena wischte mit ihrem kleinen Daumen an der Seite des Gegenstandes entlang.

Tatsächlich, durch die Absonderung von dem Ölpapier konnte man es schwach erkennen: Schriftzeichen oder Motive von irgendwelchen Gegenständen waren zu sehen, die auch auf dem Hieroglyphenplan waren.

„So, Kinder, bevor es gleich einen Regenschauer gibt, müssen wir noch zu dem großen Busch da hinten."
Kai und Pit waren die Ersten. Sie griffen wieder zu ihren Stöcken und schlugen eine Schneise dorthin. Durch ihre Routine ging es ziemlich fix.
„Was ist das denn für ein Busch?" wollte Rena wissen
„Das ist gar keiner, mein Kind, Du wirst es gleich sehen." Er holte eine kleine Baumschere aus seiner Jackentasche und reichte sie Pit.
„Hier, mein Junge, schneide die Ranken mal weg! Dann wirst Du große Augen machen."
Oma staunte nicht schlecht „Wo hast du denn die Baumschere auf einmal her?"
„Ich habe sie eingesteckt, als du den Picknickkorb fertig gemacht hast."

Sie guckten alle den Dicken an, als das Wort Picknick fiel. Aber ihr Freund reagierte nicht, er war bei Pit und half, die Ranken zu entfernen.
„Das ist ja gar kein Busch", stellte der Dicke fest. „Das ist ein zugewachsener Findling." „Genau, mein Junge. Du hast es richtig erkannt. Es ist ein riesiger Findling oder ein Monolith."
„Was ist denn ein Monolith?" fragte Rena.
„Ein einzelner Stein, nur eben ein sehr großer", klärte der Lange sie auf.
„Das ist ja nur die Spitze, wahrscheinlich ist er noch viel größer" fügte Opa hinzu. „Ich habe früher versucht, etwas tiefer zu graben, habe aber schnell aufgegeben."
Die Jungs waren fleißig bei der Arbeit. Langsam konnte man den

vollen Umfang des Steines erkennen. Das Gewitter hatte sich Gott sei Dank verzogen, es war kein Hinderungsgrund mehr weiterzumachen.
Da lag er nun in voll sichtbarer Größe vor ihnen, ein ovaler rötlicher Stein. Oma staunte nicht schlecht.
„Wo kommt der denn her? Den habe ich hier ja noch nie gesehen."
„Der lag schon immer hier, Wilma. Du hast nur immer geglaubt, das ist ein Busch, wie die Kinder auch. Ich habe ihn damals schon entdeckt und seine Bewucherung gepflegt und gefördert, damit man ihn nicht sieht."
„Warum sollte man ihn denn nicht sehen?" wollte Oma wissen.
„Weil dann viele schlaue Leute hergekommen wären, um ihn zu erforschen und zu sehen." „Ist denn was Besonderes an ihm?" fragte sie.
Pit gab die Antwort, er war auf den Stein gestiegen und hatte dabei eine tolle Entdeckung gemacht.
„Guckt mal! Hier sind Mulden in den Stein gehauen, mit Zeichen drauf."

Die Kinder sprangen auf den Stein und fegten mit abgebrochenen Zweigen die Oberfläche sauber.
Sie staunten nicht schlecht, in dem Stein waren 7 Mulden, die so aussahen, als ob man Kartoffelstempel in Ton gedrückt hätte. Diese Vertiefungen waren teilweise mit Wasser vom letzten Regen vollgelaufen. Der Lange wollte jede Vertiefung untersuchen, wurde dabei aber von Opa unterbrochen.
„Da hinten, die letzte ist es", rief er dem Langen zu.
Sie wussten nicht, was er meinte. Aber der Lange verstand.
„Tatsächlich," er gab Opa ein Zeichen, „das müsste passen!"
Alle guckten die beiden etwas irritiert an. Was hatten sie vor? Der Alte reichte Pit den hammerähnlichen Gegenstand aus der Tonflasche.
„Versuch´s mal, Junge", sagte er zu Pit. „Ich glaube, du wirst damit

aber nichts erreichen." Jetzt ging ihnen ein Licht auf: Der Gegenstand passte vielleicht in die Mulde. Pit nahm ihn und versuchte sein Glück. Alle stierten auf seine Hand, die den Hammerkeil in den Abdruck führte.
„Er passt," rief er, „er passt!!"
„Das kann doch kein Zufall sein, zeig mal!"
Der Lange beugte sich zu Pit und bestätigte die Aussage: „Er passt!"
„Ich weiß," brummte der Alte, „mindestens hundertmal habe ich ihn schon da reingesteckt, aber nie hat sich etwas getan."

„Rena, versuch du es doch mal!"
Oma schob sie behutsam etwas näher an den Stein. Rena zögerte zuerst, aber dann nahm sie den Hammerkeil und steckte ihn in die Mulde. Was war das? Um den Keil herum veränderte sich die Farbe des Steins in ein leuchtendes Blau. Die Farbe lief an Renas Arm hoch, bis sie ganz in blaues Licht gehüllt erschien.
Sie wollte den Keil wieder loslassen vor Schreck, es ging aber nicht. Nur für einen Moment war dieses Farbspiel zu sehen, ähnlich wie damals bei der Linde im Hof.
Ein überlautes Stöhnen erklang in ihren Ohren, das in einem lauten Donnerhall endete. Rena hatte den Keil wieder losgelassen. Er steckte aber immer noch fest in der Mulde.
„Wer hat mich aus meinem tiefen Schlaf geweckt?" donnerte eine Stimme los. Die Kinder wussten nicht, woher sie kam.
„Lasst mich schlafen, ich bin schon ein alter Baum und brauche meine Ruhe. 500 Jahre habt ihr mich nicht gebraucht, warum jetzt noch?"
Mit offenem Mund standen sie da und schauten auf die alte Eiche, in der Kai vor kurzem Opas Höhle aufgesucht hatte. Die Zweige und Äste bewegten sich, ohne dass auch nur ein bisschen Wind gewesen wäre. Sie bewegten sich dermaßen stark, dass ringsherum das Laub in Massen vom Baum fiel. Rena schien die Einzige zu sein, die keine Angst hatte.

„Hab' ich dich etwa geweckt, Herr Baum?" rief sie laut in die Richtung der alten Eiche.
Ein riesiger Ast von dem Ungetüm neigte sich zu ihnen herunter bis an ihre Köpfe. Rena fasste einen Zweig an und schüttelte ihn.

„Entschuldige noch mal, aber wir wollten nicht stören."
„Wo sind die anderen?" fragte der Baum mit seiner donnernden Stimme.
„Welche anderen?" fragte Pit, der sich als Erster von den Jungs gefangen hatte.

„Wer bist du denn?" grollte der Baum.
„Das ist mein Freund Pit, und die anderen sind Kai, Wolfgang, mein Bruder Siggi, Oma und Opa. Schau mal da, das Gesicht!"
Tatsächlich erschien ungefähr im untersten Drittel des Baumstammes ein Gesicht über die ganze Breite des Stammes. Es sah aus, als ob ein Projektor das Gesicht auf den Stamm gemalt hätte. Furcht erregend war es allerdings nicht.
„Ich kann euch nicht richtig erkennen, es ist so dunkel da unten."
Kaum hatte der Baum das gesagt, drückte er seine riesigen Äste auseinander, damit die Sonne ihr Licht zu der kleinen Menschengruppe durchlassen konnte.
„Aha," donnerte der Baum, „dich kenn' ich doch."
Dabei kam ein Zweig auf Opa zu. Kurz vor ihm legte sich der Zweig bis auf die Erde.
„Du hast doch mal bei mir gewohnt und immer so schöne Geschichten erzählt."
Opa bekam einen roten Kopf. „Du hast sie gehört?" fragte er.
„Ja, so ziemlich alle. Übrigens danke ich dir, dass du beim Bau deiner Baumhöhle keine Nägel verwendet hast. Nochmals danke!"
„Das war doch selbstverständlich, Herr Baum", antwortete Opa sichtlich erfreut.

„Also, wo sind die anderen?“ wiederholte der Baum.
„Welche anderen?“ fragte Pit.
„Na, die anderen elf Gesandten.“
„Wir kennen keine Gesandten. Wer soll das sein?“
Der Baum stutzte, man merkte es ihm an. „Seid ihr denn keine Gesandten?“ fragte er nach kurzer Bedenkzeit.
„Nein, wohl nicht“, rief Kai.
„Aber ihr habt doch den Keil der Wiederkehr! Woher habt ihr ihn, wenn ihr keine Gesandten seid?“
„Ist das der Keil, der im Stein steckt?“ fragte Pit.
„Natürlich ist er es, so wahr ich Watz, der Baum, heiße.“
„Den habe ich gefunden, Herr Watz, vor vielen, vielen Jahren. Er lag zu ihren Füßen im Erdreich.“
„So, so, zu meinen Wurzeln im Erdreich“, wiederholte er Opas Worte. „Dir glaube ich, mein alter Freund. Wir haben eines gemeinsam: Unsere Zeit ist bald abgelaufen.“
„Da magst du recht haben, Herr Watz.“
„Ja, was machen wir denn nun ohne die elf Gesandten? Denn ohne sie könnt ihr auch nicht reisen.“ - „Wohin sollen wir denn reisen?“ fragte Opa.
„Das weiß ich doch nicht“, grummelte der Baum. „Wir sind doch nur die Energieträger.“
„Wer sind wir?“ fragte Opa nach.
„Na, wir alten Eichen hier, meine elf Gefährten und ich.“

Der Lange kapierte schnell „Hier muss vor langer Zeit eine Art Basisstation von Außerirdischen gewesen sein, oder so was Ähnliches. Was waren das für Gesandte, Herr Watz? Sahen sie so aus wie wir?“
„Weiß ich nicht. Sie hatten immer solche Kutten oder Umhänge an, wie die Mönche von dahinten.“
Er zeigte mit einem Ast zu den alten Klosterruinen, die ungefähr 4 Kilometer von ihnen entfernt standen.

„Was ist das?“ grollte er durch den Wald. „Wo ist das Kloster geblieben?“
„Schon lange in Schutt und Asche, Herr Watz. Die Mönche haben es selber wieder zerstört auf Befehl der Bischöfe. Das ist aber schon 500 Jahre her.“
Kai wusste, was er sagte. Geschichte war sein Lieblingsfach in der Schule.
„Vielleicht kommen deswegen ja keine Gesandten mehr, und dann kann ich ja weiterschlafen!“
„Nein, nein!“ brüllten alle auf einmal. „Nicht wieder einschlafen, bitte!“
„Erzählen sie uns noch etwas von den Elfen!“ rief Rena, indem sie ihre Hände zu einem Trichter formte und vor den Mund hielt.
„Die Elfen?“ kam es zurück wie ein Echo. „Sind die armen Dinger immer noch hier?“
„Ja, das sind sie! Unter euch, in ihrem unterirdischen Reich. Sie sind in Not und brauchen unsere Hilfe.“
Keiner von ihnen sagte mehr ein Wort, und sie überließen Rena den Wortwechsel mit Herrn Watz. Der konnte sich so besser konzentrieren, und sie war es ja letztlich auch gewesen, die ihn geweckt hatte. „Wissen sie, wo die Elfen herkommen?“
„Die Gesandten haben sie mitgebracht, eines Tages waren sie einfach da. Man hat sie vergessen bei der Abreise, einfach vergessen. Oder vielleicht war es ja auch Absicht, ich weiß es nicht. - Wieso sind sie in Not?“ fragte Herr Watz die kleine Rena.
„Weil ihr zwölf Eichen nicht mehr genug Sauerstoff in ihr Reich pumpt.“
„Wir sind alt geworden! Die Luft wird auch immer schlechter und das Wasser, das wir trinken, war auch schon mal besser. Unsere Wurzeln werden krank und die Gesandten kommen nicht mehr, um uns zu heilen.“
Herr Watz sah traurig aus, als er den Anwesenden sein Schicksal und das der anderen 11 Eichen erklärte.

„Ich bin noch die Rüstigste von allen, weil ich direkt hier am Wasser stehe. Den anderen geht es viel schlechter."
„Warum helfen euch die Gesandten denn nicht?" griff Pit in die Unterhaltung von Herrn Watz und Rena ein.
„Weiß ich nicht, kleiner Mann. Vielleicht haben sie jetzt einen anderen Ort, von dem aus sie reisen."

„Hee, alter Mann, was machen denn deine Wurzeln? Alle noch gut?" fragte Herr Watz den Opa.
„Geht so, Herr Watz , geht so."
„Mach es gut, mein alter Freund. Ich muss jetzt etwas ausruhen, sonst verbrauch' ich zu viel Sauerstoff, und du weißt doch, wie nötig die Elfen den noch brauchen. Kommt mal wieder! War nett, mit euch zu plaudern."
„Das verspreche ich dir, wir kommen bald wieder!" rief Opa ihm zu.
Die Zweige schlossen sich über den Köpfen der Freunde. Dadurch wurde es wieder dunkel, denn sie verdeckten das Sonnenlicht. Langsam verschwand das Gesicht von Herrn Watz. Sie guckten alle in den Baum und versuchten zu begreifen, was eben geschehen war.
„Unfassbar, und das in unserer nüchternen Zeit", dachte Opa. Schade, er hätte ihnen sicherlich noch viel erzählen können, der Baum. Aber nun schlief er, oder vielleicht nicht? Sie wussten es nicht. Er stand da wie immer und bewegte seine Blätter im lauen Wind, der jetzt eingesetzt hatte.

„Ich glaube, wir brauchen jetzt erst mal eine kleine Stärkung", schlug Oma vor. „Hol mal einer den Picknickkorb!"
Kai und der Dicke rasten zur Pferdekutsche. Herr Behrens saß auf dem Kutscherbock und war eingeschlafen. Wahrscheinlich hatte er von der ganzen Geschichte nichts mitbekommen. „Das ist auch gut so", dachten die beiden.
Oma legte eine bunte Decke auf den Monolithen. Sie hatte keine

Ehrfurcht vor der Magie, die von ihm ausging, und zog bei der Gelegenheit den Keil aus der Mulde.
„Hier, Rena, dein Ding“, sagte sie und reichte ihr den Auslöser des ganzen Erlebten.
Rena nahm ihn behutsam in die Hand. Er war wie vorher - kein Blau war mehr zu sehen.
Die Kinder machten sich über die leckeren Sachen her, nur Opa wollte nichts. Er saß wie abwesend auf dem Monolithen, und dabei stützte er sich mit seinem Handstock seitlich ab.
Seine Gedanken rasten durch den Kopf, bis er Kopfschmerzen bekam. „Was haben das Kloster und die Mönche mit dem Monolithen zu tun? Oder waren die Gesandten nur so gekleidet und kamen von einem anderen Stern? Vielleicht war es auch eine alte Kultstätte der Druiden? Die hatten ja auch Zauberkräfte, jedenfalls steht es so in den Geschichtsbüchern.“

Er konnte nicht mehr. Es war zu viel für ihn.
„Oma, komm, wir wollen nach Hause“, flüsterte er seiner Frau zu.
Diese sah, dass es ihm nicht gut ging, und reagierte sofort.
„Kinder, wir müssen los. Opa geht's nicht gut.“
Besorgt schauten die Kinder auf ihren alten Freund. Man sah es ihm an, und keiner legte Widerspruch ein.
„Was machen wir denn jetzt mit dem Monolithen?“ fragte Pit in die Runde.
„Er ist jetzt vom Weg aus zu erkennen.“

„Ich frage Lum, ob sie uns helfen kann. Immerhin ist es ja auch im Interesse der Elfen, dass dieser Stein nicht gesehen wird“, meinte Rena. Sie holte ihre Flöte heraus, drehte sich um und steckte sie gleich wieder ein.
„Seht mal da!“ rief sie den Jungens zu, die dabei waren, Omas Sachen wieder in den Wagen zu verstauen.

„Ich werd' verrückt, das glaubt mir keiner!" Pit war es, der damit rausplatzte. Wo der Monolith lag, stand ein großer Busch, und die Brennnesseln standen auch wieder wie eine Eins. Kein einziger Beweis ließ erkennen, dass da hinten mal Menschen gewesen waren. Es war wieder die reine Wildnis.
„Danke, Lum!" rief Rena in den Wald.
„Bitte, Rena, bis bald", erwiderte eine klare Mädchenstimme.

Die Kinder stiegen als Letzte in die Kutsche. Herr Behrens, der Kutscher, hatte tatsächlich von alledem, was passiert war, nichts mitbekommen. Fünf Stunden waren sie nun schon unterwegs. Die Uhrzeiger standen auf 3 Uhr am Nachmittag, als Fiddi Behrens die Kutsche in den Hof der alten Bäckerei lenkte. Opa hatte sich schnell erholt. Sicherlich war alles zu viel gewesen, was da über ihn hereingebrochen war.
„Stellt euch vor, ihr baut eine Baumhöhle, und euch passiert so etwas! Nichts für schwache Nerven, würde ich sagen."

Der Elfenrat

„Komm noch rein auf eine Bockwurst", schlug Oma Fiddi vor. Der lehnte Gott sei Dank ab. Die Kinder wollten alleine sein mit den beiden. Alle winkten ihm hinterher, als Fiddi mit seiner schönen Kutsche den Hof verließ.

„Wenn der wüsste, was ihm entgangen ist", dachte Pit.

„Kommt Kinder, noch auf ein Schwätzchen, es ist ja früh am Tag. Oder gibt es nichts zu bereden?" fragte Opa.

Sie stürmten in die Küche. Im Moment war ihnen die Bockwurst wichtiger als die Elfen, wenn sie ehrlich waren. Ruck, zuck waren die Würstchen heiß, 24 Stück aus einer großen Dose lachten sie an. Durch das Essen konnten sie sich alle ein bisschen sammeln, jeder für sich, denn es wurde kein Wort gesprochen

„So, Kinder, jetzt tagt der Elfenrat!" Opa schlug mit der Faust auf den Tisch. Er schien wieder fit zu sein.

„Langer, du fasst die Lage zusammen!"

Ihr Freund war überrascht, aber nur für einen kleinen Moment. Er bündelte das Erlebte geschickt in einen kleinen Vortrag.

„Gut gemacht!" lobte Opa ihn. „Und was siehst du für einen Zusammenhang zwischen dem Erlebten und dem, was wir bereits wussten?"

Kai meldete sich, aber Opa meinte: „Erst der Lange, dann du. Jeder, der was zu sagen hat, kommt dran."

„Ja, Genaues weiß ich natürlich nicht," fing der Lange an, „aber eines scheint mir sicher: Der Monolith ist eine Station von außerirdischen Wesen. Ich glaube nicht, dass Mönche und das alte

Kloster damit etwas zu tun haben."
„So, und was wolltest du sagen?" Opa wies mit dem Finger auf Kai.
„Ich glaube, der Baum weiß mehr, als er sagt. Vielleicht hat er mich ja oben aufgefangen, als ich beinahe vom Baum gefallen wäre, und nicht die Elfe. Hat er die ganzen Jahre wirklich geschlafen, oder hat er uns hinters Licht geführt? Ich habe da oben ein sehr glückliches Gefühl gehabt. Am liebsten möchte ich da wieder rauf."
„Das geht mir auch so", grinste Opa. „Okay, mein Junge, und was meinst du, Pit?"
„Ich könnte mir vorstellen, dass, wenn man einen anderen Planeten ansteuert und nicht weiß, wie das Abenteuer ausgeht, man sich seine Elfen mitnimmt... wenn man sie schon mal hat. Die Missionare haben ihren Jesus damals ja auch mitgenommen, als sie in die Welt zogen." „Nicht schlecht, lieber Pit, könnte was dran sein."
Stolz lehnte Pit sich in seinem Stuhl zurück. Ein Lob von Opa, das war doch schon was!

„Nun du, Dicker, wie heißt du eigentlich mit Vornamen?"
„Wolfgang", antwortete er artig.
„Also Wolfgang, was ist deine Meinung?"
„Ich glaube, dass wir die Felsenkarte genauer analysieren sollten. Wie ich es sehe, gibt es einen Zusammenhang. Vielleicht ist der Ort ja noch in Ordnung, wo die Felsen stehen. Oder sagen wir, vielleicht besser erhalten als die alten Eichen."
„Das ist ein Argument, das wir verfolgen sollten, mein Lieber. Felsen sind der Umwelt sicher nicht so stark ausgesetzt wie unsere Eichen, da hast du Recht. Und jetzt zu dir, Rena, wie siehst du die Sachlage?"
„Ich weiß nicht, jeder hat wahrscheinlich irgendwie Recht. Die Lösung liegt bestimmt bei den Elfen. Wir werden schlauer sein, wenn Pit und ich aus dem Elfenreich zurücksind. Jetzt können wir ihnen Fragen stellen über Dinge, die wir vor kurzem noch nicht wussten. Zum Beispiel die Sachen mit dem Monolithen und den Gesandten."

„Gut, Kinder. Wir sollten eine Nacht darüber schlafen, und dann sieht man bestimmt einiges anders.“

Opa wollte nach seinem Handstock greifen und aufstehen, doch Pit unterbrach sein Vorhaben, indem er ihn ansprach: „Und was hältst du von der ganzen Sache, Opa?“
Oma grinste in sich hinein, damit hatte er wohl nicht gerechnet. So kam er also nicht davon, ohne eine Erklärung mit seiner Ansicht abzugeben. Einen Moment war Ruhe. Opa legte seinen Stock wieder zurück und räusperte sich.
„Ja, Kinder, ihr habt ein Recht, meine Gedanken zu erfahren. Vor einer Woche habe ich noch geglaubt, dass ich meine Erlebnisse mit ins Grab nehmen muss. Ihr seid wie eine Erlösung in mein Leben getreten. Entschuldige, Wilma, dass ich das so sage.Mein Vater hat mich gelehrt, nur das zu glauben, was ich anfassen oder sehen kann. Danach habe ich mich stets gerichtet und werde es auch weiterhin tun. Das, was ich in den letzten Tagen durch und mit euch gesehen habe, verwirrt mich alten Mann etwas, muss ich gestehen. Eine Phantasiewelt hat sich aufgetan und man hat gesehen, dass es wunderschöne Dinge gibt und Sachen, die man nicht ergründen kann. Jeder von euch wird diese Erlebnisse ein Leben lang nicht vergessen. Das Schlimme jedoch ist: Ihr könnt sie keinem erzählen, denn keiner würde sie euch glauben. Ihr seid jung und habt euch, egal wie die Geschichte ausgeht. Ihr habt das in der Gruppe erlebt und könnt euch immer austauschen, solange ihr lebt. Ich jedoch war immer alleine, keiner hat mir geglaubt. Verzeih mir, Wilma, aber es war so. Mit meinen Träumen würde ich weiterleben und nichts ergründen wollen. Wenn nicht die Elfen meine, oder besser gesagt, unsere Hilfe brauchten. Ich werde versuchen zu helfen. Aber ich mache mir jetzt schon Gedanken darüber, was passiert, wenn sie wieder in ihre Heimat zurückkehren. Wer beschützt uns dann?“
„Ach, Anton, vielleicht gibt es ja noch mehr Elfen, wer weiß.“ Seine

Frau ging zu ihm und legte zärtlich ihre Hand auf seine Schulter. Alle waren ein bisschen ergriffen von seiner Rede, jeder von ihnen konnte sich in seine Lage versetzen.

„Wie geht's jetzt weiter?" Oma wollte es wissen. Sie war schon lange nicht mehr die ruhige, zurückhaltende alte Dame.
„Rena und ich werden wie verabredet nächste Woche ins Elfenreich gehen, um mehr zu erfahren", gab Pit zur Antwort. „Wir müssen erst mal sehen, wie unser Stundenplan aussieht. Wir sind ja nicht alle in derselben Klasse."
„Gut, Kinder, macht es so und merkt euch alles ganz genau, was die Elfen erzählen. Jede Kleinigkeit kann wichtig sein."
Opa nahm wieder seinen Handstock, erhob sich von seinem Stuhl und verabschiedete sich von allen.
„Macht´s gut, Kinder, und bleibt gesund. Ich lege mich erst einmal ein bisschen hin, mein Mittagsschlaf fehlt mir."
Sie alle erhoben sich von den Plätzen und verließen die warme Küche mit einem: „Tschüß, bis bald!" Draußen stiegen sie auf ihre Räder und fuhren gemütlich nach Hause.
„Bis morgen auf dem Schulhof, in der großen Pause!" riefen sie sich zu, und jeder nahm seinen eigenen Weg.

Pits Gedanken waren immer noch bei dem alten Baum. Er war ganz wirr im Kopf und konnte keinen klaren Gedanken fassen. Der Fahrradschuppen war schon abgeschlossen. Er musste erst den Schlüssel holen, der immer am Schlüsselbrett in der Küche hing.
„Wo kommst du denn jetzt erst her?" fragte seine Mutter in strengem Ton.
„Vom Langen, wir waren mit dem Fahrrad unterwegs und hatten einen Platten."
„So, so, einen Platten. Dann wasch dir erst mal die Hände, mein Junge. Beeil dich, es gibt gleich Abendbrot!"
Pit nahm die Schlüssel vom Brett, es war ein aus Sperrholz

ausgesägter Baum. Den hatte er mal in der Schule im Werkunterricht ausgesägt, mit Haken versehen und an denen hingen jetzt die Schlüssel. „Schon wieder ein Baum“, dachte er und musste schmunzeln.
Als alles erledigt war und die Hände etwas Wasser gesehen hatten, ging er ins Esszimmer. Am Wochenende saßen sie oft in diesem Zimmer, wenn die Familie zusammen war.
Der Abendbrottisch war nicht üppig, nur das Nötigste. „Ma hat wohl keine Lust gehabt, den Tisch zu decken“, dachte er sich.
Sein Vater saß vorm Fernseher. Er hatte seine geschmierten Brote mitgenommen, denn gleich kam seine Lieblingssendung „DER WELTSPIEGEL“. Pit hätte lieber etwas anderes gesehen. Aber was soll´s, man hatte eben nicht die älteren Rechte.
Lustlos schmierte er sich eine Scheibe Brot. Wegen der Würstchen bei Opa war sein Hunger nicht besonders groß.
Die Erkennungsmelodie des Weltspiegels war gerade zu Ende, da gab der Sprecher im Fernsehen eine Vorschau auf die Themen. Plötzlich spitzte Pit die Ohren. Er hörte nur was von Elfen und Island.
„Was hat der eben von irgendwelchen Elfen gesagt, Papa?“
Sein Vater guckte ihn an. „Wieso fragst du?“
„Das interessiert mich, wir haben das Thema gerade in der Schule.“
„Ach so! Die zeigen zum Schluss einen Bericht aus Island von irgendeiner Elfenabgeordneten.“ „Danke, Papa, sagst du mir bitte Bescheid?“
„Mach’ ich, Pit. Du weißt, deine Bildung liegt mir am Herzen.“

„Ich muss den Langen anrufen“, dachte er. Schnell wurde das Leberwurstbrot in den Mund gestopft. Damit waren die Hände frei, um die Nummer zu wählen. Nach dem dritten Rufzeichen wurde er schon ungeduldig. Keiner da, oder was ist los?!
„Hallo, hier Rena“, kam es aus dem Hörer.
„Hier Pit, hallo Rena! Ist der Lange in der Nähe?“
„Nein, der ist noch draußen. Soll ich ihn holen?“

„Brauchst du nicht, kann ich dir ja auch sagen. Gleich gibt es im Fernsehen beim Weltspiegel einen Bericht über Elfen in Island. Vielleicht guckt ihr euch das auch mal an?“ - „Was zeigen die denn da?“ wollte Rena wissen.
„Weiß ich nicht, ich meine ja auch nur interessehalber.“
„Ist gut, wir versuchen das hinzukriegen. Dann bis morgen, tschüß, lieber Pit!“
Das Knacken in dem Hörer war der Beweis, dass sie aufgelegt hatte.
„Lieber Pit, hat sie gesagt! Das war das erste Mal“, dachte er und stieß einen Jauchzer aus.

Ungefähr 10 Minuten waren vergangen, da hörte er die Stimme seines Vaters: „Geht gleich los, Pit!“
„Okay, danke Pa! Komme sofort.“
Schnell noch ein Glas Cola eingeschenkt, dann setzte er sich zu seinem Vater auf die Couch. Es ging sofort los. Tatsächlich, ein Bericht über Elfen in Island.
Pit kam aus dem Staunen nicht mehr heraus. Was er da sah und hörte, war nicht zu glauben:
In Island gab es noch sehr viele Menschen, die an Elfen glaubten. Dieser Glaube kam aus der Germanenzeit und war heute noch lebendig. Man sagte, dass die Elfen in Felsen wohnten. Es gab dort Leute, die behaupteten, Kontakt zu den Elfen zu haben. Und sie wussten oder sahen, in welchen Felsen die Elfen zu Hause waren. Wurde auf der Insel eine Straße oder Siedlung geplant, wurden diese Personen gefragt, ob in den Felsen, die gesprengt werden mussten, vielleicht Elfen wohnten. Stellten sie fest, dass das so war, wurde um den Felsen herumgebaut. Darum gab es in Island kaum eine gerade Straße. Es ging sogar so weit, dass im isländischen Parlament eine Elfenabgeordnete saß, die zu vielen Dingen befragt wurde.
Dieser ganze Bericht wurde auch durch Bilder untermauert und Pit saß da wie hypnotisiert.

Der Bericht war schon eine Weile zu Ende. Aber Pit saß immer noch da und schaute auf den Bildschirm.
„Na, Junge, bist du jetzt schlauer?“ fragte sein Vater. „Ich hätte nie geglaubt, dass es so was noch gibt in der heutigen Zeit.“
„Wieso nicht?“ wollte Pit wissen. „Es ist doch egal, was man glaubt, Hauptsache, man glaubt überhaupt etwas.“
„Wo hast du das denn her, Junge? So kenn' ich dich ja gar nicht!“
„Dein Sohn wird langsam erwachsen“, hörten sie die Mutter sagen. Sie hatte alles mit angehört. „Denke dran, im nächsten Jahr kommt er zum Konfirmandenunterricht.“

Das Telefon läutete. „Gott sei Dank“, dachte Pit, „der Lange.“
„Ich gehe schon, ist für mich!“
Er ging zum Apparat. Seine Eltern schauten sich an und zuckten mit den Schultern. „Was sagst du dazu?“ rief Pit gleich in den Hörer, ohne abzuwarten, wer dran war.
„Was soll ich wozu sagen?“ fragte eine Stimme, die er gut kannte, am anderen Ende der Leitung. Es war Dieter, der Arbeitskollege seines Vaters.
„Hallo, Dieter, möchtest du meinen Pa sprechen?“
„Ja, Junge, ist er da?“
„Ich hole ihn, Moment. Papa.... für dich! Es ist Dieter!“
Pit hatte ein ungutes Gefühl bei dem Anruf. Nach seiner Meinung wusste Dieter durch den Artikel zu viel von der Sache. Er belauschte das Gespräch genau. Viel konnte er aber nicht daraus schließen, weil sein Vater nur mit „ja, sag bloß,“ oder „meinst du“ antwortete. Nach Beendigung des Gesprächs hatte er nicht den Mut, seinen Vater zu fragen, was Dieter von ihm gewollt hatte.
Kaum hatte Rolf den Hörer wieder aufgelegt, wobei seine letzten Worte gewesen waren „Das besprechen wir morgen.“, klingelte erneut das Telefon. Rolf stand noch daneben, also nahm er auch ab. „Hallo, Langer, wie geht's?“ begrüßte er Pits Freund. „Du willst

sicherlich meinen Sohn sprechen. Ihr habt ja jetzt viel zu besprechen. Hast du den Filmbeitrag auch gesehen?“
Sie unterhielten sich noch eine Weile, dann gab Rolf Pit den Hörer.
„Endlich“, dachte er voller Ungeduld und ergriff gierig den Hörer.
„Hast du das auch gesehen, was sagst du dazu?“ Pit war ganz aufgeregt.
„Das wollte ich dich gerade fragen, mein Lieber. Ich hatte den Plan zuerst gar nicht gesehen, Rena machte mich darauf aufmerksam.“
„Welchen Plan?“ fragte Pit.
„Als das Büro der Elfenabgeordneten gezeigt wurde, hing an der Wand eine Landkarte. Sie sah so ähnlich aus, wie unser Plan mit den Felsen. Es waren bloß keine Kreuze drauf wie bei uns. Zwischen den Felsen waren Siedlungen oder so etwas ähnliches dargestellt.“
„Sag bloß“, kam die verdutzte Antwort von Pit. „Das habe ich nicht bemerkt. Meine ganze Konzentration galt voll der Frau und dem, was sie sagte.“
„Ich habe es ja auch nicht gleich gesehen. Als Rena mich darauf hinwies, ging gleich danach das Bild weg, aber ich konnte es noch erkennen.“
„Dann gibt es ja wohl in irgendeiner Art eine Verbindung zwischen unserem Eichenwald und den Felsen in Island.“
„So wird es sein“, gab der Lange ihm Recht. „Vielleicht haben die Gesandten da ja eine neue Energiequelle für ihre Reisen eingerichtet, wie Herr Watz meinte.“
Sie tauschten noch jede Menge Theorien aus, die sie aber nicht weiterbrachten.

„Nun macht mal Schluss!“ rief Pits Mutter. „Ihr habt euch heute doch den ganzen Tag gesehen. Morgen ist auch noch ein Tag, und in der Schule kostet es keine Telefongebühren.“ „Ist gut, Ma, wir machen Schluss.“Nach kurzem Gekicher mit dem Langen legte Pit den Hörer auf die Gabel.

Opa saß wie immer schon früh mit der geliebten Tageszeitung in der Hand an seinem Schreibtisch. Der Schreibtisch war aus Eichenholz gefertigt und mit wunderbaren Facetten verziert. Sein Vater und dessen Vater hatten schon an diesem Prachtexemplar gesessen.
Die Zeitung war das einzige gewesen, was ihn noch mit der Außenwelt verband , bis die Kinder jetzt in sein Leben getreten waren. Die politische Seite war immer das Wichtigste für ihn, dann kam der lokale Teil.
„Wilma!“ rief er. „Wilma, komm mal her! Du musst das lesen, was hier steht. Ich werd’ verrückt!“
„Was ist, Anton? Warum bist du denn so aufgeregt?“
„Komm her und setz dich. Ich muss dir was vorlesen.“
Seine Frau fand keine Möglichkeit, das zu tun, denn alle Sitzgelegenheiten um Opa herum waren belegt mit alten Zeitungen und Büchern.

„Wo soll ich denn sitzen, wenn du immer alles voll packst?“ schimpfte sie. Dabei nahm Wilma die Bücher von dem Stuhl, der Opa am nächsten war.
„Also, was gibt es so Wichtiges am frühen Morgen in der Zeitung?“
„Stell dir vor, die Gemeinde will im nächsten Jahr einen Radweg bauen.“
„Ist doch schön, wenn sie das wollen. Freuen sich die Radfahrer.“
„Und weiß du auch, wo?“ fragte Opa.
„Natürlich nicht! Aber du wirst es mir sicherlich gleich sagen.“
„Am Fluss entlang, beim Eichenwald.“
„Bei unserem Eichenwald? Wo wir gestern mit den Kindern waren?“ fragte Oma entrüstet.
„Ja, stell dir vor! Genau da, wo der Monolith liegt.“
„Aber das geht doch nicht, da müssen sie uns erst fragen. Und wir sagen natürlich nein.“
„Sie brauchen uns nicht zu fragen, Wilma. Das Grundstück gehört uns schon lange nicht mehr. Ich habe es vor Jahren schon an die

Gemeinde verkauft."
„Was hast du gemacht?" fragte Oma empört.
„Hab' ich doch gerade gesagt, an die Gemeinde verkauft."
„Aber warum hast du das gemacht?"
„Die haben damals das ganze Gebiet für den Naturschutz ausgeschrieben. Ich musste verkaufen, sonst hätten sie uns enteignet."
„Und was machen wir jetzt?"
„Ganz einfach: Wir müssen das Problem einfach bis zum Frühjahr gelöst haben, und dann sollen sie den Stein doch finden. Es wundert mich sowieso, dass er so lange unentdeckt geblieben ist."
„Welches Problem meinst du denn?"
„Natürlich das mit den Elfen, Wilma. Wir müssen sie woanders hinbringen."
„Ja, ich weiß, Anton. Wann wollen sie denn anfangen zu buddeln?"
„Hier steht, dass es vor Mai nächsten Jahres nicht losgeht."
„Na, dann haben wir ja noch ein bisschen Zeit", meinte sie und ging wieder in ihre Küche.

Nervös rutschte Pit auf seinem Stuhl hin und her. Gleich war große Pause in der Schule, und er war gespannt auf das, was die anderen sagen würden, vor allen Dingen der Lange und Rena. Nach seinem Stundenplan bot sich der Mittwoch für ihre Reise ins Elfenreich an. Das Klingeln der Glocke war ein erlösendes Geräusch für seine angespannten Nerven. Er war der Erste aus seiner Klasse, der die frische Luft genoss. So schnell wie heute war er noch nie auf dem Schulhof. Ihm ging es nicht alleine so, denn der Lange kam aus der Seitentür als Erster von den anderen aus dem Schulgebäude.
„Hallo Pit!" rief er schon von weitem. „Komm, wir gehen hinter den Fahrradschuppen, da können wir ungestört reden! Den anderen habe ich schon Bescheid gesagt, dass sie uns dort finden."
Einer nach dem anderen trudelte ein, Rena kam als Letzte. Sie hatte Schwierigkeiten gehabt, ihre neugierigen Freundinnen abzulenken.

Pit, der Lange und Rena mussten dem Rest der Gruppe erst einmal erzählen, was sie gestern im Fernsehen gesehen hatten. Ungläubig guckten die drei sie an.
„Das kann doch kein Zufall sein“, meinte Kai. „Irgendwie gibt es sicherlich einen Zusammenhang. Aber welchen?“
Sein Bruder Björn hatte Probleme mitzukommen. Richtig glauben konnte er das alles immer noch nicht, obwohl Kai ihm alles erzählt hatte von den Erlebnissen gestern.
Der Dicke hatte spontan einen Vorschlag: „Ich habe die Lösung: Da Rena ja mit den Elfen Kontakt aufnehmen kann, muss sie nach Island fahren und mit den Felsenelfen sprechen. Die wissen bestimmt, wie man die Sache lösen kann.“
Die Freunde stutzten bei so viel Scharfsinn, aber manchmal war das Einfachste auch das Beste.
„Weißt du überhaupt, wo Island liegt?“ fragte der Lange den Dicken.
„Nee, wieso? Ist das weit?“
„Ganz weit und ganz kalt ist es da. Island heißt Eisland“, klärte ihn der Lange auf. „Und wer will dir überhaupt sagen, ob die Elfen in Island mit Rena sprechen wie unsere hier?“
„Weiß nicht“, kam die leise Antwort vom Dicken. „Ich meinte ja auch nur.“
„Lass man, Dicker, die Idee ist nicht schlecht. Wir sollten tatsächlich versuchen, eine Verbindung nach Island herzustellen. Vielleicht fällt uns ja noch ein, wie.“

„Hee, Pit, was sagt dein Stundenplan?“ wollte Rena wissen.
„Sieht gut aus für Mittwochnachmittag. Was meinst du?“
„Ja, das passt gut! Lass uns dabei bleiben“, bestätigte sie den Vorschlag.
„Wo liegt denn Island?“
Der Dicke wollte es genau wissen und malte mit einem Stock einen Kreis in den Schulhofsand, der wohl die Erdkugel darstellen sollte. Kai nahm ihm den Stock aus der Hand und versuchte, in dem harten,

festgetretenen Sand sichtbare Linien hinzubekommen.
Alle stellten sich um die Zeichnung und schauten gespannt auf das, was er da erklärte. Wahrscheinlich wussten einige nicht, wo Island lag, sonst hätten sie nicht so aufmerksam zugeschaut. Die Köpfe richteten sich wieder auf, als er fertig war mit dem Spezialunterricht.
„So ein Mist,“ rief Björn, „die Pause!“
Sie hatten bei ihrer Beschäftigung nicht bemerkt, dass die Schulstunde schon wieder angefangen hatte. Alle rasten auseinander, jeder in seine eigene Klasse und sicherlich auch jeder mit einer anderen Entschuldigung bei seinem Lehrer.

Die Elfe Lum hatte sich eine Genehmigung von der Königin Isir geholt, für Rena einen Begleiter zuzulassen. Sie wurde erteilt mit der Auflage, dass sie sich ständig berühren müssten, solange sie sich im Elfenreich aufhielten. Falls Renas Begleiter sie loslassen sollte, würde er in der Zeit das Umfeld, wie es die Elfen und Rena sahen, nicht mehr wahrnehmen können. Alles vor seinen Augen würde schwarz werden.
Damit konnte Pit gut leben.
Er war sowieso heiß darauf, Renas Hand zu halten.

Die Reise ins Elfenreich

Sie wollten sich am Mittwoch gegen 14 Uhr an der Ecke bei der Rosenhecke, bevor es in den Wald ging, treffen.
Pit war schon eine Viertelstunde vorher da. Er schien sehr aufgeregt und fieberte dem ganzen Unternehmen entgegen. Zur Feier des Tages hatte er noch schnell sein Fahrrad geputzt und ein paar Zweige an den Lenker gesteckt.
Er selbst hatte sich auch fein gemacht. Eine neue Jeans und die neuen Turnschuhe vom Geburtstag wurden heute eingeweiht.
„Alles für Rena! Hoffentlich lacht sie mich nicht aus", dachte er.
Ein paar Meter schlenderte er an der Rosenhecke entlang bis zu einer Wasserpfütze. Vorsichtig beugte er sich über das Spiegelbild, das diese kleine Pfütze hergab, um seine Frisur zu kontrollieren.
Da klingelte es. Erschrocken und ziemlich schnell kam er aus der gebückten Haltung hoch, und sein Kopf lief rot an. Rena war es. Ob sie bemerkt hatte, was er da tat?
„Hallo Pit, was gibt es da in der Pfütze?"
„Die Wolken spiegeln sich darin und verschwinden nach einer Weile", antwortete er poetisch. „Wir haben im Moment aber keine Wolken, du träumst wohl."
Jetzt sah er sie erst richtig, wunderschön sah sie aus. Ihre Haare hatte sie frech zu einem kleinen Zopf gebunden, der gerade eben auf ihre schmalen Schultern fiel. Sie stieg vom Rad und kam auf Pit zu.
„Gut siehst du aus, willst du ausgehen?" flachste sie und lächelte dabei.
„Ja, mit dir ins Elfenreich!" Beide lachten und nahmen sich bei der Hand.
„Ich bin ganz aufgeregt", sagten beide auf einmal, es klang fast wie eine Stimme.

„Wir bleiben noch ein Jahr zusammen!"
„Warum kommst du jetzt darauf?" fragte Pit erstaunt.
„Das sagt man so, wenn zwei Menschen auf einmal das Gleiche sagen."
Pit guckte nur. „Hoffentlich hat sie Recht", dachte er bei sich.

Sie nahmen ihre Räder und schoben sie beide einhändig neben sich her, um die andere Hand frei zu haben für den Partner.
So schlenderten sie dahin, jeder mit seinen Gedanken alleine, und keiner sagte ein Wort.

„Hier ist es!" Rena zeigte auf die große Eiche, unter deren Zweigen sie schon standen.
„Dieser alte, halb verdorrte Baum soll die älteste Eiche im ganzen Wald sein?" fragte Pit etwas ungläubig.
„Ja, sie ist es. Schau doch mal ihren Umfang an!"

Wie ihr Leserinnen und Leser von der ersten Reise her wisst, war die Eiche in der Mitte schon ausgehöhlt, aber die Rinde war noch sehr dick und gut erhalten. Aus dieser starken Rinde ging der Restbaum hervor. Er trug das riesige Geäst. Man musste sich sowieso wundern, wie das alles noch hielt. Pit nahm die Fahrräder und versteckte sie im Gebüsch in der Nähe.
„Was jetzt?" fragte er Rena, indem er seine Hände in der Hüfte abstützte und nach oben zu den Zweigen der Eiche guckte.

Rena holte ihre Flöte aus der Tasche und setzte sie an ihre Lippen, die heute etwas anders aussahen als sonst. Vielleicht hatte der Lippenstift ihrer Mutter etwas Schuld daran.
Kaum war dieser zierlichen Flöte der erste Ton entlockt, erschien Lum vor ihnen.
„Hallo Lum, wie geht es dir?"
„Das wollte ich dich gerade fragen, liebe Rena."

Pit guckte Rena mit großen Augen an.
„Übst du schon für nachher?“ fragte er.
„Nein, wieso, Lum ist doch hier! Siehst du sie etwa nicht?“
„Ich sehe nur Eichenblätter, die vom Baum fallen und dich. Sonst nichts!“

„Rena, du musst deinen Freund anfassen, wie wir es besprochen haben.“
„Ach ja, habe ich ganz vergessen in der Aufregung.“
Sie nahm Pit an die Hand und wollte ihm gerade etwas sagen, da ließ er Rena erschrocken wieder los.
„Was war das?“ fragte er mit erstauntem Blick, während er in die Richtung guckte, in der Lum stand. Vorsichtig nahm er wieder Renas Hand. Da sah er Lum in ihren wunderschönen, leuchtenden, leicht verschwommenen Farben, die wie ein Nebelschleier wirkten.
Ihr Gesicht jedoch war ganz klar zu erkennen.
„Ich fass es nicht“, schluckte Pit. „Kneif mich mal!“
Kaum hatte er das gesagt, zog Rena ihn zu sich und flüsterte ihm ins Ohr: „Ist sie nicht schön?“
„Ja, das ist sie! Ich muss ständig hingucken.“

„Komm und lass uns reisen, deine Freunde aus dem Elfenreich erwarten dich schon sehnsüchtig. Und deinen Begleiter natürlich auch.“
Sie schwebte in die Mitte der Eiche, wohin Pit und Rena ihr folgten. Die Fahrt ins Elfenreich war für Rena schon fast Routine, Pit dagegen beobachtete mit Argusaugen jede Kleinigkeit. Raul, den Fahrstuhlführer hatte er schon kennen gelernt. Er kannte ja schon fast alle aus Renas Erzählungen. Aber wenn man sie dann wirklich sah, verschlug es einem die Sprache.

„Was wollen wir zuerst machen?“ fragte Lum die beiden.
„Ich möchte gerne noch mal zu der Pilzhaussiedlung, über die wir das letzte Mal hinweg geflogen sind.“

„Ist gut. Haltet euch fest bei der Hand, es geht los.“
Langsam verloren sie den Boden unter den Füßen. Pit wusste gar nicht, wie ihm geschah. Eine farbenfrohe Welt tat sich ihm auf, alles war in voller Blüte und saftigem Grün. „Ob es hier keine Jahreszeiten gibt?“ fragte er sich. „Es muss doch auch hier Herbst sein.“
Sie flogen über die Wälder und Wiesen ohne Luftwiderstand. Das war zum Beispiel etwas, das Rena nie bemerkt hätte: Es gab hier keinen Wind.

Da war die Siedlung. Langsam setzten sie auf den Boden auf, wie in Zeitlupe. Wunderschöne Pilzhäuser in den gleichen Farben und Arten wie oben im Wald sahen sie.
Rena lief auf das erste Häuschen zu und guckte neugierig durch die kleinen Fenster. Es war ein Fliegenpilz, der mit einem kleinen Vorgarten und einer Steinterrasse liebevoll angelegt war. Pit musste notgedrungen mit. Beinah wäre er gestolpert, weil Rena so schnell lief.
„Denk dran, du hast mich an der Angel“, flachste er. „Bitte nicht loslassen! Wer weiß, was dann passiert?“
„Möchtest du es mal von innen sehen, Rena?“
Die Stimme kam ihr bekannt vor. Sie drehte den Kopf zu der Seite, von der die Stimme kam. Da stand Felix, der Hauptredner und Älteste aus dem Baumsaal im Schloss vor ihr.
„Ist das Zufall?“ fragte sie ihn.
„Ja, ich wohne hier, mein Kind.“
„Das ist ja toll, Herr Felix. Darf ich vorstellen, mein Freund Pit.“
„Ich weiß. Man hat es uns angekündigt, dass du nicht alleine kommst. Hallo, Pit! Ich freue mich, dich kennen zu lernen!“
„Danke, ich freue mich auch sehr, Herr Felix. Rena hat mir schon viel von ihnen erzählt.“ „Ich hoffe, nur Gutes.“
„Aber sicher doch.“

„Kommt rein, Kinder. Ich darf euch doch so nennen, oder?“

„Natürlich dürfen sie, Herr Felix."
Er stellte sich in die Haustür und machte eine leichte Handbewegung, die ins Haus zeigte. Drinnen sah es ganz niedlich aus, fast so wie bei den Menschen, nur alles etwas kleiner.
„Wie gut, dass der Lange nicht mit dir gegangen ist," bemerkte Pit, indem er auf die niedrige Zimmerdecke wies.
„Wo ist denn Frau Felix?" wollte Rena wissen.
„Frau Felix, mein Kind, gibt es nicht. Ich bin ein eingefleischter Junggeselle. Kann ich euch was anbieten? Wie wäre es mit einem leckeren Möhrensaft?"
„Au ja, ich möchte wohl", stimmte Rena zu.
Herr Felix verschwand in einem angrenzenden Zimmer. Diese Gelegenheit nutzten Pit und Rena, um ein paar Worte zu wechseln, die er nicht unbedingt hören musste.
Nach kurzer Zeit erschien er wieder mit zwei Bechern voll Saft.
Sie nahmen am Fenster Platz und schauten sich alle drei in die Augen. Keiner sagte ein Wort.
„Gibt es was Neues in ihrem Elfenreich?" fragte Pit den alten Hasen.
„„Bis auf eine Explosion an Baum Sieben weiß ich nichts Neues."
„Eine Explosion an Baum sieben?" fragte Rena nach.
„Ja, mein Kind. Unsere Handwerker arbeiten an den Eichen und versuchen, die kranken Wurzeln zu heilen."
„Wie geht das denn vor sich, Herr Felix?"
„Das Herr kannst du ruhig weglassen, mein Junge, sag einfach Felix zu mir. Das gilt natürlich auch für dich, Rena. Ihr könnt euch nachher ja mal so eine Werkstatt ansehen. Hoffentlich wird euch dabei nicht schlecht."
„Wieso sollte uns denn schlecht werden?"
„Ihr werdet schon sehen, wartet nur ab."

„Felix, wir haben ein paar Fragen an Sie."
„Das ehrt mich, lieber Pit. Aber da liegt ihr bei mir falsch, wenn es

um das Elfenreich geht. Ich habe eben einen von den Herrn Schlaumeier benachrichtigt, als ich den Saft holte. Er wird gleich kommen und eure Fragen beantworten, soweit er es kann.“
„Wer ist denn Herr Schlaumeier?“ fragte Rena.
„Ich, wenn es genehm ist.“
Eine helle, piepsige Stimme drang durchs offene Fenster. Erst dann kam der Kopf eines Fuchses zum Vorschein.
„Komm rein, Meier, wir warten schon auf dich!“ rief der alte Hase ihm zu. Ein prächtiges Tier erschien in der Tür.
„Hallo, ihr Menschenkinder!“ begrüßte er Rena und Pit mit einer leichten Verbeugung. „Kommt, rückt mal ein bisschen, damit Meier bei uns Platz findet.“
Felix gab mit den Pfoten Anweisungen, wie das auszusehen hatte.„Wie heißen Sie denn jetzt, Schlaumeier oder Meier?“ wollte Pit wissen, der alle Hemmungen abgelegt hatte.
„Wir heißen alle Schlaumeier. Und weil das für manchen zu lang ist, nennt man uns auch Meier.“ „Sie sind noch sehr jung, Herr Meier. Wie kommt das?“
„Deinen lieben Mitmenschen, den Jägern, habe ich das zu verdanken. Sie haben mich schon als Zweijährigen oben im Wald erwischt.“
„Das tut mir aber sehr Leid, Herr Fuchs.“ Rena war verwirrt.
Sie wusste nicht, wie sie sich im Moment verhalten sollte.
„Braucht es nicht, mein Kind. Hier gefällt es mir besser. Wenn nicht die Ungewissheit wäre.“ „Ach, Sie meinen die Existenz des Elfenreichs, nicht wahr?“
„Ja, Rena, das ist im Moment unsere größte Sorge.“
„Dazu habe ich ein paar Fragen, Herr Schlaumeier. Felix meinte, dass sie uns dabei helfen könnten.“
„Mal zu, Mädchen, dazu bin ich ja extra hergekommen.“
„Das ist gut. Ich habe bei meinem ersten Besuch erfahren, dass die Herkunft der Elfen noch nicht geklärt ist. Stimmt das so, oder wissen Sie mehr?“

„Ja, wir wissen einiges! Meine Freunde und ich haben ein kleines Forschungslabor am Ende des Reiches. Da konnten wir analysieren und auf so manches haben wir uns einen Reim machen können. Was wir wissen, ist, dass die Elfen von einem anderen Sonnensystem kommen oder einem Sternenfeld, das 12 Sterne umfasst.
Sie verkörpern dort so etwas wie einen Glauben, oder anders gesagt, vielleicht den guten Geist. Irgendeine Lebensart von dort war vor Tausenden von Jahren auf unserer Erde zu Besuch oder so was ähnliches."
„Sie meinen die Gesandten", unterbrach Pit Herrn Meier.
Der staunte nicht schlecht: „Woher kennst du denn die Gesandten, mein Junge?"

„Wir haben auch etwas zusammengetragen, das wir euch nachher erzählen wollen. Aber bitte, ich habe Sie unterbrochen."
„Also, wo war ich stehen geblieben? Ach ja, die Gesandten, so nannten sie sich.
Eine Art Energiestation muss das hier gewesen sein, und dabei spielten die alten Eichen eine wichtige Rolle. Sie wurden so platziert, dass ihre Wurzeln sich nach ein paar Jahren im Erdreich berührten. Ihr habt richtig gehört, nach ein paar Jahren schon. Die Eichen waren aus einer anderen Welt und wuchsen hundertmal so schnell wie die einheimischen Bäume. Außerdem waren sie aus einer anderen Materie als unsere."
„Der Professor hatte also Recht!" rief Pit aufgeregt dazwischen. „Welcher Professor, hier gibt es keinen bei uns?" schüttelte Herr Meier den Kopf.
„Nein, entschuldigen Sie. Bitte erzählen Sie weiter."
„Also, als es soweit war, dass die Wurzeln sich miteinander verknüpften, muss eine Energie freigesetzt worden sein, von der wir keine Vorstellung haben. Die Gesandten konnten diese Energie abrufen. Wie sie das gemacht haben, ist uns heute noch ein Rätsel. Allerdings wurde diese Energie selten genutzt. Es müssen große

Zeitabschnitte dazwischen gelegen haben.
In der Zeit, als diese Energie nicht abgerufen wurde, bildete sich diese Traumwelt hier unten. Wir kennen hier keine Jahreszeiten und keine Nacht. Bei uns ist es immer hell und gleich warm. Hier wachsen Blumen, die es wahrscheinlich nirgendwo anders gibt auf der Welt."
„Von welchen Sternen sind sie denn gekommen?" fragte Rena, die bis jetzt gespannt zugehört hatte.
„Das kann ich euch leider nicht sagen, weil uns das Wissen fehlt in der Astronomie. Unsere Nachteulen meinen jedoch, dass diese Sterne genau so angeordnet stehen am Himmel, wie die Eichen hier bei uns."
„Das ist ja toll! Woher wissen das denn die Nachteulen?"
„Unsere gefiederten Freunde flogen früher gerne von Eiche zu Eiche, weil sie am höchsten waren. Da sie Nachtvögel sind, haben sie diese Entdeckung am Himmel gemacht."
„Das kann aber auch ein Zufall sein", brummte Felix der Hase. „Die Nachteulen reden viel, wenn der Tag hell ist."
Pit und Rena amüsierten sich über die Bemerkung von Meister Lampe.
„Lass mal gut sein, Alter. Die Eulen haben eine gute Beobachtungsgabe. Oft haben sie uns des Nachts gewarnt mit ihrem Ruf, wenn Gefahr im Anmarsch war."
„Ja, hast recht, trotzdem sind sie Plappermäuler."

Pit staunte „Dann wisst ihr ja doch eine Menge über eure Welt hier unten, Herr Meier. Das hilft uns bestimmt weiter."
„Ja, mein Kind, wir warten jeden Tag auf die Gesandten, damit unsere Elfen wieder nach Hause können. Wir wissen sonst keine andere Lösung. Unsere Erdfreunde tun, was sie können, um die Eichen am Leben zu erhalten. Aber auch das können wir nicht mehr lange gewährleisten."
„Wer sind denn die Erdfreunde, Herr Schlaumeier?"
„Das sind Regenwürmer, Wühlmäuse, Waldschnecken usw. Sie sind in den Wurzelhallen und tun ihr Bestes."

„Wurzelhallen?“ wollte Pit wissen. „Was ist das?“
„Das sind Hallen, die man um die kranken Wurzeln der Eichen gebaut hat, um sie zu pflegen, wie man eben Kranke pflegt.“

Am Pilzhaus huschte ein Lichtkegel vorbei. Gleich darauf stand Lum in der Tür, wie immer ein traumhafter Anblick. Umso schmerzlicher war die Nachricht, die sie mitbrachte, für Herrn Meier. Er stand sofort auf und wandte sich den Kindern zu.
„Ich muss schnell weg. Es gibt Schwierigkeiten an Eiche 6. Ihr wisst, die Wurzeln.“
„Können wir mitkommen? Doch, bitte Herr Meier!“
„Was meinst du, Felix, sollen sie?“
„Ja, mein Freund, nimm sie mit. Es kann bestimmt nicht schaden, wenn sie das mal sehen.“ „Also kommt, ihr beiden! Lum wird euch hinbringen, ich flitz’ schon mal vor.“
Und schon war er weg.
Felix rief noch aus dem Fenster: „Wir treffen uns im Schloss!“ Er war sich aber nicht sicher, ob er es noch gehört hatte.
„Also macht’s gut, Kinder. Ihr könnt es ihm ja noch sagen, wenn ihr ihn in der Wurzelhalle seht.“
Lum nahm sie an die Hand, und los ging die Reise. Sie konnten gerade noch Herrn Felix ein „Tschüß, bis nachher!“ zurufen.

Was heißt hier Reise? Nichts war es mit einem gemütlichen Flug. Es gab einen hellen Blitz, der ihre Augen blendete. Als sie wieder sehen konnten, versperrte ein großes Tor ihre Sicht. „Wir sind da“, meinte Lum und zeigte auf die große Tür, hinter der einiges los zu sein schien. Seltsame Laute drangen an ihr Ohr.
Vor dem Tor standen zwei Pelzmänner und hielten Wache. Es sollte wohl kein Unbefugter in die Halle gelangen.
„Es ist okay!“ sagte Lum den beiden Wachposten. „Unsere Freunde dürfen rein.“

In dem großen Tor war eine kleine Tür eingelassen, die sich für die beiden öffnete. Sachte schob Rena Pit vor. Hinter der Tür standen zwei Schlaumeier, die sie begrüßten. Sie waren wesentlich älter als der Herr Meier. „Ob er schon da war?“ Pit glaubte es nicht bei der Geschwindigkeit, die sie gehabt hatten. Kaum hatte Pit diesen Gedanken, war er auch schon wieder hinfällig. Herr Meier guckte schon um die Ecke und winkte sie zu sich.
„Da seid ihr ja schon, Lum hat wohl ihren Turbo eingeschaltet!“
„Wo ist sie eigentlich geblieben?“ fragte Rena.
„Elfen kommen nicht hierher, das ist unsere Sache.“
Herr Meier gab den Kindern ein Zeichen.
„Kommt, Kinder, habt keine Furcht. Es wird jetzt etwas dunkel.“

Sie gingen durch eine Art Stollen. Das Wasser rieselte an den Wänden herunter, es stank muffig. Nach zirka hundert Metern wurde es heller. Ein Sprachgewirr und Gestöhne kam ihnen entgegen.
„Was ist das?“ Erschrocken blieben Rena und Pit stehen. Sie guckten auf eine riesige Wand, an der sich einiges an Getier bewegte.
„Das sind Baumwurzeln von Eiche 6 , sie ist am meisten gefährdet. Ihre Wurzeln sind nicht mehr vom Erdreich umhüllt und dringen nach außen. Dadurch trocknen sie langsam aus.“ „Aber was bewegt sich denn da an den Wurzeln? Das sieht ja ekelhaft aus!“
Rena zeigte mit der rechten Hand zu einer Stelle, an der sich Sonderbares tat. Mit der Linken hielt sie Pit ganz fest, es war ihr etwas unheimlich.

„Was du da siehst, sind Regenwürmer und Waldschnecken. Sie drehen sich um die freigelegten Wurzeln, und schützen sie so vor dem zu schnellen Austrocknen.“
„Das ist ja toll“, meinte Pit. „So viel Regenwürmer habe ich noch nie gesehen.“
„Du kannst ja gar nicht erkennen, wie viele da hängen. Passt mal auf,

ich werde sie rufen: „Hallo Willi!!“ Es mussten Tausende von Regenwürmern gewesen sein, die wie auf Kommando ihre Köpfe hochhielten und laut „Hallo Meier!!“ zurückriefen.
Rena und Pit mussten lachen, es sah lustig aus. Sie verkniffen es sich aber schnell wieder, denn zu dem Anlass passte einfach nicht das Lustigsein.
„Wir haben sie oben aus dem Wald abgerufen, um uns zu helfen.“
Pit ging zu einer Wurzel und sah sich das Ganze aus der Nähe an, was allerdings nicht einfach war. Rena versuchte, ihn davon abzuhalten, aber seine Kraft siegte. Sie musste mit, ob sie wollte oder nicht. Er hatte keine Probleme mit Regenwürmern. Der Nachbar seiner Eltern war ein leidenschaftlicher Angler, für den er oft gegen ein kleines Taschengeld Würmer oder Metschen* gesucht hatte.(*in der Kindersprache: Regenwürmer) Er bekam ein schlechtes Gewissen bei dem Gedanken, dass der Angler einen Haken durch diese Geschöpfe stach, damit ein Fisch ihn fressen konnte.
„Wenn das hier die Menschen sehen könnten! Was für ein Teamgeist und welche Hilfsbereitschaft sie an den Tag legen! Da würde keiner mehr geopfert, um einen Fisch zu fangen.“ Da war Pit sich ziemlich sicher, oder vielleicht doch nicht?
„Das Ganze hat auch eine Schattenseite“, meinte Herr Meier.
„Und welche?“ wollten beide wissen.
„Das Gleichgewicht oben im Wald ist nicht mehr hergestellt. Wenn das so weitergeht, ist kein Regenwurm mehr oben im Wald, und was das bedeutet, brauch’ ich euch ja wohl nicht zu sagen.“ - „Doch, Herr Meier, erzählen Sie. Was könnte passieren?“
„Der Boden setzt sich zu. Er wird immer fester. Dadurch kann das Wasser nicht mehr richtig in den Waldboden einsickern und sich einen Weg suchen, wer weiß wohin. Mit größter Sicherheit wird der Wald irgendwann sterben.“
„Oh, lieber Herr Meier, das darf nicht sein!“ rief Rena erregt.
„Nein, mein Kind, das wollen wir ja alle nicht! Darum muss

dringend eine Lösung her für die Elfen."
Aus dem Stollengang, der noch weiterging, kam eine Eule geflogen. Die Kinder hörten zuerst nur das Geräusch ihrer Flügel, bevor sie selbst erschien.
„Da bist du ja, Meier! Hallo, Rena und Pit, schön, dass ihr auch da seid."
„Woher kennen Sie uns denn, Herr Eule?"
„Ich bin eine Frau! Wenn ich ehrlich bin, schon eine Oma. Aber das ist ja auch egal. Man kennt euch halt, alle kennen euch hier im Elfenreich. Weißt du, so oft kommen hier keine Menschen vorbei, hihihi!"
Sie saß auf einem Erdhaufen und hielt sich den Flügel vor ihren Schnabel.
„Was gibt es denn, Eulalia? So nennt man die Eulen im Elfenreich. Hast du Alarm geschlagen?" fragte der Fuchs.
„Ihr müsst wissen, Kinder, die Eulen sind hier unsere Späher, genauso wie oben im Wald. Sie sagen Bescheid, wenn es irgendwo brennt, wie man so schön sagt."
„Ja, genau," piepste die Eule, „hinten im Stollen ist eine Wand weggerutscht und hat einen Schacht freigelegt. Kommt, ich zeig' es euch."
Sie flog in Richtung dunkles Loch und die anderen hinterher, einschließlich Rena und Pit. Nur mit dem Unterschied, dass sie laufen mussten. Lum war ja nicht bei ihnen.
Die Eule hatte eine kleine Laterne bei sich, mit der sie ihnen den Weg wies. Der stolze Vogel stand mit ausgebreiteten Flügeln vor ihnen.
„Halt, hier ist es!"
Tatsächlich standen sie vor einem Loch in der Wand, das halb voll Erdreich war.
„Was ist das für ein Loch?" fragte die Eule den Fuchs. „Ihr wisst doch immer alles, ihr Schlaumeier."
„Na, na, Frau Eule, werden Sie mal nicht komisch! Ich weiß doch auch nicht, was das für ein Loch ist, bevor ich es nicht inspiziert habe."

„Dann inspizieren Sie doch mal, Schlaumeierlein hihihi! Nur Mut!“
„Da geh’ ich nicht alleine rein. Ich muss mir erst mal Hilfe holen.“
„Wir können doch helfen!“ rief Pit. „Findest du nicht auch, Rena?“
„Wenn es sein muss! Ich kann dich ja schlecht loslassen, oder?“
„Geben sie mir bitte die Laterne, Frau Eule, damit wir etwas sehen können.“
„Aber natürlich, liebe Kinder. Ich kann auch ohne Licht sehen.“
„Na denn mal los! Kommen Sie, Herr Meier!“
Dem Fuchs war etwas mulmig bei dem Gedanken, in diesen Stollen zu gehen und nicht zu wissen, wo er hinführte.

Die Kinder stiegen über den Erdhügel, der sich beim Einsturz der Wand vor dem Loch aufgetürmt hatte. Nach drei bis vier Metern wurde der Boden plötzlich sehr eben. Er war gut zu begehen. „Leuchte mal an die Wand, das glitzert so komisch“, forderte Rena Pit auf, der ihrem Wunsch sofort entgegenkam. Er hielt die Laterne fast ganz an die Wand, denn das Licht war nicht sehr stark. Aber was man sah, brachte sie zum Erstaunen.
Dieser Gang war aus rotem Stein, der ab und zu glitzernde Stellen aufwies. Pit nahm die Laterne und hielt sie über den Kopf. Jetzt konnten sie die Decke sehen. Sie schien mit schwarzen Platten verkleidet zu sein, so ähnlich wie Marmor.
„Was ist das denn hier? So was Schönes habe ich noch nicht gesehen.“

„Leuchte mal hierher!“ rief Herr Meier. „Irgendetwas hängt hier.“
Pit nahm die Laterne und hielt sie dicht an seinen Kopf.
„Ich wird’ verrückt, eine Fackel! Ob sie noch geht?“
Pit nahm sie aus einer Art Wandhalterung und führte das Feuer der Laterne zur Fackel, die jetzt Rena trug.
„Meier, können Sie mal das Schutzglas der Laterne hochschieben? Wir haben keine Hand mehr frei.“
„Natürlich, Moment. Ich helfe euch.“

Geschickt schob der Fuchs mit seiner Pfote das Glas so hoch, dass die Flamme frei war. Pit steckte die Fackel zum Feuer, mit Erfolg. Ein wunderbares, warmes Licht erfüllte den Gang. Danach steckte er sie wieder in die Halterung an der Wand, um seine Hand freizuhaben. Jetzt konnten sie alles in voller Pracht sehen. Was war das, und wie kam der Gang hierher? Vor allen Dingen, wohin führte er? Das waren alles Fragen, die sie beschäftigten. Meier schlich als Erster weiter, die Neugierde hatte über die Angst gesiegt.
„Halt, Herr Meier! Nicht so schnell, wir wollen mit!“

Das Licht der Laterne wurde immer kleiner, bis es nur noch ein kleiner Lichtpunkt war.
„Was ist jetzt passiert?“
Rena guckte Pit mit ängstlichen Augen an und zog ihn Schutz suchend zu sich.
„Der Fuchs hat eine neue Fackel angezündet, das ist wahrscheinlich passiert.“
Er hatte Recht und so ging es weiter, Fackel für Fackel. Rena hatte mitgezählt, sie waren jetzt bei Nummer 25.
„Hier ist Schluss!“ hörten sie Meier rufen, der vor einer verschlossenen Tür Halt machen musste.
Rena und Pit staunten nicht schlecht. Eine Tür in der vollen Gangbreite versperrte den Weg. Alles war so eigenartig! Kein Staubkorn lag auf dem Fußboden. Alles war spiegelblank, als ob gestern die Putzkolonne dagewesen wäre. Die Tür war nicht aus Holz, sie sah aus wie aus Bronze. Riesige Scharniere waren in der Seitenwand verankert, so wie auf einer Burg.
Meier leuchtete alles mit seiner Fackel ab.
„Hier,“ rief er, „ein Schlüssel!“
An der rechten Wand hing er in einer Nische. Darum hatten sie ihn nicht gleich gesehen. Der Schlüssel war so groß wie ein Fahrradlenker.

Pit wollte ihn vom Haken nehmen, aber er war zu schwer.
Meier schaffte es auch nicht, also mussten sie es zu zweit versuchen.
„Ich kann das nicht mit einer Hand, Herr Meier. Das geht nicht."
„Dann nimm doch beide!"
„Das darf ich doch nicht, sonst müsste ich Rena loslassen und dann stehe ich im Dunkeln." „Also, wenn wir versuchen wollen, da rein zu kommen, musst du es riskieren, Pit. Ich kann dich führen, und du weißt ja, was wir machen wollen. Wenn der Schlüssel im Schloss steckt, können wir uns ja wieder anfassen. Vielleicht brauche ich dich auch nur zu berühren! Es müssen ja nicht unbedingt die Hände sein. Lass es uns versuchen!"
Rena war wie aufgedreht. Nichts war mehr mit Angst und so. Sie ließ Pit einfach los.

„Hee, was ist das?! Ich kann ja noch sehen!" rief er. „Das stimmt ja gar nicht mit dem Berühren!"
„Doch, das stimmt schon. Es hat sicher etwas damit zu tun, dass die Elfen hier keine Macht haben", klärte Herr Meier sie auf.
„Wieso haben die Elfen hier keine Macht?" fragte Rena verstört.
„In allen Wurzelhallen haben sie keinen Zutritt, und darum ist Lum ja auch draußen geblieben." - „Warum ist das so, Herr Meier?"
„Weiß ich auch nicht, mein Kind. Das haben die Elfen sich selber auferlegt."

„Komm, fassen Sie mit an, Herr Meier. Zusammen schaffen wir es bestimmt. Warum ist der nur so schwer?" wollte Pit wissen, als er den Schlüssel mit Meier zusammen ins Schloss steckte.
„Ich weiß es nicht. Er muss aus Metall oder ähnlichem Material sein, genauso wie die Tür."
Pit fasste sich ein Herz und wollte den Schlüssel umdrehen.
Rena lachte, weil sie es sich nicht vorstellen konnte, dass er ihn auch nur etwas drehen würde.

Sie täuschte sich gewaltig! Mit Leichtigkeit drehte er den Schlüssel rum. Man hörte richtig, wie der Bart das Schloss öffnete. Erstaunt guckte Pit Rena an, denn damit hatte er selber nicht gerechnet.
„Kommt, helft mit ziehen!“
Sie zogen die Tür auf, wie eine Tresorwand in einer Bank.
20 Zentimeter dick war das Ungetüm, aber letztlich doch leicht zu öffnen. Kein Quietschen, nicht mal das leiseste Geräusch machte sie.
„Leuchten Sie mal, Herr Meier!“
Der Fuchs streckte die Fackel nach vorne, um Pit bessere Sicht zu geben. Sie standen in einem ovalen Raum, von dem ein kleiner Schacht nach oben führte.
Dieser Schacht hatte ungefähr einen Durchmesser von einem Meter. Er war mit einer Art Leiter versehen, die jedoch keine Ähnlichkeit mit unseren hatte, denn sie war auch oval wie der Raum. Man muss sich eine dicke Kette vorstellen, bei der die Kettenglieder zusammengeschweißt sind, nur dass sie nicht rund, sondern oval sind.
Pit war sofort auf dem Weg nach oben, die Abenteuerlust hatte ihn gepackt. Nach 5 Gliedern musste er jedoch schon passen.
„Hier geht es nicht mehr weiter!“ rief er seinen Gefährten zu. „Ein Deckel versperrt den Weg nach oben!“
Kein Griff oder Schlitz, kein Schlüssel oder Sonstiges war zu erkennen, um dieses Hindernis zu beseitigen. Langsam stieg er wieder hinunter.

„Wir müssen auf dem Rückweg die Weglänge zwischen zwei Fackeln messen, damit wir ungefähr die Länge des Ganges errechnen können.“
„Ich mach’ das, Pit.“ Rena wollte sich auch nützlich machen, denn bis jetzt konnte sie kaum Hilfe anbieten. „Leuchte noch mal hier auf den Fußboden, ich bin da über was gestolpert!“ bat sie Herrn Meier, der die Fackel schon fast als seinen Privatbesitz ansah. Er beleuchtete die Stelle, wo Rena stand.„Was ist das? Sieht so aus wie ein Türstopper“, meinte er. Rena nahm ihren Fuß und trat einfach drauf. „Oh Gott, was ist das?“

Sie wurde durch etwas von der Wand weggedrückt.
„Pit, komm schnell!“
Sie merkte gar nicht, dass er schon bei ihr war. Mit beiden Arme umfasste er ihren Körper und zogen sie von der Wand weg. Aus dieser löste sich etwas, das so aussah wie eine Schublade. In der gleichen Rundung, wie der Raum angelegt war, schob sich ein Gegenstand in den Raum.
Hastig verließen sie das Oval, um der Gefahr auszuweichen, zerquetscht zu werden. Der Schreck stand ihnen ins Gesicht geschrieben. Trotz der spärlichen Beleuchtung konnte man das bei jedem von ihnen erkennen.
„Es hört auf!“ rief Herr Meier. „Es geht nicht mehr weiter, Stillstand!“
Totenstille um sie herum.

Pit riss Meier die Fackel einfach aus der Hand. Er war es leid, ständig zu sagen, wo er hinleuchten sollte. Kein Widerspruch kam von Herrn Meier, denn damit hatte er wohl nicht gerechnet. Pit nahm Rena an die Hand und ging mit ihr langsam auf den ovalen Raum zu. Kaum hatte das Licht der Fackel die Schublade erreicht, trafen sich ihre Blicke. Denn das, was sie da sahen, verschlug ihnen die Sprache.
Fein säuberlich lagen da 5 Keile nebeneinander, wie sie schon einen kannten von Opas Höhle und dem Monolithen. Der rechte und linke fehlten. Die Keile lagen in einer Mulde, wie sie in dem Monolithen auch war, nur seitlich in der Längsrichtung.
„Was ist das?“ fragte Herr Meier. „Sieht ja so aus wie Beile oder Äxte von euch Menschen.“
„Ich glaube, wir wissen, was das ist, Herr Meier.“
„Und was, bitteschön?“
„Das erzählen wir später im Schloss. Jetzt müssen wir sehen, dass wir hier schnellstens wegkommen. Wer weiß, was sonst noch passiert.“
„Wollen wir die Keile mitnehmen?“ fragte Rena.
„Ja, eigentlich müssten wir das tun. Aber weißt du, was passiert, wenn wir sie da entfernen?“ „Natürlich nicht! Was soll schon passieren?“

„Vielleicht kommt dann irgendwie Wasser in den Gang, und wir ertrinken hier“, meinte sie. „Du guckst zuviel Fernsehen, Rena. Wir müssen sie mitnehmen. Vielleicht kommen wir nie mehr hierher.“
„Egal, komm, wir machen es.“ Rena war die Erste, die einen Keil entfernte. „Da, siehst du? Es ist nichts passiert! Hier, nimm du zwei Keile und Meier auch einen.“
Kaum hatte sie den letzten aus der Schublade genommen, fing diese an, sich zu schließen und verschwand wieder in der Wand. Kein Ansatz, geschweige denn eine Fuge ließ erkennen, wo sie eben noch zu sehen gewesen war.

„Komm, lass uns verschwinden! Mir wird so langsam kalt und unheimlich.“
Alle waren Renas Meinung, kein Widerspruch kam. Sie verschlossen die Tür wieder und hängten den Schlüssel an seinen Platz. Als sie bei der ersten Fackel angekommen waren, ging diese plötzlich aus.„Da haben wir aber Glück gehabt“, meinte Meier. „Kommt, wir müssen schnell machen. Sonst gehen die anderen aus, bevor wir da sind.“
Rena zählte 120 Schritte bis zur nächsten Fackel, und die ging auch aus, als die Gruppe sie erreichte.
„Das ist kein Zufall“, meinte Pit. „Lasst uns vor der nächsten Fackel mal stehen bleiben.“
So machten sie es, und siehe da, die Fackel brannte weiter. Nach einer Weile gingen die Kinder und der Fuchs wieder los und die Fackel erlosch.
„Das ist ja Zauberei! Wenn ich nicht genau wüsste, dass Elfen hier nicht hingehen, würde ich sagen, die Elfen sind hier.“
„Kommt, lasst uns jetzt endlich gehen. Mir ist egal, wer das Licht ausmacht! Ich möchte hier raus.“

Herr Meier und Pit kamen ihrem Wunsch nach. Ohne Zwischenfall gelangten sie wieder in den Stollen, der zur Wurzelhalle führte.

„3000 Schritte“, brummte Pit vor sich hin. „Wenn wir nur wüssten, wo wir jetzt sind.“
„Hast du was gesagt, Pit?“ fragte Rena.
„Nein, nein, ich habe nur laut gedacht. Wo ist denn Herr Meier?“
Beide drehten sich um, aber der war nicht mehr da.
„Herr Meier!“ rief Rena in den Tunnel, aus dem sie gerade gekommen waren. „Wo sind sie?“
„Hier! Kommt mal her, hier ist noch ein Schachtaufstieg!“
„Wo?“ Pit stieg wieder über den Erdhügel am Anfang des wunderschönen Gangs zum Oval, den sie gerade verlassen hatten.
„Hier oben, hier!“ Meier schwenkte seine Laterne, die er bei der letzten Fackel wieder an sich genommen hatte. „Über dir, Pit!“
Pit schaute hoch: Tatsächlich! Da war noch ein Schacht. Sie hatten ihn wohl wegen der Neugierde beim Eindringen vorhin nicht bemerkt.
„Ich bin schon ziemlich hoch, komm mal rauf.“ Pit ließ sich das nicht zweimal sagen.
„Rena, nimmst du bitte meine beiden Keile? Hier liegt schon der von Meier, ich will da mal hoch.“
„Pass bitte auf, Pit. Nicht dass dir noch etwas passiert. Ich würde es nicht ertragen.“
„Ich pass schon auf, mach dir keine Sorgen.“
Wie ein Kletteraffe krabbelte er die ovalen Leiterstufen hoch. Sie waren genauso angelegt wie die aus dem ovalen Raum. Nach ungefähr dreißig Stufen war er bei Meier.
„Warum geht es nicht weiter?“
„Hier scheint der Schacht zugeschüttet zu sein. Jedenfalls fühlt es sich so an.“
Meier schien Recht zu haben, denn Pit rieselte Erde auf den Kopf, die sich von oben löste.

„Wie weit mag das noch bis zur Oberfläche sein? Was meinen Sie, Meier?“

Das ‚Herr' hatte Pit schon lange weggelassen, es war ihm zu lang.
„Nach den Wurzeln von Nummer 6 zu urteilen, die hier zu sehen sind, schätze ich noch 10 bis 12 Meter."
„Wenn man hier durchbohren könnte, das wäre toll! Aber wie?"
„Durchbohren? Warum?" wollte der Fuchs wissen.
„Dann würde man den Standort kennen, und wir könnten errechnen, wo der ovale Raum mit dem anderen Schacht liegt."
„Das ist kein Problem für uns, Pit. Hier unten können wir viel ausrichten." „Habt ihr denn so einen langen Bohrer? Und wie kriegen wir ihn hier hoch?"
„Nein, Bohrer nicht. Aber unsere Pelzmänner machen das mit Links." „Ach ja, richtig, die Maulwürfe! Da wäre ich jetzt nicht drauf gekommen."
„Wartet hier! Das machen wir am besten gleich."

Schnell wie ein Fuchs eben ist, war Meier unten und verschwand in der Wurzelhalle, um die besprochene Hilfe zu holen. Es dauerte nicht lange, bis er mit zwei Pelzmännern wiederkam. Sie waren ohne Uniformen und erschraken beim Anblick von Rena und Pit.
„Was machen die denn hier?"
„Das sind die Menschenkinder, von denen uns die Elfenkönigin erzählt hat. Sie wollen uns helfen. Rena und Pit heißen sie."
„Alles klar. Wir waren nur etwas überrascht. Es kommt eigentlich nicht vor, dass hier Menschen sind. Was sollen wir tun?"
„Pit, sag du es ihnen. Es ist ja deine Idee."
„Danke, Meier. Also gut, hört zu: Ich habe da so eine Ahnung. Wir müssen unbedingt wissen, wo dieser Schacht rauskommt oben im Wald. Könnt ihr das herausbekommen?"
„Kein Problem, es dauert nur einige Zeit. Wir sind hier bei Eiche 6, das heißt, hier ist schon fester, aber trockener Boden bis kurz unter der Oberfläche. Dann wird es feuchter."
„Woher wisst ihr das so genau?" wollte Rena wissen.

„Kleines Fräulein! Wir kennen diesen Wald wie sie ihr Wohnzimmer, und unsere Schaufelhände haben fast alles schon einmal in der Hand gehabt. Da oben läuft ein Fluss unmittelbar an Eiche 6 vorbei."

Rena schaute Pit an.
„Jetzt weiß ich, was du glaubst! Mensch, das wäre ja ein Ding, wenn du Recht hättest."
„Was glaub' ich denn?"
„Du nimmst an, dass der Schacht zum Monolithen auf Opas Grundstück führt. Richtig?"
„Ja, das glaube ich, Rena. Es würde einiges erklären."
„Hört mal, Pelzmänner! Wenn ihr so genau wisst, wo diese Eiche steht, dann gebt uns doch mal einen Tipp."
„Die Eiche steht da auf dem Grundstück vom Bäcker, wo der große Findling liegt."
„Vom Bäcker?" fragt Rena erstaunt.
„Ja, vom Bäcker! Der lebt heute wohl nicht mehr. Er hat uns früher immer Kuchenreste und altes Brot hingeschmissen. Vor allem im Winter für unsere Freunde aus dem Wald, wenn die es nicht so gut hatten wie wir. Unsere Zuflucht war ja immer die warme Erde."
„Den Bäcker kennen wir, das ist unser Freund!" riefen Pit und Rena.
„Also, ich kenne ihn selber nicht. Aber mein Urgroßvater hat ihn noch kennengelernt oder gesehen." Der Pelzmann wurde nachdenklich: „Er hat uns oft von ihm erzählt und uns Mut gemacht, dass nicht alle Menschen uns jagen und töten wollen."
„Und ihr meint, das ist die Eiche Nummer 6. Heißt die, die auf dem Grundstück steht, zufällig Herr Watz?"
„Nee, die hat keinen Namen. Sie heißt bei uns nur Eiche Nummer 6."
„Habt Dank, ihr beiden Pelzmänner. Das kann vielleicht noch einmal ganz wichtig für uns alle sein. Ich möchte trotzdem, dass ihr euch nach oben durchwühlt und mir oder Herrn Schlaumeier berichtet, wo der Schacht rauskommt."

„Okay, wird gemacht, wir fangen gleich an! Komm, Raul."
Wie der Blitz krabbelten beide die Wand hoch und verschwanden im Erdreich.
Rena, Pit und Herrn Meier fiel der Sand auf den Kopf, den die beiden Freunde aufwühlten. „Toll, wie du das gemanagt hast, Pit. Ich bin richtig stolz auf dich."
Rena klopfte ihm auf die Schulter, sie meinte es ehrlich.
„Kommt, wir können hier nichts mehr tun. Lasst uns wieder ins Elfenreich gehen."
Meier hatte Recht. Warten konnten sie nicht auf das Ergebnis, welches ihnen die beiden Pelzmänner bringen wollten.

Der Unterschied war natürlich groß, als sie die Tür aufmachten, die wieder ins Elfenreich führte. Hinter sich ließen sie die fleißigen, aufopferungsvollen Regenwürmer, oder auch Willis genannt, und wer sonst noch da bei der Arbeit war.
Herr Meier wollte den Kindern gerade einen Vorschlag machen, als Lum erschien.
„Hallo, da seid ihr ja. War es interessant für euch?"
„Das kannst du wohl laut sagen, liebe Lum. Und ob das interessant war."
Rena wollte ihr am liebsten alles erzählen, was sie erlebt hatten, so voll war sie noch davon. „Was habt ihr denn da mitgebracht?"
Lum zeigte auf die Keile in Renas und Pits Händen.
„Ich habe auch noch einen!" rief Meier und streckte seine Pfote mit dem Keil in die Höhe. „Was ist das?" fragte sie nach.
„Das ist vielleicht die Rettung für euch Elfen! Vielleicht, habe ich gesagt! Auf jeden Fall kann es ein wichtiges Teil zu einem Puzzle sein."
„Was ist denn ein Puzzle?" wollte Lum wissen.
„Ein Puzzle ist ein Teil einer Lösung. Man hat mehrere Teile, die man so zusammenlegen muss, dass sie ein Ganzes ergeben. Dann hat man einen gesamten Eindruck und damit meistens die Lösung."
„Muss ich das verstehen, Rena?"

„Nein, nicht unbedingt. Ich glaube, meine Erklärung war auch nicht die beste.“
„Doch! Besser hätte ich es auch nicht erklären können“, schmunzelte Pit und gab Rena eine kleinen, zärtlichen Fauststoß.

„Übrigens, Pit, ich habe etwas für dich, das deinen Aufenthalt hier bei uns etwas angenehmer macht. Und Renas natürlich auch.“
Lum schwebte an Pit heran, so nah hatte er sie noch nie gesehen. Es war etwas Unheimliches und Phantastisches an ihr, man konnte es nicht mit Worten erklären. Sie hatte einen roten Gegenstand in der Hand und setzte ihn Pit an die Brust.
„Was ist das?“ fragte Rena erstaunt.
„Das ist ein Zeichen unseres Vertrauens. Solange du dieses Herz an dir trägst, kannst du Rena loslassen, oder besser gesagt, sie braucht dich nicht mehr zu berühren. Ich habe mit unserem Rat gesprochen, der hat mir die Erlaubnis dazu erteilt. Du musst nur wissen, dass nicht mehr als 10 Meter zwischen dir und Rena liegen dürfen. Sonst ist es wirkungslos, und fass es bitte nicht an.“
Pit wusste nicht, ob er sich freuen sollte oder traurig sein. Gut, manchmal war das ein Hindernis für ihn, was die Berührung mit Rena anging. Aber die meiste Zeit hatte er es genossen.

„Danke, Lum, vielen Dank! Jetzt kann ich besser die Keile halten, und freier fühle ich mich auch.“
Rena war nicht sehr glücklich mit dieser Entscheidung. „10 Meter sind ja nicht viel,“ dachte sie, „hoffentlich kann er das immer einschätzen.“

„Habt ihr noch einen Wunsch, wo ihr hin wollt? Oder können wir zum Rat fliegen? Der erwartet euch zu einem kleinen Empfang im Baumschloss.“
„Au ja,“ jubelte Pit, „das Baumschloss möchte ich gerne sehen.“

„Ich verabschiede mich fürs Erste," sagte der Fuchs, „muss ins Labor zu meinen Kollegen. Habe viele Neuigkeiten zu berichten, interessant für unsere Forschung."
Herr Meier, den die Kinder schätzen gelernt hatten, wenn er auch immer die Fackel haben wollte, stupste sie mit seiner Schnauze an und lief davon mit einem lauten „Wir sehen uns noch!"
„Er mag euch sehr, der Herr Schlaumeier. Das Stupsen mit der Schnauze macht er nur bei seinesgleichen. Da könnt ihr euch was drauf einbilden, Kinder."
Rena und Pit wurden ein Stück größer. „So kann man sich täuschen", dachten sie und ab ging es zum Schloss.

Wahnsinn, was sich da vor Pits Augen auftat. Schade, dass er dieses Bild nicht fotografieren konnte. Rena kannte sich ja hier schon aus, das merkte man ihr an.
„Hallo, Herr Raul!" begrüßte sie den Türwächter.
„Hallo, Rena", kam es zurück mit einem freundlichen Lächeln.
„Also, diese Maulwürfe sind putzige Tiere", dachte Pit, „immer gut gelaunt und höflich, man sollte ihnen ein Denkmal setzen."
„Wenn du es sehen willst, musst du in den Schlossgarten gehen", sagte Lum.
„Ich habe doch gar nichts gesagt", erwiderte Pit.
„Aber gedacht, mein Lieber, das reicht mir manchmal schon. Wir verdanken Herrn Raul sehr viel. Er hat die unterirdische Höhle entdeckt und erst von da an konnte sie zu unserer zweiten Heimat werden."
„Ja, Rena hat mir erzählt, dass ihr früher oben im Wald gewohnt habt, als die Gesandten noch da waren."
„Das stimmt. Nun lasst uns aber ins Schloss gehen, der Rat wartet schon auf euch."
Im Schlosssaal saßen alle wichtigen Wesen und plapperten wild durcheinander. Als die Tür zum Saal sich wie von Geisterhand öffnete, wurde es still.

Pit war ergriffen von dieser fremdartigen Gestaltung. Ein Saal, den es so wohl sonst nirgends gab. Rena musste aufpassen, dass sie die 10-Meter-Grenze nicht überschritt, weil Pit ständig stehen blieb, um die schöne Architektur zu bewundern.

„Sollen wir da sitzen, wo ich das letzte Mal auch gesessen habe?" fragte Rena Lum.
„Ja natürlich, ihr seid doch unsere Ehrengäste."
„Komm, Pit, hier müssen wir lang. Oben sind unsere Plätze."
„Da ist Herr Felix. Hallo, Herr Felix!" rief Rena in den Saal.
„Hallo, Rena", kam es aus mindestens zehn Kehlen zurück.
„Ach ja, sie heißen alle Felix, die Hasen. Daran werde ich mich wohl nie gewöhnen."
Der alte Hase wusste aber, dass er gemeint war. Er nahm seine Pfote hoch und grüßte zurück. Kaum hatten sie sich gesetzt, kamen die Königin und ihr Gefolge.
„Oh, bist du schön!" rief Pit.
Er verspürte einen leichten Schmerz auf seinem Fuß. Rena hatte ihn getreten, um ihn wieder auf den Boden der Tatsachen zurückzuholen. In dem Moment wusste er erst, was er da von sich gegeben hatte und vor allen Dingen, wen er da vor sich hatte. Mit leicht rotem Kopf verneigte er sich und brummelte ein „Entschuldigung" vor sich hin.
„Danke für das Kompliment, lieber Pit. Du siehst aber auch ganz schick aus."

Jetzt musste Rena lachen, weil sein Kopf nicht nur etwas, sondern feuerrot wurde.
Königin Isir hob ihr Zepter und rief dem Rat zu: „Die Versammlung zu Ehren unserer Gäste ist eröffnet!"
„Da, das Zepter!"
Rena gab Pit einen Stoß in die Rippen, der schmerzte.
„Au!" rief er, „Was soll das?"

„Da! Guck mal, was die Königin als Zepter hat!“
Pit erstarrte förmlich beim Anblick des Gegenstands, der dafür diente. Es war der letzte Keil von sieben. Königin Isir bemerkte die Aufregung der beiden.
„Was erregt euch so, Kinder?“ fragte sie direkt.
„Ihr Zepter, holde Königin.“
„Was ist damit?“
Pit stand auf und legte seine beiden Keile auf den Tisch, Rena folgte mit ihren beiden. „Woher habt ihr die?“ fragte Isir erregt.
Der ganze Rat stand auf, um besser sehen zu können.
„Wir haben sie in einem Geheimgang gefunden, zusammen mit Herrn Schlaumeier.“
Pit erzählte, wie sie zu dem ovalen Raum gelangt und durch Zufall auf die Steinschublade gestoßen waren. Es wurde ruhig im Saal, nur die Elfen waren aufgeregt. Irgendwie musste es sich herumgesprochen haben. Immer mehr Elfen erschienen im Saal.
„Kinder! Wisst ihr, was das ist?“ fragte die Königin.
„Ich glaube ja, verehrte Isir. Das ist so etwas wie bei uns ein Zündschlüssel fürs Auto.“
„Was hab’ ich denn jetzt gesagt?“ dachte Pit , als er seine eigenen Worte hörte.
„Vielleicht hast du Recht, wenn es das bedeutet, was ich vermute“, gab sie zur Antwort.
„Das hier,“ sie legte ihren Keil zu den anderen, „sind die Gegenstände, mit denen unsere Gesandten die Energie auslösten, um zu reisen. Es gibt sieben davon!“
„Genau, wir haben jetzt alle sieben!“ rief Rena. „Also könnten wir doch jetzt reisen!“
„Nein, mein Kind. Das können nur die Gesandten auslösen.“
Pit sprang auf: „Aber Rena hat doch schon mit Herrn Watz gesprochen. Sie kann das bestimmt auch auslösen! Wir müssen es versuchen. Es ist eine Chance!“

Die Königin stand auf, und in dem Moment erhoben sich alle Anwesenden im Saal, natürlich auch Rena und Pit.
„Meine Freunde," begann sie, „ich habe das Gefühl, wir müssen die Möglichkeit ins Auge fassen, dass es vielleicht eine Chance sein könnte, was Pit vorgeschlagen hat. Herr Schlaumeier, wie sieht es mit unserer Energie aus?"
Im Saal erhob sich ein Fuchs. Es war aber nicht der Meier, den sie kannten.
„Verehrte Isir! Wir müssten alle Energie von jeder Eiche zusammenbringen, und das ist im Moment unmöglich."
Die Königin setzte sich wieder, gefolgt von allen Anwesenden. Sie schien sehr nervös zu sein. „Es ging doch früher, warum nicht jetzt?"
„Jawohl, meine Königin! Früher liegt allerdings, nach unseren Berechnungen, 900 Jahre zurück. Da war noch alles in Ordnung. Durch das langsame Sterben der Eichen haben einige keine Wurzelverbindungen mehr. Sie können also ihre eigene Energie nicht mehr weiterleiten."
„Wissen Sie denn, wo diese schadhaften Stellen sind, Herr Fuchs?"
„Ja, verehrte Königin! Es sind zwei Verbindungen, die zerstört sind."

„Herr Felix, was ist oben im Moment für eine Jahreszeit?" fragte Isir unseren alten Freund. „Das weiß ich gar nicht, aber unsere Kinder müssten es wissen."
„Herbst!" riefen beide wie aus einem Mund. Sie lachten sich an und dachten: wieder ein Jahr!
„Gut, also Herbst. Herr Schlaumeier, können Sie es bis zum Frühjahr schaffen, eine Lösung wegen der Energie zu finden?"
„Ich weiß es nicht, verehrte Isir. Ich kann es nicht sagen."

Pit stand auf. Ein Raunen ging durch den Saal: Wie konnte er nur ohne Erlaubnis aufstehen? Die Königin sah das allerdings locker.
„Willst du etwas sagen, Pit?"

„Ja, verehrte Königin. Ich möchte wissen, wie Herr Schlaumeier mit seinen Leuten die Sache angehen will."
„Haben Sie gehört, Herr Schlaumeier? Dann sprechen Sie."
„Ich habe gehört, verehrte Isir, kann aber im Moment nichts dazu sagen. Wir müssen uns erst beraten."
„Das hört sich aber nicht viel versprechend an, lieber Fuchs, vielleicht habe ich da eine Idee. Bei uns Menschen oben haben wir auch Energie, man nennt es Strom. Diesen Strom erzeugen wir und halten ihn gefangen. Wenn er gebraucht wird, schicken wir ihn dahin durch Leitungen, die wir selber herstellen. Wenn bei uns so eine Leitung einmal kaputt geht, wird eine neue dazwischen gesetzt. Ich meine damit folgendes: Könnte es nicht sein, wenn man die kranken Wurzeln durch gesunde ersetzt, also kranke abschneidet und neue, bzw. gesunde Wurzeln ansetzt, dass dann die alte Kraft wiederhergestellt würde? Natürlich nur da, wo es Sinn macht. Und das macht es für meine Begriffe nur da, wo die Verbindungen zu den anderen Eichen nicht mehr hergestellt sind. Da Herr Fuchs mit seinen Leuten die Stellen kennt, ist es halb so schwer."
Stille im Saal. Man sah förmlich, wie die Köpfe arbeiteten.
„Woher sollen wir die gesunden Wurzeln bekommen?" fragte der Fuchs.
„Natürlich von den Eichen selber. Man muss sie ihnen nur abschneiden."
„Abschneiden?" fragte der Fuchs. „Haben sie abschneiden gesagt?"
„Jawohl, das meine ich. Die Eichen sterben sowieso. Also trennen wir die gesunden Wurzeln an Stellen, wo sie keinen Nutzen mehr haben, vorsichtig ab und versuchen sie an den Stellen anzusetzen, wo sie als Verbindung zur nächsten Eiche fehlen."

Die Königin unterbrach die Debatte der beiden.
„Geht denn so etwas, Pit?" fragte sie.
„Es muss einfach gehen. Was meinst du, Rena?"
„Ich muss an meinen Opa denken," sagte sie, „der hat einen

Obstgarten und veredelt Bäume. Das klappte immer. Warum soll das nicht auch mit Wurzeln klappen?"
„Was ist veredeln?" wollte die Königin wissen.
„Ich habe mal zugeschaut, wie er das gemacht hat. Man nennt es auch Pfropfen oder so ähnlich. Also, man nimmt einen Apfelbaumzweig, schneidet ihn schräg ab und setzt ihn auf den Zweig eines Birnbaums, den man auch aufgeschnitten hat. Alles zusammen wird mit Wachs verdichtet, und siehe da, im nächsten Frühjahr, blüht der Apfelzweig auf dem Birnbaum und ein paar Jahre später trägt er Äpfel. Es geht also. Ja, warum soll das nicht auch hier gehen, mit den Wurzeln?"
Die Königin war zufrieden.
„Herr Schlaumeier, sie müssen es schaffen. Es könnte im nächsten Frühjahr unsere letzte Chance sein."
„Darf ich fragen, warum im Frühjahr?"
„Das darfst du, Pit. Vielleicht seid ihr unsere Retter, Rena und du. Die Gesandten sind immer im Frühjahr gereist, da gab es die meiste Energie. Nur ohne euch Kinder können wir das Ganze nicht schaffen."
„Was sollen wir tun?" wollten die beiden wissen.
„Ihr müsst uns oben im Wald helfen. Wir können da nicht tätig werden. Ganz wichtig ist, dass die Eichen ziemlich frei von Efeu und sonstigen Rankgewächsen sind. Sie nehmen den Eichen Lebenskraft. Und den Transportplatz müsst ihr frei machen, es muss ein freier Ring um unseren Sternolith sein."
„Sie meinen den Monolithen auf Opas Grundstück, oder?"
„Wahrscheinlich meinen wir das Gleiche! Wenn er rot ist?"
„Ja, das ist er, verehrte Königin. Noch eine Frage: Wie breit muss der Ring um den Stein sein?"
„So breit wie von hier bis zu dir."
Rena nahm ihren Arm und maß die Länge mit der Elle: Es waren 5 Ellen.

Die Königin stand auf und alle Anwesenden mit ihr.
„Hört zu! Ich, die Königin vom Elfenreich, habe beschlossen, dass

folgendes geschieht: Die Sache wird sofort angefasst, wie unsere Freunde Pit und Rena es vorgeschlagen haben."
Die beiden bekamen eine Gänsehaut vor Stolz, als sie das hörten. Weiter sagte sie: „Die Stelen bleiben in unserer Obhut! Ich bin der Meinung, dass sie hier sicherer sind als im Menschenreich. Ich würde euch bitten, liebe Freunde, die Stele eures Opas gelegentlich hierher zu bringen.
Da ich die Lage besser beurteilen kann als ihr und wir keine Zeit mehr zum Experimentieren haben, fasse ich diesen Entschluss, ohne den Rat zu fragen. Es ist das erste Mal, solange es ihn gibt, und es muss sein! Ihr werdet das hoffentlich verstehen. Wir dürfen uns nichts mehr vormachen. Dieses Reich wird untergehen! Nach meinem Gefühl haben wir noch ein Jahr, höchstens. Glauben wir an das fast Unmögliche und an Renas telepathische Kraft, denn nur sie kann die Energie auslösen."

Sie nahm ihre Stele, legte sie an die Herzen der Kinder und sprach die Worte: „Wenn ihr es schafft, uns zu retten, dann werden wir Elfen immer in den Herzen der Kinder sein ... wenn sie an uns glauben!"
Sie drehte sich zu Pit, berührte ihn mit der Stele auf dem Kopf und sagte zu ihm: „Du gehörst ab jetzt zu uns, wie Rena. Überall kannst du dich bewegen in unserem Reich. Du sollst sehen, was wir sehen, das ist mein Wille. Zu deiner Begleitung gebe ich dir meine Elfe Mun mit auf den Weg. Die Elfen mögen dich schützen!"
Bei dieser Gelegenheit nahm sie Pit das rote Herz wieder ab.

„Hiermit ist die Sitzung des Rates geschlossen, wir werden uns zurückziehen. Herr Schlaumeier, sie sprechen ab heute ihr Vorgehen mit Pit und Rena ab. Kontakt sollen Lum und Mun im Menschenreich immer wenn es notwendig ist herstellen. Ich wünsche uns ein gutes Gelingen für dieses Vorhaben!"
Sie schwebte unter tosendem Applaus der Anwesenden und gefolgt

von ihren Elfen langsam von ihrem Platz davon.
Lum kam mit einer Elfe an der Hand und stellte sie Pit vor.
„Das ist Mun, unsere Jüngste! Sie ist ab jetzt dein Kontakt zu uns und auch zu deinem persönlichen Schutz da.“
Die Versammlung löste sich langsam auf. Pit und Rena saßen immer noch wie versteinert auf ihren Plätzen. Das war zu viel für die beiden. Rena legte den Arm um Pits Schulter.
„Du hast gesprochen wie ein Erwachsener. Wo hast du das gelernt?“
„Von meinem Vater. Weißt du, der passt immer auf, dass ich gut durchs Leben komme. Er ist mein großes Vorbild.“
„Komm, lass uns gehen! Wir sind die Letzten. Was machen wir denn mit den Stelen? Sollen wir die hier einfach so liegen lassen?“
„Könnt ihr ruhig, Kinder, hier kommt nichts weg.“
„Gut Lum, du musst aufpassen, dass Meier seine Stele auch hier hinlegt. Dann haben wir sie alle zusammen.“
„Ja, Pit, das mache ich. Was können wir jetzt noch für euch tun?“ wollte Lum wissen.
„Wenn ich ehrlich bin, möchte ich jetzt nach Hause.“ Rena beugte sich zu Pit, der sich die Stelen noch einmal genau ansah.
„Ja, Rena, du hast Recht. Es hat für heute gereicht. Mun, wir möchten nach Hause. Bring uns bitte zur Eiche!“

Draußen war es immer noch 14 Uhr, als Rena und Pit den Baum verließen. Sie standen beide an der Eiche und holten tief Luft. „Da kommt eine Menge Arbeit auf uns zu, Rena. Meinst du nicht auch?“
„Ja, du hast Recht, mein Lieber: Ob das allerdings was nützt, werden wir erst im Frühjahr wissen. Ich bin ganz schön fertig, das war alles ein bisschen viel. Erst die Schule heute morgen und jetzt dieses.“
Rena, die das sagte, setzte sich auf einen moosbedeckten Ast, der zu einer kleinen Verschnaufpause einlud.
„Komm, setz dich zu mir, Pit. Lass uns etwas ausruhen, bevor wir zurückfahren.“

Lum und Mun fragten, ob sie noch gebraucht würden, was die beiden Kinder verneinten.

Sie waren jetzt allein, keine Elfen oder Menschen um sie. Pit setzte sich zu Rena, die mit ihrer Handfläche den Platz neben sich von den Herbstblättern befreite. Keine Handbreit passte zwischen sie, sie suchten die unmittelbare Nähe.
„Du bist ein toller Kerl, Pit“, fing Rena an. „Das habe ich früher nicht von dir gedacht, wenn ich ehrlich bin. Ich möchte, dass du mein Freund wirst.“
„Das bin ich doch schon lange, nur sagen mochte ich es dir nicht. Vielleicht hättest du mich ausgelacht.“
„Vielleicht ja, aber jetzt nicht mehr! Wenn ich ehrlich bin, war ich immer auf meinen Bruder eifersüchtig, wenn ich sah, wie ihr euch versteht und verehrt.“
„Hast du keine Freundin, Rena?“
„Doch, Nicole. Du kennst sie aus der 7. Klasse, die kleine Blonde mit der Stupsnase.“
„Ja. Ich glaube, ich weiß, wen du meinst.“
„Sie ist meine beste Freundin, aber erzählen mag ich ihr die Geschichte auch nicht. Ich hätte Angst, dass sie mir nicht glaubt.“
„Ist schon gut, Rena. Sicherlich schweißt uns das jetzt noch mehr zusammen. Das ist ja schon fast wie ein Bündnis. Ich bin froh, dass es so ist, wie es ist!“
Sie nahmen sich beide in den Arm und drückten sich ganz fest.

Eine Weile saßen sie noch auf dem Baumstumpf und genossen diesen Augenblick. Die glücklichsten Kinder waren sie in diesem Moment, sicherlich auf der ganzen Welt.
Pit mochte gar nichts sagen, um diesen schönen Moment nicht zu zerstören, in dem sie sich gerade befanden. Nach einer geraumen Zeit nahm er sich ein Herz und fragte Rena: „Wir haben doch jetzt

eine geschenkte Zeit vor uns. Wollen wir nicht noch ein bisschen mit dem Rad durch den Wald fahren?"
„Das ist eine gute Idee! Dabei können wir gleich die alten Eichen inspizieren. Ich habe den Plan nämlich zufällig mit." Pit lachte.
„Warum lachst du?"
„Weil du zufällig gesagt hast, ich aber der Meinung bin, dass es von dir geplant war und kein Zufall ist."
„Okay, du hast mich ertappt! Komm, lass uns fahren, dann können wir noch etwas zusammensein und gleichzeitig was Nützliches tun."
Jeder nahm sein Rad und ab ging es.

Der gleiche Tag

Pits Vater saß in der Kantine und wartete auf seinen Freund Dieter. Es war Mittwoch Mittag. Zu dieser Zeit machten sich Rena und Pit gerade auf den Weg ins Elfenreich.
Dieter, der Arbeitskollege, hatte sich zwei Tage krank gemeldet. Das hatte Rolf doch sehr gewundert, da sie am Sonntag noch zusammen telefoniert hatten. Dieter war am Telefon, nach dem Weltspiegel, sehr aufgeregt gewesen und hatte Rolf ja gleich angerufen. Von Entdeckungen und Geheimnissen um Pits Dokument faselte er. Heute war er kurz im Büro gewesen, musste aber gleich wieder weg. „Wir sehen uns in der Mittagspause“, hatte er Rolf zugerufen, und „Du wirst staunen!“
„Du wirst staunen, was hat er damit bloß gemeint? Na, er wird es gleich erklären, wenn er kommt. „

So langsam neigte sich die Pause dem Ende zu, und kein Dieter war zu sehen. Gerade wollte Rolf aufstehen, da kam er durch die Kantinentür und winkte ihm mit einer Akte in der Hand zu.
„Das wird auch Zeit, meine Tischzeit ist schon fast zu Ende!“
„Entschuldige, Rolf. Der Verkehr mittags ist nicht zum Aushalten.“

Dieter setzte sich ans Tischende und winkte Rolf zu sich. Der war überrascht, denn neben ihm war noch Platz genug. „Egal, er wird schon seinen Grund haben.“ Wie verlangt, stand er auf und folgte Dieters Aufforderung, sich zu ihm zu setzten.
„Was machst du denn für einen Aufriss? Du bist ja ganz zappelig.“
„Ich habe auch allen Grund, aufgeregt zu sein! Wir haben eine

heiße Story an der Angel!“ Dabei schlug er Rolf mit voller Wucht auf dessen Schulter.
„Hee, was soll das? Was ist los?“
„Dein Sohn Pit hat einen tollen Fund gemacht, mein Lieber.“
„Was für einen Fund meinst du?“ fragte Rolf irritiert.
„Na, das Dokument, das wir entziffert haben. Ich habe viel über die Sache nachgedacht, konnte kaum schlafen wegen diesem Wisch von Professor Lehmann, und dann die Sendung im Fernsehen. Das ist doch kein Zufall, dachte ich mir.“
„Ich war nicht krank, wie du glaubst, sondern kerngesund und bei vollem Verstand. Ich bin am Montag gleich mit dem Dokument und den anderen Unterlagen in die Uni gefahren. Da hat man mich zu einem Astronomie-Professor geschickt. Der war hoch interessiert, vor allem an den Eichen. Er will eine Baumprobe nehmen und der Sache auf den Grund gehen. Stell dir vor, der kannte den Lehmann. Zwar nicht persönlich, aber seine Forschungen haben ihn sehr interessiert. Übrigens ist der Lehmann schon 25 Jahre tot.
Hee, du sagst ja gar nichts dazu! Vielleicht werden wir berühmt! Er hat gesagt, wir sollen alles für uns behalten und nichts an die Öffentlichkeit dringen lassen. Anschließend bin ich zur Redaktion der NWZ gefahren. Die sind an einem Artikel über unsere Geschichte interessiert! Ist das nicht toll?“

Rolf schaute an die Decke. Er brauchte Zeit um nachzudenken und wollte dabei Dieters Anblick meiden.
„Na, was sagst du dazu, Rolf?“ Dieser rang nach Luft vor Wut über seinen Kollegen.
„Wieso machst du so was über meinen Kopf hinweg? Es ist nicht deine Geschichte, sondern die von Pit, und es bleibt auch seine! Das sage ich dir bei unserer Freundschaft.“
„Das sehe ich allerdings anders. Wir haben die Sache enträtselt und damit das Recht, der Sache weiter nachzugehen.“

„Und wie stellst du dir das vor?“ wollte Pits Vater wissen.
„Wenn das stimmt mit den Eichen, dass sie nicht aus unserer Welt stammen, oder eine andere Lebensform gewohnt waren, sind wir berühmte Leute. Die Wissenschaft wird Kopf stehen, das sag’ ich dir. Und noch eins: Der Professor hat sich den Hieroglyphen-Plan gleich kopiert, den Wald- und Felsenplan auch. Ich habe ihm das mit der Islandgeschichte erzählt, aus dem Fernsehen, und siehe da, du wirst es nicht glauben: Es ergibt einen Sinn, das Ganze.“
„Und was für einen?“ fragte Rolf. Er war jetzt doch gespannt auf das, was sein Kollege zu berichten hatte.
„In Island sind zwischen diesen Felsen magnetische Felder gemessen worden, die man sich nicht erklären kann. Man nimmt allerdings an, dass diese Energiefelder etwas mit den heißen Quellen zu tun haben, die es in Island gibt.“
„Und du meinst, dass diese Felsen etwas mit unseren Eichen zu tun haben?“
„Das weiß ich nicht. Aber der Professor will so schnell es geht Messungen durchführen lassen, dann wissen wir mehr.“
„Na ja, jetzt ist es wohl zu spät. Das Ding ist ins Rollen gekommen. Eins muss ich dir allerdings sagen: Ich bin damit nicht einverstanden. Aber was soll’s, jetzt ist es passiert und nicht mehr rückgängig zu machen.“
„Ich glaube, du erkennst nicht die Wichtigkeit der Forschung, die in der Sache steckt.“
„Hör doch auf! Dir geht´s doch nicht um Forschung, sondern um Profit. Du willst daraus Geld machen und nebenbei noch in die Zeitung kommen. Egal wie die Sache ausgeht, ich möchte davon nicht profitieren, hast du gehört! Nicht auf dem Rücken meines Sohnes.“
„Also hör mal, mein Freund!“
„Das Freund kannst du weglassen. Wer mich so hintergeht, kann nicht mein Freund sein.“ Dieter war bedrückt, das hatte er nicht gewollt. Sie kannten sich schon aus der Schulzeit, nie waren Probleme aufgetaucht und jetzt dies.

Er startete noch einen Versuch: „Du hast mich doch um Hilfe gebeten, oder nicht?"
„Ja, das stimmt schon," gab Rolf zu, „aber doch nur, um Pit zu helfen. Wie bringe ich ihm das jetzt nur bei!"

„Übrigens, was hältst du denn von der Elfengeschichte aus dem Fernsehbericht?" wollte Rolf wissen.
„Das ist doch alles Quatsch! Märchengeschichten und Geisterbeschwörung, wenn du mich fragst. Wir leben im 21. Jahrhundert und nicht in der Steinzeit."
Dieter steckte voller Energie und Tatendrang. Rolf merkte, dass im Moment nicht mit ihm zu reden war. Er hatte sich in die Sache verrannt. Trotzdem, irgendwie steckte er Rolf mit seiner Dynamik an. Neugierig darauf, was das Dokument zu bedeuten hatte, war Rolf ja auch. Wenn nur der Pit nicht wäre.

„Komm, wir müssen wieder ins Büro. Lass uns gehen. Der Chef ist sowieso schon sauer, dass du blau machst."
„Halt bloß die Klappe, hörst du."
„Sag mal, für was hältst du mich?"
Rolf war enttäuscht von seinem Kollegen, dass er so etwas von ihm auch nur dachte.

Es war so gegen 16 Uhr, als Dieter Rolf zu sich rief.
„Was gibt's?" fragte er.
Erst jetzt bemerkte Rolf, dass sein Kollege den Telefonhörer in der linken Hand hatte und mit der rechten die Sprechmuschel zuhielt.
„Es ist der Professor aus der Uni wegen der Eichen. Du weißt schon, die Baumprobe. Er möchte, dass ich ihn da hinführe, da er sich nicht auskennt. Kannst du das nicht machen? Ich weiß doch auch nicht, wo die Eichen genau stehen."
„Wann denn?"

„Freitagnachmittag, wenn es geht."
„Also gut. Er soll gegen 16 Uhr beim Pförtner sein, hier am Personaleingang, und dann fahre ich mit ihm dahin."
„Danke, Rolf, das vergesse ich dir nicht."
Dieter nahm die Hand von der Muschel, um die Nachricht dem Professor mitzuteilen. Der war hoch erfreut und bedankte sich herzlich.

Rolf ging zu seinem Arbeitsplatz zurück, aber seine Gedanken waren bei seinem Sohn.
„Sag' ich es ihm oder nicht? Warum hat der Bengel auch nur solch ein Interesse an dieser ganzen Geschichte?" Er hatte schon lange bemerkt, dass da etwas Sonderbares vorging. „Pit will das aber alleine erledigen, sonst hätte er mich schon ins Vertrauen gezogen", dachte er.
„Mensch, pass doch auf!" hörte er jemanden rufen. Aber da war es auch schon passiert.
Ihm wurde ganz heiß am Oberschenkel. Die Ursache war heißer Kaffee, der ihm über die Hose lief.
„Kannst du nicht aufpassen, Rolf?"
Diese Stimme kam von Inga, einer Arbeitskollegin. Sie stand vor ihm mit einem halb leeren Kaffeebecher, die andere Hälfte war auf seiner Hose.
„Oh, entschuldige, Inga! Ich habe dich nicht gesehen."
„Macht nichts, mein Lieber. Ich habe ja nichts abbekommen. War es denn wenigstens schön?" - „Was war schön?" fragte er verstört. „Na, wovon du geträumt hast. Doch wohl nicht von mir!"
Alle im Raum lachten. Schließlich stimmte er mit ein, was sollte er auch anderes machen. „Was wird jetzt mit der Hose?" fragte sie.
„Was soll ich machen? Ich behalte sie an. Es ist ja gleich Feierabend."
„Tut mir Leid, Rolf. Aber es war wirklich nicht meine Schuld."
„Ist schon gut, Inga. Es gibt Schlimmeres."

Auf dem Heimweg ging Rolf einiges durch den Kopf. Dass die Hose immer noch nass und kalt war, bemerkte er kaum.
„Pit werde ich erst mal nichts sagen“, dachte er. „Nicht die Pferde scheu machen, bevor etwas passiert ist. Besser, ich fahre mit dem Professor in den Wald. Dann weiß man wenigstens, was da passiert“, dachte er weiter. „Darum bin ich ja auch nur Dieters Bitte nachgekommen.“
Hinter ihm hupte es. „Warum macht der das? Ach so, es ist grün - irgendwie bin ich nicht bei der Sache. Schluss jetzt mit den Gedanken! Sonst passiert noch etwas.“
Pit und sein Vater trafen sich an der Straßenecke, fast wie verabredet. Der eine kam von der Arbeit und der andere aus dem Wald. Wenn beide gewusst hätten, was der andere für Gedanken hatte, wäre alles vielleicht anders gelaufen.
Rolf fuhr langsamer, bei heruntergedrehter Scheibe rief er seinem Sohn zu: „Hallo, Junge, wie war der Tag?“
„Gut, Pa, und deiner?“ „Auch gut!“
„Na, dann bis gleich!“ „Okay.“
„Gut drauf, der Alte“, dachte Pit. „Das kann ein netter Abend werden.“ Manchmal kam er so angespannt von der Arbeit, dass man ihn am besten in Ruhe ließ.

„Was ist denn bei uns los, was sollen die ganzen Fahrräder da?“ fragte sich Pit. „Die kenn’ ich doch! Natürlich, die Räder vom Dicken, Björn und Kai, was wollen die denn hier?“ Sie saßen alle auf der Treppenstufe zur Haustür, mit je einer Cola in der Hand.
„Da bist du ja endlich!“ rief der Dicke. „Wir warten uns hier schon Läuse in den Bauch.“ „Wieso, waren wir verabredet?“ fragte Pit.
„Nein. Erzähl, wie war’s im Elfenreich?“
„Halt den Mund, Dicker, nicht so laut.“

Pit gab seinen Freunden ein Zeichen, dass sie mit hinter die Garage kommen sollten.

„Erzähl, hast du was gesehen?“
„Ja, eine ganze Menge.“
„Was denn, lass dir doch nicht alles aus der Nase ziehen.“ Kai war der ungeduldigste von allen.
„Immer der Reihe nach! Ich bin ja noch gar nicht richtig hier.“
Sie setzten sich zu einem engen Kreis zusammen, damit kein Laut an unerwünschte Ohren kommen konnte. Pit erzählte den Freunden, was er im Elfenreich erlebt hatte. Ihre Augen wurden immer größer. Keiner mochte Pit unterbrechen. Sie hatten Angst, er könnte den Faden verlieren.
„So, das ist alles, was ich zu berichten habe. Ich hoffe, es reicht fürs Erste.“
Etwas ungläubig guckten die drei Pit an. Sie mussten viel Vertrauen aufbringen, um das alles zu glauben, was er da von sich gegeben hatte.

„Ist ja Wahnsinn! Schade, dass man das nicht fotografieren kann“, meinte Björn.
„Was wollen wir denn jetzt machen?“ fragte der Dicke Pit.
„Zuerst müssen wir schnellstens den Elfenrat bei Opa zusammentrommeln. Er wird sicherlich gespannt sein wie ein Flitzebogen, was wir erlebt haben. Bei der Gelegenheit werden wir unser weiteres Vorgehen besprechen.“
„Wann wollen wir das machen?“ fragte Kai.
„Ich bin mit Rena so verblieben, dass wir versuchen wollen, am Freitagnachmittag zu ihm zu fahren. Passt euch das?“
Keiner dachte nach. Alle sagten zu, egal, was anlag. Keiner wollte fehlen.
„Dann lasst uns die Runde abbrechen. Ich bin kaputt.“
„Ist gut, Pit, dann mach’s gut bis morgen in der Schule.“ Sie stellten ihre Colaflaschen auf die Stufen zur Haustür.
„Sag deiner Mutter noch mal schönen Dank für die Cola, und mach´s gut!“
Die Freunde verließen den Hof. Draußen auf der Straße steckten sie

noch mal ihre Köpfe zusammen, bevor sie auf ihre Räder stiegen und nach Hause fuhren.

„Hallo, mein kleiner Freund“, Pit ging in die Hocke, um Kobold aufzufangen, der voller Vertrauen in seine Arme sprang. Bevor Pit sich versah, wischte eine lange Zunge quer durch sein Gesicht.
„He, ich hab’ mich heute Morgen aber schon gewaschen, du kleiner Witzbold.“
Er nahm seinen Kobold in den Arm und drückte ihn zärtlich an sich.
Er war wieder zu Hause.
Der Abend verlief so, wie er es sich gedacht hatte, als er seinen Vater draußen am Auto traf. Trotzdem, irgendwie war er ihm anders vorgekommen als sonst. Zu freundlich ihm gegenüber! Als ob er etwas wieder gutmachen wollte, und das war irgendwie nicht sein Vater, wie er ihn kannte.

Die Analyse

Der Lange hatte alles organisiert. Er war auf Nummer sicher gegangen und kurz zu Opa gefahren, um ihn zu informieren, dass sie am Freitagnachmittag kommen wollten. Opa versuchte schon etwas zu erfahren, der Lange hielt aber dicht und haute gleich wieder ab. Rena hatte natürlich ihren Bruder über alles informiert. Nur ihre Gefühle für Pit hatte sie ihm verschwiegen.

Oma und Opa waren bestens vorbereitet, als die Freunde eintrudelten. Die Begrüßung wurde immer herzlicher, je öfter sie sich sahen.
Opa wollte gleich zur Sache kommen. Oma hatte den Kindern verraten, dass er den ganzen Tag schon ungeduldig war und heute Mittag vor lauter Aufregung nicht einmal geschlafen hatte. Die Begrüßung zwischen dem alten Mann und Rena fiel besonders herzlich aus. Er nahm sie richtig in den Arm und dabei flüsterte er ihr etwas ins Ohr.

„Alle setzen sich bitte hin!“
Die Stimme vom Langen war laut und bestimmend. Alle setzten sich auf ihre Plätze. Jeder hatte schon seinen Stammplatz. Rena und Pit berichteten von ihrer Reise ins Elfenreich, damit Oma und Opa auch wussten, was da abgelaufen war.
„So, jetzt kommt ihr! Was meint ihr zu der ganzen Geschichte?“

Erst mal kam gar nichts, es war Ruhe in der Küche. Alle guckten Opa an, denn er hörte ja zum ersten Mal, was die beiden erlebt hatten.

„Das ist ja eine ganze Menge. Fast nicht vorstellbar, wenn wir nicht schon einiges zusammen mit den Elfen erlebt hätten. Ist es nicht so, Kinder?“
Kopfnicken in der ganzen Runde.
„Das mit den Stelen ist ja ein Ding und der Tunnel erst mal. Mensch, wenn das jemand wüsste, er würde sofort anfangen zu graben. Sag mal, Pit,“ fragte Opa, „der Maulwurf hat dir noch nicht gesagt, wo der Schacht rauskommt, oder?“
„Nein, wir hatten noch keinen Kontakt zum Elfenreich. Aber wenn meine Vermutung stimmt, dann kommt er unmittelbar in der Nähe von dem Monolithen oder Sternolithen, wie die Elfen sagen, raus.“
„Das habe ich mir nach deiner Erzählung auch schon gedacht. Es ergäbe einen Sinn.“
„Und der Gang führt bestimmt zum Kloster!“ meinte der Lange. „Die Strecke käme in etwa hin, wenn ich Renas Schritte zu Grunde lege.“
„Siehst du, Langer! Das gibt im Moment keinen Sinn,“ griff Kai in die Diskussion ein, „wenn die letzte Reise vor 900 Jahren war. Da gab es nämlich noch gar kein Kloster.“
„Bist du sicher?“ fragte Pit.
„Ja, ganz sicher. Ich kenne die Geschichte des Klosters ziemlich gut. Solltest du eigentlich auch, wenn du in der Heimatkunde besser aufgepasst hättest.“
„Dafür habe ich ja dich, Kai.“ Alles lachte, was der angespannten Atmosphäre nur gut tat. „Und warum sind die Gesandten wie Mönche verkleidet rumgelaufen,“ wollte der Dicke wissen, „wenn es doch noch keine Mönche gab?“
„Mönche gab es schon, nur hier noch nicht“, klärte Kai ihn auf.

„Also das mit den Mönchen lassen wir mal beiseite“, meinte Opa. „Wir müssen überlegen, wie wir helfen können. Meint ihr denn, das könnte klappen mit dem Wurzelanflicken?“ „Da bin ich mir ziemlich sicher, wenn die Zwischenräume nicht zu groß sind.“

„Und die Energie, wird sie reichen?“
„Das kann keiner wissen, Opa. Nur, wir müssen es versuchen. Die Königin hat erkannt oder gefühlt, dass Rena diese Energie auslösen kann. Dass sie das kann, haben wir ja schon erlebt mit Herrn Watz. Durch diese Möglichkeit ergibt sich ja erst diese Chance.“
„Wir müssen dafür sorgen, dass die Eichen bis zum Frühjahr in tadellosem Zustand sind. Das ist in erster Linie unsere Aufgabe“, meinte Rena. „Nur wir können das nicht alleine. Pit und ich sind am Mittwoch mal alle Eichen abgefahren. Zu schlimm sieht es allerdings nicht aus, die Forstverwaltung hat sie ziemlich in Schuss. Von den 12 Eichen sind vier ziemlich von Efeu bewuchert. Die müssen wir davon befreien. Wie sollen wir das machen, hat einer einen Vorschlag?“
„In die Bäume krabbeln und das Zeug rausschneiden“,
schlug Björn vor.
„Was meinst du, wie schnell die Forstleute da sind und dich aus dem Baum holen!“ meinte Kai.
„Wir müssen es im Winter machen. Genau! Wir brauchen doch nur im Winter das Efeu unten bei der Wurzel abzuschneiden. Dann stirbt es ab“, meinte der Dicke.
„Das ist eine gute Idee, vielleicht reicht das ja schon.“ Alle stimmten zu.
„Gut, Kinder, so werden wir es machen. Den Plan, wie und wann wir das machen, sollten Kai und Björn ausarbeiten. Rena und Pit fallen aus. Sie müssen sicherlich öfter im Elfenreich mit Rat und Tat zur Seite stehen.“
„Und ich, was mache ich?“ Der Dicke hatte Angst, nicht bedacht zu werden. Opa erhob sich stöhnend aus seinem Sessel und ging zu ihm. „Mein kleiner Freund, jeder von uns ist wichtig, und auch du wirst bestimmt noch eine Aufgabe bekommen. Am liebsten wäre es mir, wenn du den Kontakt zu Oma und mir aufrecht hältst.“ „Au ja, das mache ich gerne.“

Der Dicke strahlte über sein volles Gesicht. Er war sichtlich zufrieden.

Kai murmelte etwas vor sich hin, das keiner verstand.
„Was hast du gesagt?“ fragte Björn. „So ist es immer mit ihm. Er kann nicht leise denken.“ „Das Kloster,“ sagte Kai, „ich möchte wissen, was das Kloster mit der ganzen Sache zu tun hat.“
„Weißt du, was ich glaube?“ Pit schob seinen ganzen Oberkörper auf den Tisch.
„Nee, woher sollen wir das wissen?“ ulkte der Lange.
„Ich glaube, das Kloster wurde dahin gebaut, wo der Schacht rauskommt.“
„Dann glaubst du ja, dass die Mönche von dem Schacht gewusst haben“, folgerte der Lange. „So muss es gewesen sein. Vielleicht nicht die Mönche selbst, aber die Bauherren. Nach der Geschichte hat der Bischof den Auftrag erteilt, so wie ich das weiß.“
„Glaubst du denn, dass die Gesandten, die Herr Watz beschrieben hat, Mönche waren?“ fragte der Lange Kai.
„Nein, das glaube ich nicht. Es waren bestimmt Wesen von einem anderen Stern.“

„Kinder, habt ihr denn Montag die Zeitung gelesen?“ wechselte Opa das Thema. Alle guckten ihn an.
„Oma, hol doch mal den Artikel. Er liegt auf meinem Schreibtisch.“
Sie stand auf und verließ mit schlurfenden Schritten die Küche.
„Was ist mit der Zeitung?“ wollten die Kinder wissen.
„Wartet ab, ihr werdet euch wundern!“
Nach einer Weile ging die Tür wieder auf und Oma erschien mit einem Zeitungsausschnitt, so groß wie eine Schulheftseite.

„Hier steht es schwarz auf weiß, dass unsere Gemeinde im nächsten Sommer einen Fahrradweg durch den schönen Urwald plant und zwar am Fluss entlang.“
Opa stieg vor Wut das Blut in den Kopf, als er den Kindern den Artikel vorlas.

„Dieser Radweg würde genau an unserem Monolithen vorbeiführen."
„Sollen die doch bauen", meinte Pit. „Im Sommer muss sowieso alles gelaufen sein." „Genau", meinte Rena und beruhigte den alten Herrn, indem sie zu ihm ging und ihn liebevoll umarmte.
„Siehst du, Anton. Da hast du dich umsonst aufgeregt, und ich hatte schon Angst um dich," stöhnte Oma.

„Ich könnte mir vorstellen," fing Kai wieder an, „dass der große Torbogen, der heute in der Klosterruine noch steht, der Eingang zu einer anderen Welt war."
„Wieso fängst du immer wieder von dem Kloster an?" wollte sein Bruder wissen.
„Weil meine Phantasie mit mir durchgeht und du wohl keine hast. Stellt euch mal vor, das wäre was Ähnliches wie ein Gesandtentor. Wie im Fernsehen das Stargate."

„Leute, die Zeit läuft uns wieder mal davon!" Opa war es, der die Kinder daran erinnerte, langsam zum Schluss zu kommen.
„Wenn es euch nichts ausmacht, würde ich euch bitten, Oma und mir jede Woche durch einen Boten von euch die neueste Lage mitzuteilen. Ihr könnt natürlich auch alle kommen, wenn es sich einrichten lässt."
„Das machen wir. Der Dicke ist doch unser Bote, oder hat sich daran etwas geändert?" fragte Pit. Wolfgang schüttelte den Kopf.

Der schwarze Freitag

Der Magen von Pits Vater rebellierte. Ihm ging es nicht besonders gut. Nur noch eine Stunde bis zum Termin mit dem Professor aus der Uni. Dieter hatte ihn schon den ganzen Tag genervt. Bis ihm der Kragen geplatzt war, dann war Ruhe. Zwei Nächte lang hatte er nicht richtig schlafen können wegen dieser Geschichte. Egal, wie es ausgeht, hatte er sich gesagt, er würde mit Pit darüber reden müssen. Dazu war er fest entschlossen. Er wollte bei dem Jungen nicht das Gesicht verlieren.
Vorsichtshalber hatte er seine Kamera eingepackt. „Man kann ja nie wissen“, dachte er sich. Kurz vor 16 Uhr nahm er seine Tasche und verließ den Arbeitsplatz.
„Viel Glück!“ rief Dieter ihm zu. „Und erzähl mir alles, hörst du!“

Draußen vor dem Verlagshaus stand ein Herr, der sah schon aus wie ein Professor. Jedenfalls stellte man sich so einen vor. Und richtig, er war es auch.
„Gestatten, Professor Bäuerle“, stellte er sich Rolf vor. „Ich freue mich, dass sie sich die Zeit nehmen, mir zu helfen.“
„Ich nicht“, murmelte Rolf vor sich hin.
„Wie bitte, was sagten sie?“
„Ich sagte, wir können gehen.“
„Wie wollen wir es machen? Fahren Sie mit uns, oder sollen wir hinter Ihnen herfahren?“ „Wieso wir?“ fragte Rolf und drehte sich dabei um.
„Ich habe Hilfe mitgebracht. Wir sind für solche Fälle nicht ausgerüstet, wissen Sie.“

„Und wo ist Ihre Hilfe?“
„Draußen, an der Hauptstraße. Sie werden es gleich sehen.“
„Also gut, ich komme mit meinem Wagen aus dieser Ausfahrt. Es ist ein grüner Passat. Ich gebe Ihnen ein Zeichen, dann folgen Sie mir.“
„Ist gut, so machen wir es. Bis gleich!“

Rolf ging zu seinem Wagen, der auf dem Firmengelände stand und fuhr los. An der Ecke gab er das verabredete Zeichen, und los ging es. Er guckte in seinen Rückspiegel, ob der Professor ihn nicht verpasste. Was war das? Erstaunt sah er, wie nicht nur ein rotes Auto, sondern ein großer Lkw vom Technischen Hilfswerk sich hinter ihm einfädelte.
„Das kann doch nur ein Zufall sein“, dachte er und konzentrierte sich auf den Verkehr. Bei jeder Ecke oder Ampel nahm er Blickkontakt mit dem Professor auf, um ihn nicht zu verlieren. Der Lkw war immer noch hinter ihnen.

Der Wald war erreicht, und die kleine Karawane von drei Autos bog in einen Waldweg ein.
Rolf hielt an, stieg aus und ging zum Professor, der hinter ihm hielt.
„Gehören die zu ihnen?“ fragte er Herrn Bäuerle und zeigte dabei auf den Lkw vom Technischen Hilfswerk.
„Ja, die habe ich angeheuert.“ - „Aber wieso denn?“ fragte Rolf.
„Weil ich auch Proben von den Ästen haben muss, die am höchsten sitzen. Und wie soll ich da rankommen? Die Jungs haben Klettergeschirr und eine riesige Leiter dabei. Sie werden sehen, es wird eine kleine Übung für die Jungs.“
„Aber wissen Sie denn...?“
„Sie meinen hiervon.“ Dabei wedelte der Professor mit einem Stück Papier hin und her, das Rolf sofort als das Dokument von Professor Lehmann erkannte, das er und Dieter entdeckt bzw. entschlüsselt hatten. Denn entdeckt hatte es ja letztlich Pit.

„Nein, natürlich nicht! Das ist im Moment total geheim. Ich hoffe, Sie haben auch keinem davon erzählt! Oder?“
„Nein, natürlich nicht.“ Dabei hob Rolf beschwörend die Hand an sein Herz. Eine Geste, die er aus seiner Jugendzeit ins Alter mitgenommen hatte.

„Wir sind da, hier steht die Eiche!“
„Ist ja toll! Wieso war ich noch nicht hier? Imposant, imposant!“ Der Professor war sichtlich beeindruckt von dem Umfang der alten Eiche. „Man bekommt ja richtig Ehrfurcht vor diesem Geschöpf Gottes. Oder kommt sie aus einer anderen Welt, wie mein Kollege Lehmann meint? Na, wir werden ja sehen.“
Er ging zu seinen Leuten vom THW und wies die beiden Mitarbeiter an, was sie machen sollten.
„Danke, Sie können jetzt gehen.“ Dabei reichte der Professor Rolf die Hand.
„Nein, ich bleibe hier. Dieses Schauspiel lass’ ich mir nicht entgehen.“ Rolf ging ungefähr fünfzig Meter weg, um alles besser beobachten zu können. Dem Professor war das nicht gerade Recht, wie man an seinem Gesicht sehen konnte.

Die Jungs vom THW luden ihre Leiter ab. Ein riesiges Ding, so etwas hatte Rolf noch nicht gesehen. Mit einer Handkurbel wurde sie ausgefahren. Es waren insgesamt 5 Leitern, die ineinander liefen. Rolf schätzte die Gesamtlänge auf ungefähr 22 Meter. Einer von den beiden Männern stieg auf die Leiter. Rolf sah ihm nach, bis er im Geäst der Eiche verschwand. Beide verständigten sich mit einem Funkgerät.
Nach ungefähr zehn Minuten bemerkte Rolf, dass irgendetwas passiert sein musste. Der THW-Mann unten an der Leiter sprach aufgeregt ins Funkgerät und dabei winkte er den Professor zu sich.
„Was ist los?“ rief Rolf zu den beiden rüber.

„Nichts, alles in Ordnung!“ rief der Professor zurück.
Nach einer Weile kam der zweite THW- Mann aus der Eiche wieder ans Tageslicht. Er hatte ein großes Stück Rinde und mehrere kleine bei sich, die er der Eiche oben abgeschält hatte. Der Mann war kreideweiß im Gesicht und verlor auf der Hälfte der Leiter fast das Gleichgewicht.
Rolf lief zu dem Professor. Er wollte genauer sehen, was da los war. Der Mann setzte den Fuß auf den Boden und sackte in sich zusammen. Die Rindenstücke riss der Professor ihm von dem Haken, an dem sie befestigt waren und brachte sie sofort zu seinem Wagen.

„Was ist passiert?“ fragte Rolf den blassen Mann.
„Der Baum!“ stotterte er. „Der Baum!“
„Was ist mit ihm?“ fragte sein Kollege, der nicht so richtig wusste, wie er ihm helfen konnte. „Der hat geblutet, als ich ihm die Rinde abgeschält habe.“
„Wie geblutet? Etwa so wie wir Menschen?“
„Nein, es war heller als unser Blut. Guck hier.“ Er zeigte auf seinen Ärmel am Arbeitsanzug, der tatsächlich hellrote Flecken aufwies.
„Nun mach mal halblang, mein Lieber. Ein Baum blutet zwar, das weiß doch jedes Kind. Aber nicht rot, sondern klar wie Wasser.“
„Es war rot, so wahr ich hier sitze! Und gestöhnt hat auch jemand, als ich die Rinde abzog!“ „Wie meinst du das?“ wollte sein Kollege wissen.
„Ich sag’ nichts mehr, du glaubst mir ja doch nicht.“

Der Professor kam von seinem Wagen zurück und erklärte die Aktion für beendet.
„Aber Sie wollten doch noch eine Probe von hier unten?“
„Nein, das hat sich erledigt. Es reicht auch so. Besten Dank, meine Herren! Ich muss jetzt los.“ Er drehte sich um und verschwand. Rolf wollte noch etwas von ihm wissen, doch der Professor winkte ab.

„Sie hören von mir!“ rief er Rolf zu, setzte sich in sein Auto und brauste davon.
„Sonderbares Verhalten“, dachte der, schüttelte den Kopf und wandte sich dem benommenen THW- Mann zu.
„Geht´s wieder, junger Mann?“ - „Danke, ja, so langsam!“
„Na, dann wünsche ich ihnen einen schönen Feierabend, und erholen Sie sich gut von diesem Schreck.“
Rolf ging zu seinem Auto und drehte sich noch einmal um, bevor er einstieg und nach Hause fuhr. „Komische Geschichte mit dem jungen Mann“, dachte er. Aber er konnte sich keinen Reim darauf machen. „Ich muss mit Pit darüber sprechen, damit ich wieder richtig schlafen kann und kein schlechtes Gewissen mehr ihm gegenüber habe. Und zwar heute noch!“

Die Aussprache

„Hallo, mein Schatz!“ begrüßte Rolf seine Frau. „Wo steckt unser Sohn?“
„Ich glaube, in seinem Zimmer. Er schien etwas verwirrt heute.“
„Das passt gut, ich bin auch etwas verwirrt. Am besten, ich gehe gleich mal hoch.“
„Mach das. Erinnere ihn bitte daran, er muss mir noch seine Hausaufgaben zeigen. Unser Sohn schlurt im Moment etwas in der Schule.“
Rolf ging leise die Treppe hinauf. Warum er das tat? Wusste er selber nicht. Es war sonst nicht seine Art. Jetzt stand er vor Pits Tür. Stimmen drangen an sein Ohr.
„Pit hat wohl Besuch,“ dachte Rolf. Warum hatte seine Frau ihm denn das nicht gesagt? Komisch! Er wollte gerade wieder umdrehen, denn was er mit Pit zu besprechen hatte, war nichts für fremde Ohren. In diesem Moment nahm er Wortfetzen auf, ohne dass er gelauscht hatte.
„Wie weit sind die Füchse mit ihren Planungen?“ war eine Frage. Oder: „Bekommt ihr genug Regenwürmer zusammen?“
Rolf wollte nicht stören. „Es geht wohl wieder ums Angeln“, dachte er sich.

Langsam ging er wieder die Treppe hinunter. Es war glatt. In der Eile hatte er keine Hausschuhe angezogen, er lief auf Socken.
„Das ging aber schnell!“ meinte Brigitte. „Bist du jetzt entwirrt?“
„Hör auf zu frotzeln! Er hat Besuch. Warum hast du mir davon nichts erzählt? Dann wäre ich gar nicht erst raufgegangen.“
„Besuch?“ fragte Brigitte. „Davon weiß ich nichts, habe auch nichts

gehört. Er hat sich doch wohl nicht eine Freundin mit nach oben genommen? Das wäre ja das erste Mal!“
„Mach dir keine Sorgen, mein Schatz. Die sprechen übers Angeln, und das sagt doch alles, oder? Lass ihn! Ich kann ja nachher mit ihm sprechen“, sagte Rolf und holte sich seine Zeitung, die immer erst mittags mit der Post kam.
Pits Mutter zögerte das Abendbrot etwas hinaus. Vielleicht ging Pits Besuch ja auch gleich. „Oder er muss mitessen“, dachte sie. Keine Regung aus seinem Zimmer.
Brigitte ging zur Treppe, dabei rief sie laut seinen Namen. Die Reaktion kam prompt.
„Ja, Ma, was gibt's?“ Pit steckte den Kopf durch die Tür.
Diese Gelegenheit nutzte Kobold und schlüpfte durch den Türspalt, um sein Herrchen zu begrüßen, der immer noch mit dem Kopf hinter der Zeitung steckte.
„Komm, wir wollen Abendbrot essen. Dein Besuch kann mitessen, wenn er will!“
„Was für ein Besuch?“ fragte Pit überrascht.
„Wieso, hast du da oben denn keinen von deinen Freunden?“
„Nein, wie kommst du darauf?“ Pit zeigte sich jetzt ganz und kam langsam die Treppe runter.
„Papa meinte, du hättest Besuch. Er hat Stimmen aus deinem Zimmer gehört.“
„Stimmen?“
„Ja, Stimmen! Frage ihn doch selber, er sitzt im Wohnzimmer. Am besten, du bringst ihn gleich mit. Das Abendbrot steht auf dem Tisch.“

„Hallo Pa, komm, wir wollen essen!“
„Ist dein Besuch weg?“
„Ich hatte keinen. Ma hat schon davon geredet.“
„Hältst du denn neuerdings Selbstgespräche? Ich dachte, ihr habt

vom Angeln geredet." „Wieso vom Angeln?" fragte Pit. Dabei zog er die Stirn in Falten.
„Du hast doch gefragt, ob sie genug Regenwürmer zusammenbekommen? Ich habe es ganz deutlich gehört."
Pit war im Moment etwas verstört, fing sich aber sehr schnell.
„Ach so, das! Das habe ich aus einem Buch gelesen."
„So, aus einem Buch. Und warum so laut?" wollte der Vater wissen.
„Ich habe Kobold was vorgelesen, nur so aus Spaß."
Rolf guckte seinen Sohn an, als wollte er sagen: Da hast du aber schon besser gelogen.
„Egal, komm. Wir wollen deine Mutter nicht warten lassen."

„Was ist los mit euch? Irgendetwas stimmt doch nicht?" fragte Mutter ihre beiden Männer. „Könnte man mich bitte mal aufklären, oder ist das reine Männersache?"
„Nein, das ist es nicht, mein Schatz. Ich muss was mit euch besprechen, das mir auf der Seele liegt!"
Brigitte schaute ihren Mann erschrocken an. Sie hatte anscheinend ins Schwarze getroffen.
„Es geht um die Geschichte mit deinen Dokumenten, Pit, die du gefunden hast. Und diesen Islandbericht im Fernsehen. Ihr wisst doch, die Weltspiegel-Geschichte."
Pit rutschte vor Schreck mit dem Messer aus. Er war dabei, gerade ein Stück Wurst abzuschneiden.
„Pass auf, Junge, sei vorsichtig!" rief besorgt die Mutter. Aber es war schon passiert.
„Ist nicht schlimm, Ma." Pit nahm seinen Finger in den Mund, um das Blut abzulecken, damit es nicht auf die Tischdecke tropfte. „Nur ein kleiner Kratzer, Ma."
„Zeig mal!" Seine Mutter zog ihm den Finger aus dem Mund und schaute sich die Wunde an.
„Geh ins Badezimmer, spül die Wunde aus und mach dir ein Pflaster drauf!"

Pit gehorchte sofort. „Dann kommen wenigstens keine weiteren Fragen von Vater“, dachte er. Falsch gedacht!
Kaum saß er wieder am Tisch, kam die befürchtete Frage: „Warum bist du so erschrocken, als ich von dem Dokument sprach? Verschweigst du uns vielleicht etwas?“
Pit war gefasst, er hatte sich im Griff.
„Erzähl du erst, was es Neues gibt. Dann erzähl’ ich euch auch was Neues“, schlug er seinem Vater vor.
„Also gut! Da läuft etwas, das du wissen solltest. Dieter hat mit mir zusammen dieses besagte Dokument entschlüsselt, wie du weißt. Wenn ich ehrlich bin: Ohne ihn hätte ich es wohl nicht geschafft. Mich hat die Sache ja nicht sonderlich interessiert. Aber Dieter, der war wie besessen von dem Stück Papier.
Als der Fernsehbericht über die Elfen in Island kam, erkannte er in dem Büro an der Rückwand die gleiche Karte, wie sie Pit gefunden hatte. Du weißt doch noch, er rief mich gleich darauf an. Jetzt kommt es. Haltet euch fest! Er ist mit den Unterlagen, die er sich natürlich kopiert hat, zur Uni gegangen. Ich schwöre dir, mein Junge, dass es nie in meiner Absicht lag, das Ganze zu meiner Sache zu machen. Es war dein Ding, und so sollte es auch bleiben. Allerdings habe ich dir den Ort, wo du das Dokument gefunden haben willst, nie so richtig geglaubt.“

Pit hatte etwas Farbe verloren. Ihm war nicht gut, als er das von seinem Vater hörte.
„Ich glaube, ich habe ein Problem“, sagte er leise vor sich hin.
„Wo liegt das Problem Junge?“ fragte seine Mutter.
„Ich weiß nicht, wie ich es euch sagen soll.“
„Du solltest uns ins Vertrauen ziehen! Ich habe das Gefühl, die Sache wächst dir über den Kopf.“
Stille herrschte in der Küche, keiner sagte ein Wort.
Pit stand auf: „Ich geh’ mal eben telefonieren. Ich kann nicht alleine

entscheiden, was ihr von mir verlangt. Durch Dieters Vorpreschen hat sich die Lage allerdings geändert."

Er ging zum Telefon, um Rena und den Langen anzurufen.

Rolf und Brigitte schauten beide zur Tür, in der ihr Sohn gleich wieder erscheinen musste. Beide waren gespannt auf das, was er ihnen zu sagen hatte. Es dauerte eine Weile, bis Pit wieder in die Küche kam.

„Da wir keine Zeit haben, erst den Elfenrat einzuberufen, haben Rena, der Lange und ich beschlossen, euch einzuweihen."

Pit sagte diese Worte auf dem Weg zu seinem Stuhl. Er setzte sich, nahm die Teekanne von dem Stövchen und schenkte sich die Tasse voll. Er war wie umgewandelt, seine Schultern schienen frei von Last zu sein.

„Was für ein Elfenrat?" wollte Rolf wissen.

„Nun lass doch mal den Jungen! Du siehst doch, dass er ganz aufgeregt ist", nahm Brigitte ihn in Schutz.

„Ihr müsst mir versprechen, nicht zu lachen! Ich erzähle euch jetzt eine Geschichte, die ihr nicht für möglich halten werdet. Versprochen?" Brigitte und Rolf guckten sich beide an. „Ja, versprochen!"

Pit erzählte die Geschichte, die er mit seinen Freunden und Rena erlebt hatte, bis zum Besuch im Elfenreich. Draußen war es inzwischen dunkel geworden, das Teelicht war schon lange erloschen.

Pits Eltern hatten sich nicht vom Platz gerührt. Sie kannten ihren Sohn sehr gut und waren stolz, wie er sich entwickelt hatte. Er war kein Träumer und kein Phantast, eher ein Realist, wenn man das in seinem Alter schon sagen konnte. Grabesstille herrschte in der Küche.

Pits Mutter war die Erste, die ihre Stimme wiederfand.

„Ich kenne dich wie kein anderer auf dieser Welt, du bist mein Fleisch und Blut. Mein Verstand sagt, dass du uns ein Märchen

erzählt hast. Aber mein Herz sagt, dass es die Wahrheit ist, die ich gehört habe. Also folge ich meinem Herzen."
„Danke, Ma!" Pit stand spontan auf und umarmte seine Mutter. „Und du, Pa, was sagst du?" „Ich weiß nicht, bin irritiert. Allerdings gibt diese Geschichte irgendwie einen Sinn, ich weiß nur nicht, welchen. Helfen werde ich natürlich, dein Problem zu lösen. Aber glauben kann ich das Ganze nicht, wenn ich es auch möchte."
„Danke, Pa, ihr seid die besten Eltern der Welt!"
Pit war sichtlich erleichtert. Er rief Kobold zu sich, nahm ihn auf den Arm und drückte sein Gesicht in das weiche Fell seines Freundes.

„Rena hat vorhin mit Lum gesprochen und sie um Rat und Hilfe gebeten, was euch betrifft." „Wenn ich aufgepasst habe, ist Lum doch die Elfe?" fragte der Vater.
„Ja, genau, sie ist es!"
„Und was hat sie gesagt?"
„Ihr werdet beide heute Nacht einen Traum haben. Einen Traum, der euch wie ein Film vorkommen wird. Dieser Film wird euch die von mir geschilderten Erlebnisse im Elfenreich zeigen."
„Na, da bin ich aber gespannt, du nicht auch?"
Rolf blickte seine Frau an und zwinkerte dabei mit dem rechten Auge

„Pa, erzähl! Was ist in der Uni mit den Unterlagen passiert?"
„Jetzt nicht, mein Junge. Lass mich bitte erst träumen heute Nacht. Dann erzähl' ich es dir morgen beim Frühstück."
„Warum nicht jetzt?"
„Nein, lass mich bitte, Pit. Wir machen es morgen. Das war alles ein bisschen viel heute."
„Gib deinem Vater die Zeit. Nagel ihn nicht fest, hörst du!" mahnte die Mutter.
Unzufrieden und mit dem Gefühl, etwas unfair behandelt zu werden, willigte Pit ein.

Diese Nacht würden Rolf und Brigitte wohl nicht so schnell vergessen.
Die Prophezeiung der Elfe Lum war eingetroffen. Sie träumten beide die gleiche Geschichte, wie es Pit vorhergesagt hatte.
Am nächsten Morgen hatten sie die Augen kaum geöffnet, da wollte der eine von dem anderen wissen, was er geträumt hatte. Nach kurzem Gedankenaustausch waren sich beide einig: Die Prophezeiung war eingetroffen.
„Du musst es glauben, Rolf, bitte!“ Brigitte legte den Arm um ihren Mann. „Du musst es glauben, bei unserer Liebe.“
„Ist gut, Schatz! Ich glaub’ es ja.“
Sie küsste ihren Mann zärtlich auf die Stirn. „Danke!“

Pit saß schon am Frühstückstisch und wartete auf seine Eltern.
Er hatte die ganze Nacht nicht richtig geschlafen. Immer musste er an seine Eltern denken. Ob sie den Traum hatten oder nicht?
Sie hatten ihn! Er sah es an ihren Gesichtern, als sie die Küche betraten.
„Na und, habt ihr geträumt?“
„Ja, haben wir!“ antwortete sein Vater. „Deine Mutter und ich haben eben beschlossen, dir, oder besser gesagt euch, zu helfen. Wenn wir können.“
„Das ist toll, Pa. Ihr könnt uns bestimmt helfen! Bitte, erzähl jetzt, was in der Uni mit den Unterlagen passiert ist. Bitte!“
„Ich kann nicht nur, sondern ich muss es dir erzählen. Die Sache kann von äußerster Wichtigkeit sein für euch.“

Pits Mutter deckte zwischendurch den Frühstückstisch. Dabei hörte sie aufmerksam zu, was die beiden Männer sich zu sagen hatten.Rolf erzählte seinem Sohn das Erlebnis mit dem Professor, den Dieter ihm auf den Hals gehetzt hatte.
„Das darf nicht war sein, so ein Idiot!“ rief Pit.

Sein Vater mahnte ihn zur Ordnung. Er versuchte, ihm die Lage zu erklären, in der Dieter gewesen war. Das beruhigte Pit keineswegs.
„Wenn der Professor jetzt irgendetwas Wichtiges in seiner Forschungsarbeit findet, was dann?“
„Das weiß ich auch nicht! Darum müssen wir unbedingt Kontakt zu ihm und Dieter halten. Damit wir wissen, was sie vorhaben.“
„Genau, Pa, das müssen wir! Hoffentlich findet der nichts Interessantes an der Baumrinde der alten Eiche.“

„Aber sag mal, Pit,“ Seine Mutter schreckte gerade die Eier ab, als sie sich in die Unterhaltung einschaltete, „habt ihr denn schon herausbekommen, wo der unterirdische Gang rauskommt? Ich meine den Schacht, der über dem ovalen Raum war?“
„Genau nicht, Ma. Wir vermuten, dass es im alten Klosterbereich liegen muss. Aber wo genau, das müssen wir erst noch erkunden.“
„Wieso fragst du danach, hast du eine Vermutung?“ wollte Rolf wissen.
„Nein, das nicht. Ich bin nur neugierig, das ist alles. Noch eine Frage:

Die Maulwürfe da unten im Elfenreich, haben die Augen?“
„Ja. Wieso fragst du, Ma?“
„Weil sie bei uns hier oben auf der Erde nämlich keine haben, sie sind blind.“
„Was soll das, Ma? Glaubst du mir nicht?“
„Doch, mein Junge! Es hat mich nur interessiert.“
„Ich möchte noch was wissen, Pit.“ Sein Vater stand auf, um an den Zuckertopf zu kommen, der am Ende des Tisches stand. „Hast du mal gesehen, ob da unten jemand was gegessen hat?“
„Nein. Das sind doch Seelen oder Geister, und die brauchen keine Nahrung. Wenn du mal tot bist, brauchst du auch nichts mehr zu essen, oder?“
„Ja, da hast du wohl Recht!“ stimmte der Vater zu.
Pits Eltern fragten und fragten, bis der Radiosprecher die Uhrzeit ansagte.

„Wir reden heute Abend weiter, ich muss los!"
Pits Vater riss mit der einen Hand die Jacke von der Garderobe und mit der anderen steckte er sich den Rest von seinem Brötchen in den Mund. Er verließ mit einem Handkuss, den er seiner Frau zuwarf, das Haus.

Im Labor

Der Professor war überzeugt davon, einer großen Sache auf der Spur zu sein. Das Stück Baumrinde war sehr groß ausgefallen. Er hatte Mühe, es ungesehen ins Labor zu schaffen. Eigentlich wollte er Feierabend machen, doch diese Geschichte beschäftigte ihn sehr.
Er hatte Professor Lehmann persönlich gekannt und dieser war damals eine Kapazität. „Ich suche andere Lebensformen und -räume“, hatte er seinerzeit seinen Kommilitonen anvertraut. Keiner hatte an den Erfolg seiner Forschung geglaubt. Er wurde unter Kollegen als Spinner betitelt, und nun das!
Der Professor legte ein Stück Rinde auf die Arbeitsplatte und zerschnitt sie in kleine Teile. Mit einem scharfen Messer schabte er von der Innenseite der Rinde die ihm nicht bekannte Substanz auf eine kleine Glasplatte und legte sie unter das Mikroskop.
Er traute seinen Augen kaum. Was er da sah, war ihm fremd. In seinen jahrelangen Studien hatte er so etwas noch nie gesehen! Die Theorie von seinem verstorbenen Kollegen kam ihm wieder in den Sinn. Es schien etwas dran zu sein.

Nach einigen Stunden konzentrierter Arbeit ließ er sich erschöpft in seinen Stuhl zurückfallen. Sein Gesicht hatte einiges an Farbe eingebüßt, denn es wurde langsam Tag. Das elektrische Licht hatte seine Schuldigkeit getan. Er knipste den Schalter seiner Arbeitslampe aus. Seine Hände strichen durch die wenigen Haare, die ihm geblieben waren. Früher war das einmal anders. Sein Spitzname war damals Wolle, weil die Haarpracht so üppig wuchs.
Langsam fielen ihm die Augen zu, und sein Kopf sank auf die Brust.

Er schlief ein und folgender Traum nahm Besitz von ihm:

Der Professor bekam ein Telegramm aus Schweden. Aufgeregt riss er den Umschlag auf, der aus kostbarem Papier war.
WIR GRATULIEREN stand da, in großen, goldenen Buchstaben.
Herrn Professor Bäuerle zum diesjährigen Nobelpreis für seine Verdienste in der Forschung der Naturwissenschaften! Professor Bäuerle hat bewiesen, dass unsere menschliche Existenz aus dem Universum kommt. Den Beweis hat er durch die Entdeckung der Lebensform von uralten Eichen erbracht.

Bäuerle sah sich fein angezogen in einem Frack vor dem schwedischen König, der ihm eine Urkunde überreichte. Alle Anwesenden im Saal erhoben sich von ihren dunkelblau gepolsterten Sesseln und applaudierten. In diesem Moment klopfte und ruckte es an der Tür. Eine Stimme rief: „Ist da jemand im Labor?
Hallo, aufmachen!"
Der Professor rieb sich die Augen. Eben war er noch beim schwedischen König, und jetzt, wo war er? Es dauerte einen Moment, bis er erkannte, dass alles nur ein Traum war und er immer noch in seinem Labor saß.

Mühsam erhob er sich aus seinem Schreibtischsessel. Er musste sich konzentrieren. Was war geschehen? Natürlich, die Baumrinde!Schnell nahm er seine Unterlagen und Notizen, steckte sie in die unterste Schublade und verschloss diese. Die Baumrinde, oder das, was von ihr übrig geblieben war, legte er in einen temperierten Behälter.

„Ist etwas passiert, Herr Professor?" hörte er eine Frauenstimme vor der Tür rufen.
„Nein, nein, ich komme!" Etwas verschlafen öffnete er die Tür. Mit

weit aufgerissenen Augen schaute er in das Gesicht der Reinemachefrau.
„Ach, Sie sind es! Ist es denn schon so spät?“ fragte der Professor.
„So früh!“ berichtigte die Frau ihn. „Es ist 6 Uhr morgens!“
„Oh, entschuldigen Sie! Ich habe noch gearbeitet, und darüber habe ich wohl die Zeit vergessen! Sie brauchen heute hier nicht sauber zu machen, das mache ich selber. Lassen Sie nur.“
Etwas irritiert nahm die Frau ihren kleinen Wagen, der ihr ganzes Arbeitsmaterial enthielt, und schob ihn kopfschüttelnd ein Zimmer weiter.

Hastig schloss der Professor wieder die Tür. Dabei lehnte er seinen Rücken dagegen, als wolle er sie zusätzlich sichern.
Die Reinemachefrau hörte das Umdrehen des Schlüssels. „Komisches Verhalten von dem Professor“, dachte sie. „Irgend etwas stimmt da nicht!“

Es war 6 Uhr und in 2 Stunden kamen schon die Studenten!
Der Professor musste schnell handeln und die Sache zu Ende bringen.
Er setzte sich wieder an seinen Arbeitsplatz, um die unterbrochene Arbeit fortzusetzen. Die Minuten verrannen wie im Flug. Seine Aufzeichnungen sah er noch mal durch, ohne weiterzukommen.
„Ich brauche die Baumscheibe!“ rief er. „Die Scheibe wird die Lösung bringen. Aber wie komme ich an sie heran? Die Eiche wird einen Durchmesser von ungefähr zwei Meter haben. Wenn ich sie absägen lasse, kann ich die Baumringe sehen und das genaue Alter feststellen, denn jedes Jahr bildet sich bekanntlich ein Wachstumsring.“ Er schlug sich vor Begeisterung auf die Oberschenkel, dass es nur so klatschte.
„Das ist die Idee! Aber wie schaffe ich das, ohne Ärger mit dem Naturschutz und den Grünen zu bekommen? Wer kann solch einen großen Baum fällen?“ Fragen über Fragen, die er noch klären musste.

Das Elfenzeichen

Isir, die Königin der Elfen, ließ nach Lum rufen.
Raul schickte die Botschaft in das Elfenreich. Es dauerte nicht lange, bis sie Lum erreichte, die sich gerade auf ein Seerosenblatt gelegt hatte, um ein bisschen auszuruhen.„Hier bin ich, meine Königin! Du hast mich gerufen?“
„Ja, Lum. Es ist gut, dass du da bist! Raul, lass uns bitte alleine.“
Der kleine Pelzmann verneigte sich artig und schloss hinter sich die große Tür.

„Meine liebe Lum, ich habe vorhin ein Elfenzeichen bekommen.“
„Ein Elfenzeichen?“ fragte Lum verwundert. „Ich dachte, dass es so etwas nicht mehr gibt.“ „Ja, das dachte ich auch.“ gab Isir zu. „Das letzte Zeichen habe ich vor einer Ewigkeit bekommen, wie du weißt.“
„Ist es ein gutes Zeichen gewesen?“ fragte Lum in der Hoffnung, dass ihre Königin es bestätigen würde.
„Nein, meine Lum, leider nicht. Es ist eine schlimme Nachricht für uns gewesen.“
„Warum wollt ihr mir diese schlimme Nachricht erzählen und nicht dem Rat?“ fragte Lum höflich.
„Weil ich keine Panik will und du meiner Meinung nach die Einzige bist, die uns vielleicht helfen kann.“
„Wie soll ich helfen und wobei?“ fragte Lum voller Ehrfurcht und ein wenig Stolz.
„Das Zeichen, das ich erhielt, hat folgendes gesagt: Eine von den alten Eichen soll von Menschenhand getötet werden, um das Alter

dieser Könige der Natur festzustellen. Wenn das geschieht, ist unser Vorhaben mit den Kindern gescheitert und damit wohl auch die letzte Hoffnung auf unsere Rettung."

„Oh, wie schrecklich!"
Lum musste sich festhalten, sonst wäre sie umgefallen, was sonst bei Elfen nie vorkommen kann. Nach einer Weile hatte sie sich wieder gefasst.
„Wie kann ich helfen, und wer ist der Mensch, der uns dieses antun will?"
„Ein Professor in der schlauen Schule der großen Stadt hat dieses vor. Das Zeichen sagt, es soll im Winter geschehen. Also haben wir noch eine kleine Chance, etwas dagegen zu unternehmen."
„Aber wie, meine Königin?"
„Es gibt in der schlauen Schule einen Jungen, der heißt Paco. Sein Herz ist rein wie Glas, wie das von Rena. Ihm können wir uns zeigen. Mit Rena und Pit zusammen können wir vielleicht herausbekommen, was der Professor vorhat."
„Welcher Professor?" fragte Lum.
„Der Mensch, der die Eiche sterben lassen will, heißt Professor Bäuerle. So sagt es das Zeichen."
Königin Isir hob ihre Hand und legte sie Lum auf die Stirn.
„Hier gebe ich dir meinen Segen und meine Kraft, die du brauchst, um das durchzustehen. Geh und versuche dein Glück, und wenn du scheitern solltest, bin ich dir nicht böse. Dann soll es so sein."
Lum wusste, dass sie jetzt gehen musste. Die Königin war durch das Handauflegen geschwächt. Ein Teil ihrer Energie war auf Lum übertragen.
Raul sprach sie vorsichtig an: „Ist alles in Ordnung, Lum?"
„Was ist? Ja, ja, alles in Ordnung, Raul. Danke, alles in Ordnung!"
„Nichts ist in Ordnung", dachte Lum. Was mach ich nur? Mit Mun werde ich mich beraten, sie kann den Mund halten. Königin Isir wird sicherlich nichts dagegen haben."

Mun und Lum trafen sich bei Felix in seinem Pilzhaus, um die Situation zu besprechen. Der alte Hase war das Urgestein im Elfenreich. Auch er wurde eingeweiht, als Einziger unter den Waldbewohnern.
„Wir müssen mit den Kindern Kontakt aufnehmen, so schnell es geht!“ meinte Felix.
„Sicher, du hast Recht. Sowie ich weiß, wollten sie kommen, um die Arbeiten an den Wurzeln zu begutachten“, erklärte Lum.
„Das passt prima. Dann treffen wir uns bei mir. Hier sind wir ungestört“, lud Felix sie ein.
„So machen wir es!“ Lum war zufrieden. „Ich werde mir in der Zwischenzeit mal den Paco ansehen!“ sagte sie und schwebte davon.

Paco saß über seinen Schulaufgaben. Es fiel ihm schwer. Die deutsche Sprache war sein Problem. Er war erst vier Jahre in Deutschland, fern seiner Heimat Chile. Ein Flugzeugunglück war schuld, dass seine Eltern nicht mehr lebten. Die Mutter war eine Deutsche, der Vater Chilene gewesen. Paco kam ins Heim. Keiner konnte sich drüben in Chile um ihn kümmern.
Eines Tages fuhr ein schwarzer Mercedes, an dem rechts und links kleine Fahnen hingen, vor das Tor. Alle Kinder in dem Heim liefen vor das Tor. Es war selten, dass ein Auto kam, und dann gleich so ein tolles. Ein Herr stieg aus und fragte nach Paco. Er konnte ja nicht wissen, dass dieser genau neben ihm stand. Paco war erstaunt.
„Meinen Sie mich?“ fragte er den großen Herrn.
„Wenn es sonst keinen Paco hier mehr gibt, dann meine ich dich.“
„Hier gibt's nur einen Paco!“ riefen die Kinder. „Da ist er.“ und zeigten mit ihren Fingern auf ihn.
Der große Herr ging in die Knie und schaute Paco in die dunkelbraunen Augen.
„Hast du Lust, mit nach Deutschland zu kommen, mein kleiner Freund? Deine Tante Lisa wartet da auf dich.“

„Au ja!“ rief er spontan.
Dabei wusste er gar nicht, wo Deutschland überhaupt lag. Aber das war egal. „Bloß hier weg“, dachte er.
„Spiel noch ein bisschen mit deinen Freunden, ich komme gleich wieder.“ Damit griff der Herr in seine Hosentasche und holte einen kleinen Vollgummiball heraus, auf dem eine Weltkugel abgebildet war.
„Hier!“ dabei zeigte er mit dem Finger auf eine bestimmte Stelle. „Hier liegt Deutschland, und da bist du jetzt.“
Die Köpfe seiner Freunde verdeckten das Sonnenlicht. Es war kaum was zu sehen. Alle wollten wissen, wo Paco demnächst wohnen würde.
„Bei Beckenbauer!“ rief einer der Knirpse über die Schulter von Paco.
„Ci ‚ci!!“ riefen sie alle durcheinander: „Beckenbauer, Germany!!“
Der feine Herr musste über die Kinder lachen. Beckenbauer kannten sie alle, aber keiner wusste, wo Deutschland lag. So war das damals in Chile.

Jetzt lag die kleine Weltkugel in Form eines Gummiballs vor Paco auf dem Tisch. Er hatte ihn damals als Glücksbringer und Talisman mitgenommen.
Nun war er hier, ohne Eltern, und musste sich zurechtfinden in diesem Deutschland. Das allerdings gelang ihm ganz gut, dank seiner Tante, die ihn vor drei Jahren aufgenommen hatte. Sie hatte das Konsulat eingeschaltet, da das Geld nicht reichte, um die weite Reise zu finanzieren.
Sie war zu ihm wie eine richtige Mutter. Er fühlt sich bei ihr sicher und geborgen. Lisa hieß sie. So sprach er sie auch an, was so manchen Außenstehenden allerdings verwunderte. Lisa wollte es so, warum auch immer.
Er legte den Kugelschreiber beiseite und stützte seinen Kopf in beide Hände. Die Finger spielten mit seinen krausen Locken, die ihm ins Gesicht hingen.

„Mist, ich kapier' das nicht!" schimpfte er vor sich hin. „Hoffentlich kommt Lisa bald."
Er wusste, dass sie nicht vor 18 Uhr kommen würde. Jetzt war es erst 15 Uhr. Lisa musste noch arbeiten, um das Geld aufzubringen, das beide zum Leben brauchten.

„Du wirst es schon noch lernen, Paco!"
„Wer war das? Ist Lisa schon da?" Er drehte sich zur Stimme um.
„Heee , cool! Wer bist du denn?" Mit großen Augen sah er Lum verwundert an. „Bist du ein Geist, oder so was?"
„Hallo, Paco! Ja, so was ähnliches."
Lum wollte ihm erklären, wer sie war und woher sie kam. Doch das war nicht möglich. Paco zeigte keine Spur von Schrecken, Angst oder Erstaunen und das hatte wohl etwas mit seiner Mentalität zu tun. Langsam stand Paco auf und ging auf Lum zu, die über sein Verhalten etwas erschrak. Er streckte seine Hand zu ihr aus. Paco wollte sie berühren.
„Wo bist du?" rief er. „Geh nicht weg, ich will dir nichts tun!"
Lum hatte sich unsichtbar gemacht. Der Junge war ihr zu ungestüm.
„Setz dich bitte wieder hin, Paco," hörte er eine Stimme sagen, „dann wirst du mich wiedersehen." Paco setzte sich wie gewünscht auf seinen Stuhl zurück.
„Hee cool, da bist du ja wieder! Bist du ein echter Geist oder einer wie im Film?"
„Ich bin kein Geist. Ich bin eine Elfe."
„Hee cool, ich bin Paco aus Chile, und das hier ist Moritz, mein Kater." Er zeigte auf einen Korb mit einer grünen Decke. Sie bewegte sich, wenn man genau hinsah, etwas rauf und runter. Der Kater musste wohl drunter liegen.

„Was willst du hier, Elfe? Vielleicht kannst du mir bei den Schulaufgaben helfen?"

Paco lachte über seinen Witz. Lum allerdings war verwundert über so viel Lockerheit des Jungen.
„Ich brauche deine Hilfe, Paco."
„Hee cool, das mach' ich. Wo liegt das Problem, Elfe?"
„Ich heiße Lum. Wenn du willst, kannst du mich so anreden."
„Au ja, Lum ist gut. Ich hatte mal einen Freund in Chile, der hieß Lumba. Er war ein guter Freund! Lum, ich helfe dir. Was soll ich machen?"
„So einfach ist das nicht, Paco. Wie ich aber sehe, gibt es bei dir keine Berührungsängste, und das erleichtert die Sache ungemein."
„Was sind Berührungsängste?" fragte Paco.
„Das Wort gibt es für dich wohl nicht. Lassen wir es dabei."

Lum erklärte Paco, warum sie bei ihm war. Dass sie in absehbarer Zeit Rena, Pit und ihn zusammenbringen wollte. Paco hatte gut zugehört. In keiner Phase war er verblüfft. Alles schien für ihn verständlich und nachvollziehbar.
„Coole Geschichte!" meinte Paco.
„Weißt du eigentlich, dass Lisa bei dem Professor sauber macht?" wollte Paco von Lum wissen.
„Nein, das wusste ich nicht! Bist du dir da sicher?"
„Ziemlich sicher sogar. Sie macht in der Uni die Räume und das Labor sauber."
„Das ist ja cool", rutschte es Lum heraus. „Ich meine, das ist ja gut. Jetzt sehe ich auch den Zusammenhang zwischen dir und dem Elfenzeichen von Königin Isir: die Uni."
„Sehe ich auch so. Vielleicht bekommen wir schneller was raus, als du glaubst. Ab und zu gehe ich mit, wenn Lisa nachmittags Dienst hat. Dann schiebe ich den Wagen. Macht Spaß. Vor allem in den langen Gängen, man kann da gut mit spielen."
„Lass dir Zeit, Paco. Ich möchte das erst mit Rena und Pit besprechen. Du wirst sehen, ihr werdet euch bestens verstehen. Nun

muss ich aber los. Ich werde mich wieder bei dir melden, und versprich mir: Kein Wort über die Geschichte!"
„Auch Lisa nicht?" fragte Paco.
„Auch Lisa nicht! Sie würde es dir sowieso nicht glauben, Erwachsene sind zu skeptisch. Also behalte es für dich. Wenn nicht, bringst du die ganze Aktion in Gefahr. Mach es gut, Paco!" „Halt, Elfe, ich meine, Lum!"
„Was gibt es noch?"
„Kannst du es mir erleichtern, die Schulaufgaben zu verstehen? Du sollst sie ja nicht für mich machen."
„Streng dich an, dann schaffst du es auch! Bist doch ein helles Köpfchen", sagte sie und verschwand lautlos, wie sie gekommen war.

„Echt cool, die Elfe! Hoffentlich kommt sie wieder, ich möchte doch zu gerne Rena und Pit kennen lernen."
Miau, miau! Moritz streckte seinen braungefleckten Kopf unter seiner Decke hervor. „Mensch, Kater! Du hast was verpasst. Hier war eine richtige Elfe!"
Moritz schien das nicht zu interessieren, sein Kopf verschwand wieder unter der Decke.
„Egal, das Leben ist hart. Da müssen wir durch!" Paco meinte seine Schulaufgaben. „Ich muss mich beeilen", dachte er. „Gleich kommt Lisa und dann muss ich ihr beim Kochen helfen."
Er nahm den Kugelschreiber, zog das Heft zu sich und begann die Aufgaben zu lösen, die für ihn vor einer halben Stunde noch fast unlösbar schienen.

Das lange Warten

Es waren Wochen vergangen. Rena und Pit hatten durch Lum erfahren, was der Professor im Schilde führte und sie hatten die Gruppe informiert.
Der Elfenrat hatte schon dreimal bei Oma und Opa getagt. Die Sachlage war immer die gleiche. Solange sie keine konkreten Hinweise auf das Vorgehen des Professors hatten, konnten sie nichts unternehmen.
Rena und Pit beaufsichtigten getrennt voneinander die Arbeiten an den Wurzeln im Elfenreich. Es ging gut voran. Paco hatten sie in der Zwischenzeit durch Lum kennen und lieben gelernt. Sein Humor war gleich bei den Kindern gut angekommen.
Er war, so oft es ging, in der Uni und half Lisa beim Saubermachen. Leider ohne Erfolg, was das Spionieren anging. Der Professor hatte sich bis jetzt nichts anmerken lassen.

Pit hatte seinen Eltern von den Neuigkeiten nichts mehr erzählt. Er wollte seinen Vater damit nicht zu sehr belasten. Allerdings fragten sie ab und zu, ob es nichts Neues gab in dem Elfenfall.

So vergingen Tage um Tage, die an den Nerven der Kinder zehrten. Es wurde kalt, die Adventszeit rückte näher und näher. Doch eines Tages kam Bewegung in die Sache.
Eine große Weihnachtsfeier war in der Universität angesagt. Der Rektor hatte Lisa gefragt, ob sie ein paar Sonderstunden einlegen könnte, um bei der Bewirtung der Gäste zu helfen. Als sie dem Rektor sagte, dass sie Paco nicht alleine lassen könne, bat er sie, ihn

doch mitzubringen. Er könne sicherlich hier und da jemandem zur Hand gehen und Lisa sagte sofort zu. Einen Extraverdienst zu Weihnachten, das konnte sie gut gebrauchen.
„Vielleicht kann ich Paco dann doch noch seine Schlittschuhe kaufen, die er sich so sehnsüchtig wünscht", dachte sie. Paco war außer sich vor Freude, als er davon hörte. Weihnachtsfeiern liebte er über alles, besonders die in der Uni.

Die Aula war festlich geschmückt. Überall hingen goldene Sterne von der Decke, es waren bestimmt Tausende. Lichterketten und Girlanden verschönerten die sonst so hässlichen Säulen der Aula. Die Tische waren mit grünen und roten Tischdecken bedeckt, die fast bis zum Fußboden reichten. Tischkarten zeigten an, wo die Professoren und das ganze Lehrpersonal saßen.
Paco hatten sie in eine kleine Pagenuniform gesteckt. Er sah witzig aus mit den goldenen Knöpfen an der Jacke und seinem Lockenkopf. Er hatte sofort den Platz von Professor Bäuerle ausgemacht. Vielleicht konnte er heute etwas herausbekommen. Wenn es auch nur ein kleiner Hinweis war, denn die Zeit wurde so langsam knapp für die Elfen.

Die Aula füllte sich langsam. Der Professor kam nicht allein. Bei ihm waren zwei Herren, die Paco nicht kannte. Sie waren von kräftiger, aufrechter Statur. Irritiert blieben sie vor dem Tisch des Professors stehen. Etwas schien nicht zu stimmen. Sie steckten ihre Köpfe zusammen, um etwas zu besprechen. Paco, der alles beobachtete, sah wie der Professor beide Männer an einen anderen Tisch brachte, um anschließend alleine zu seinem zugewiesenen Platz zurückzukehren.
„Irgendwie komisch", dachte Paco. „Das muss ich im Auge behalten."
Die Weihnachtsfeier war toll. Es gab Vorführungen, Ansprachen von wichtigen Leuten, und der Weihnachtsmann kam auch mit kleinen Geschenken. Nichts Besonderes war an dem Verhalten vom Professor und seinen beiden Begleitern zu bemerken.

Die Feier ging langsam zu Ende. Paco lief mit einem Behälter an den Tischen entlang und leerte die vollen Aschenbecher.
Ein netter älterer Herr klopfte ihm auf die Schulter mit den Worten: „Du warst fleißig, kleiner Page. Hier hast du einen Taler.“ Dabei griff er in seine Westentasche und zog ein Fünfmarkstück raus, das er um zwei Finger tanzen ließ. Paco staunte über so viel Geschicklichkeit und fing an zu klatschen.
„Hier, nimm es und versuch es auch mal!“
Paco nahm das Geldstück zwischen seine kleinen Finger, wie der Mann es getan hatte. Er wollte es auch tanzen lassen, doch das ging daneben. Es fiel zu Boden. Die Leute am Tisch lachten über seine Ungeschicklichkeit und prosteten sich zu.
„Egal, Junge, du hast es dir auch so verdient“, schmunzelte der ältere Herr und mit ihm alle, die noch am Tisch saßen.

Schnell bückte Paco sich nach dem Geldstück Wo war es?
„Hier rollt es!“ rief eine ältere Frau und zeigte mit dem Finger ihrer rechten Hand, der vor lauter Ringen fast nicht mehr zu sehen war, auf den Fußboden.
Tatsächlich, da rollte es. Zwischen den Füßen der Gäste. Es rollte und rollte. Keiner achtete mehr auf Paco, der seinem Geldstück folgte. Sonderbar kam es ihm schon vor, was für Wege das runde Metall machte. Es hätte schon längst umkippen müssen. Unter einem Tisch, der in einer Nische am Rande der Aula platziert war, blieb das Fünfmarkstück liegen.
Paco musste die Tischdecke hochheben. Sie hing herab bis auf den Fußboden. Er kroch unter den Tisch, um seinen Lohn an sich zu nehmen. Aber er konnte ihn nicht finden. Es war ziemlich dunkel durch die lange Tischdecke. Mit seinen Händen fühlte er den Boden ab. Nichts! Vorsichtig hob er die Tischdecke hoch, um etwas Licht unter den Tisch zu lassen. Da sah er plötzlich drei Paar Schuhe auf sich zukommen. Schnell ließ er die Tischdecke wieder herunter und

verhielt sich ruhig. Er wollte nicht auffallen. Was würden die Leute denken, die das mit dem rollenden Geldstück nicht mitbekommen hatten?
Er hörte die Schritte. Jetzt mussten sie genau neben dem Tisch sein. Gleich konnte er wieder nach dem Geldstück suchen.

Paco erschrak, er hörte eine Stimme sagen: „Hier setzen wir uns, hier sind wir ungestört!"
Er erkannte die Stimme sofort. Es war der Professor. Pacos Herz fing an zu rasen. Es schlug so laut, dass er seine Hand drauflegte, um es zu beruhigen. Die drei Männer setzten sich. Dabei schoben sie ihre Füße weit unter den Tisch. „Mensch, was für riesige Schuhe", dachte sich Paco, als er fast von dem einen Paar berührt wurde.

„Also, was habt ihr für Nachrichten mitgebracht?" fragte der Professor die beiden.
„Gute und nicht so gute", sagte eine tiefe Stimme mit leicht englischem Akzent.
„Zuerst die gute!" bat der Professor. „Und dann die schlechte."
„Die Gute ist, dass du deine Säge bekommst. Und die Schlechte, dass der Termin sich verschiebt."
„Um wie viel ?" wollte der Professor wissen.
„Um einen Monat. Es wird wohl Anfang März werden.
Die Waldarbeiter im Amazonasgebiet können im Moment auf keine Baumsäge in der Größe verzichten. Sie haben jetzt Hochkonjunktur."
„So ein Mist!" zischte der Professor durch die Zähne. „Gibt es denn woanders keine Sägen?" „Nicht mit der Schnittlänge. Das Sägeschwert ist 220 cm lang und hat an beiden Enden einen Motor, der die Messer antreibt. Nur so kann solch ein Riese, wie du ihn hier hast, gefällt werden. Vor allen Dingen, wenn es eine glatte Schnittfläche sein soll."
„Natürlich, das ist das Wichtigste. Sonst nützt mir das ganze Unternehmen nichts", gab der Professor zu verstehen.

„Wie sieht das mit der Genehmigung aus?“ wollte der andere Mann wissen. „Hast du sie bekommen?“
„Nein, die bekomme ich auch nicht. Das kann ich mir abschminken. Da brauche ich gar nicht erst zu fragen. Das müssen wir in einer geheimen Aktion machen. Ihr bekommt von mir jeder 10.000.- DM und könnt sofort verschwinden, wenn der Baum liegt und ich meine Baumscheibe habe. Es wird erheblichen Ärger geben. Wenn meine Forschung jedoch beendet ist, und ich beweisen kann, dass dieser Baum nicht von unserer Erde stammt, werde ich der größte Forscher unserer Neuzeit sein. Die ganze Geschichte unseres Planeten muss neu geschrieben werden. Ihr werdet sehen, es wird alles gut!“
„Also Professorchen, mit Genehmigung 10.000.-DM, ohne 20.000.DM. Unser Risiko muss auch belohnt werden!“
„Genau, Risiko“, brummte der andere. „Risiko ist immer schlecht!“
„Ihr seid Blutsauger. Woher soll ich denn das Geld nehmen?“ stöhnte der Professor.
„Nimm einen Kredit auf. Wenn du berühmt bist, kannst du ihn ja wieder zurückzahlen. Also, was ist? Schlägst du ein?“
„Mir bleibt keine andere Wahl. Also schlag’ ich ein!“
Einer von den dreien haute mit solch einer Wucht auf den Tisch, dass Paco fast die Ohren abfielen. Darauf folgte der zweite und dann der dritte Schlag. „Das war wohl so eine Art Besiegelung“, dachte Paco, der immer noch seine Ohren zuhielt.

„Nicht so laut!“ mahnte der Professor. „Also gut, wann geht euer Flugzeug?“
„Morgen Abend.“
„Wir wollen uns aber noch den Baum angucken, damit im nächsten Jahr keine Komplikationen auftreten.“
„Gut, ich werde euch morgen früh hinführen. Dann kann ich euch auch gleich die Anzahlung für die Säge mitgeben. Den Rest bekommt ihr, wenn der Baum liegt!“

„Gut, gut, Professorchen, so gefällst du uns!“ brummte die tiefe Stimme. „Komm, lasst uns wieder zu den anderen gehen, sonst fallen wir noch auf.“
Der Professor erhob sich als Erster von seinem Stuhl, die beiden anderen folgten ihm.
Paco saß wie versteinert unter dem Tisch. „Endlich,“ dachte er, „endlich tut sich was!“ Sein Fuß war eingeschlafen durch die verdrehte Haltung, die er einnehmen musste, um nicht aufzufallen. Langsam streckte er das rechte Bein nach vorne und löste sich aus der Verkrampfung.

„Da bist du ja, dich habe ich fast vergessen!“
Sein Blick ging zu dem Fünfmarkstück, das schräg angelehnt an einem der Tischbeine zur Ruhe gekommen war. Er nahm es an sich, legte es in die linke Handfläche und strich mit dem Daumen der rechten Hand sachte darüber.
„Danke, liebes Geldstück, dass du mich hierher geführt hast. Oder bist du gar kein Fünfmarkstück?“
In dem Moment, als er das sagte, löste sich das Geldstück in kleine Sternchen auf und verschwand spurlos. Er hatte zusehen können, weil die Tischdecke durch das Wegrücken an einem Stuhl hängen geblieben war und somit etwas Licht unter den Tisch fiel.

„Ich hab´s mir doch gedacht!“ sagte Paco zu sich. So konnte auch kein Geldstück rollen, wie dieses gerollt war. Sicherlich hatten die Elfen ihre Finger im Spiel. Schade, die fünf Mark hätte er gut gebrauchen können.
Vorsichtig krabbelte er aus seinem Versteck. Keiner bemerkte ihn dabei. Die Aula war jetzt ziemlich leer. Nur noch vereinzelt saßen Leute an den Tischen.

„Hier steckst du!“ hörte er eine vertraute Stimme sagen. Lisa hatte

ihn schon längere Zeit gesucht. „Wo warst du denn bloß?“
„Hier unter dem Tisch!“
„Wo?“ fragte sie. „Unter dem Tisch?“
„Nein, dort bei dem Fisch.“ Er zeigte auf ein Plakat an der Wand, auf dem ein Fisch abgebildet war, der für Fischgerichte aus der Kantine warb.
„Na, ist ja auch egal. Jetzt hab’ ich dich gefunden. Komm, wir wollen nach Hause, unsere Arbeit ist getan. Den Rest macht das Kantinenpersonal.“
Paco passte das gut. Er musste so schnell es ging Rena und Pit anrufen.“ Na, die werden staunen über die Neuigkeit!“
Auf dem Nachhauseweg pfiff Paco die ganze Zeit.
„Was ist los mit dir? Du bist so gut drauf!“ fragte Lisa.
„Es war eine schöne Weihnachtsfeier,“ antwortete Paco,
„ein sehr schöner Tag.“
Lisa wunderte sich. Ihr hatte diese Feier überhaupt nicht gefallen. Die langen Reden der Leute und die vielen Menschen. „Komisch,“ dachte sie, „das ist doch sonst nicht Pacos Ding. Egal, jetzt geht es nach Hause, und da machen wir es uns schön gemütlich“, dachte sie und fing auch an zu pfeifen. So zogen sie beide durch die Straßen, mit einem fröhlichen Lied auf den Lippen.

„Pit, Telefon für dich!“ rief seine Mutter. „Ein gewisser Paco!“ Schnell wie der Blitz kam er aus seinem Zimmer. Drei Stufen auf einmal waren es mindestens, die er mit einem Schritt nahm.
„Hier Pit, was gibt’s Paco?“
„Ich habe Neuigkeiten, endlich eine gute Nachricht. Die Aktion soll im März starten. Alles Weitere sage ich euch beim nächsten Elfentreffen. Im Moment können wir sowieso nichts machen.“
„Erzähl doch mal!“ bettelte Pit „Weißt du was Genaues?“
„Nicht jetzt am Telefon. Zu gefährlich! Wir haben doch nächste Woche schon unser Treffen!“ „Ist gut, vielleicht hast du Recht. Ich

sage den anderen Bescheid. Tschüß, mach´s gut!" „Okay, bis dann!" Paco hatte aufgelegt. „Wahrscheinlich konnte er nicht frei sprechen", dachte Pit.
„Endlich, endlich!" rief er aus. Dabei nahm er seinen Kobold auf den Arm und drehte mit ihm ein paar Pirouetten vor Freude.

Die Wintermonate Januar und Februar waren sehr kalt. Der Märzanfang zeigte sich jedoch von der Frühlingsseite. Die Kinder waren froh darüber. Das Wetter musste mitspielen, wenn die Rettungsaktion der Elfen gelingen sollte. Rena und Pit hatten in der letzten Zeit die meiste Arbeit.
Im Elfenreich machte sich eine gewisse Nervosität breit. Alle wussten inzwischen, worum es ging. Alles, was irgendwie helfen konnte, wurde eingespannt beim Heilen und Pfropfen der Wurzeln. Die Füchse waren voll des Lobes über das handwerkliche Geschick von Pit. Sie hörten auf seine Anweisungen, ohne groß zu diskutieren. Es war keine Zeit mehr dafür. 80 Prozent der kranken Wurzeln waren wiederhergestellt. Die restlichen 20 Prozent waren nur noch eine Frage der Zeit. Das große Fragezeichen allerdings war, ob sie den Belastungen standhalten könnten, denen sie demnächst ausgesetzt sein würden.

Der Lange hatte mit Kai und Björn den Monolithen schon etwas freigelegt und gesäubert. Dabei hatten sie festgestellt, dass er in der kalten Jahreszeit ständig eine gewisse Wärme ausstrahlte. Nicht stark, man konnte sich allerdings die Hände dran wärmen.
Die Eichen hatten sie von Efeu befreit, indem sie einfach unten die dicken Wurzeln oder den Haupttrieb durchgeschnitten hatten. Der starke Winter gab den Pflanzen den Rest. Sie hingen kraftlos an den Zweigen der Baumriesen und waren keine Gefahr mehr für sie. Alles schien jetzt von einem Zustand abzuhängen, der nicht mehr zu beeinflussen war.
Königin Isir hatte bei einer Besprechung mit Rena und Pit von einer

bestimmten Sternkonstellation gesprochen, die für die Reise der Gesandten nötig war. Leider konnte sie sich daran nicht mehr genau erinnern. Da fiel Pit das Dokument ein, und er zeigte es der Königin, die sofort die Sternkarte als die richtige erkannte. Eine Elfe wurde zu der alten Eiche geschickt, dem ehrwürdigen Herrn Watz, um den Sternenhimmel zu beobachten.
Lin, so hieß die Elfe, verzeichnete jede Nacht die neuesten Standorte der wandernden Sterne auf einem goldenen Vlies, das im Baumschloß aushing. So konnte jeder sehen, wie die Sterne ihre Position veränderten. Man konnte tatsächlich erkennen, dass eine Gruppe von 12 Sternen sich formierte und langsam die Positionen einnahm, die auf dem goldenen Vlies vorgegeben waren.

Rena und Pit, die das Schauspiel ab und zu verfolgten, erinnerten sich an die Fernsehbilder aus dem Raumfahrtzentrum in Houston, Texas.

Der Dicke hielt wie immer Kontakt zu Oma und Opa. Dem alten Herrn ging es zur Zeit nicht besonders. Ihm machten seine Beine immer mehr zu schaffen. Besonders bei der eisigen Kälte, die im Januar und Februar herrschte.
Der Schmerz war jedoch vergessen, wenn der Elfenrat zusammentraf. Die Kinder waren sein größtes Glück und natürlich die Geschichte mit den Elfen. Seine Gedanken waren oft bei Herrn Watz und seiner Baumhöhle. Wenn er damals gewusst hätte, dass der Baum ihn beobachtete, nicht auszudenken! Jetzt saß die Elfe Lin wahrscheinlich in seiner Höhle, um die Sterne besser beobachten zu können.
Der Tag, an dem die Rettung der Elfen erfolgen sollte, rückte immer näher. Vom Professor gab es nichts Neues zu berichten. Paco hielt als Spion Kontakt zu der Uni.
Es wurde Ernst im Elfenreich. Durch das Abschneiden der gesunden Wurzeln war ein Engpaß in der Versorgung mit Sauerstoff eingetreten. Die Wurzeln nahmen natürlich nicht sofort ihre Tätigkeit

bei den kranken Wurzeln auf. Das dauerte etwas, bis sie sich verbunden hatten - trotz der Regenwürmer, die zu Tausenden den Elfen zu Hilfe geeilt waren und sich um die Wurzeln wanden.

Durch die ständige Beobachtung der Sterne konnte Lin der Königin den Tag X genau vorhersagen. Von heute an in 10 Menschentagen sollte die genaue Konstellation der Sternengruppe erreicht sein und nur 24 Stunden andauern. Jetzt kam es drauf an! Rena und Pit wurden durch Lum sofort benachrichtigt und gaben diese Information natürlich an den Elfenrat weiter.

Die letzte Sitzung

Königin Isir rief den ehrwürdigen Rat zusammen. Rena und Pit waren auch geladen. Sie eröffnete die Sitzung mit einem leichten Schlag von einer der 7 Stelen, die alle vor ihr lagen. Ein Raunen ging durch den Saal. Noch nie hatte man alle 7 nebeneinander gesehen. Sie leuchteten von innen heraus in einem blassen Türkis-Ton. Dabei gaben sie einen sonderbaren, brummenden Ton von sich. Dieser verstummte, als sie die siebte Stele zu den anderen legte. Kaum hatte sie das getan, ging die leuchtende Farbe der Stelen in einen warmen goldenen Ton über, der aber nicht mehr diesen Leuchteffekt hatte. Alle Anwesenden setzten sich auf ihre Plätze. Man konnte die Spannung im Saal spüren.

„Dieses wird die letzte Sitzung des Rates sein, wenn unsere Rettungsaktion klappt. Wenn nicht, müssen wir uns wohl notgedrungen noch einmal zusammensetzen - falls das bei dem Energieverlust, den wir haben werden, überhaupt noch möglich ist. Seien wir also optimistisch, liebe Anwesende. Dank unserer Freunde Rena und Pit werden wir es schon schaffen. Ich möchte mich bei euch allen für die jahrelange Freundschaft bedanken. Ihr wart uns ein gute Hilfe und treue Freunde in unserem Reich. Ohne euch würde dieses Elfenreich sicher nicht mehr bestehen. Ich hoffe, wir Elfen waren nicht zu herrschsüchtig, und wenn, dann bitte ich euch Waldtiere um Verzeihung."

Die Königin fuhr fort: „Rena, Pit und ihre Freunde haben alles vorbereitet für den Tag X, der, wie ihr wisst, übermorgen sein wird.

Meine größte Sorge ist leider: Ich kann nicht versprechen, was mit euch passieren wird, wenn Rena die siebte Stele in den Monolithen steckt. Ich hoffe, ihr kommt dann mit auf die Reise in das Ungewisse, so wie wir es uns erhoffen. Alle müssen sich übermorgen um 12 Uhr nach oben begeben und sich um den großen Stein versammeln. Da eure Seelen oben auf der Erdoberfläche keine Gestalt annehmen wie hier unten bei uns, habt ihr alle Platz und keiner wird euch sehen. Das kann nur von Nutzen sein. Wir Elfen werden uns auch unsichtbar machen. Nur Rena, Pit und Paco werden uns natürlich sehen.

Bitte lasst alles hier! Nehmt nichts mit, an dem ihr vielleicht hängt. Es würde sowieso nicht mitreisen können. Die Ankündigung, dass ein heiliger Baum vorher von den Menschen getötet wird, indem sie ihn abschneiden, scheint nicht einzutreffen. Das Wetter ist klar, die Sterne sind gut sichtbar. Es sieht gut aus für unser Vorhaben. Bis auf zwei kranke Wurzeln von Baum 8 haben unsere fleißigen Helfer alle geheilt.

Jetzt zu euch beiden, Rena und Pit! Wir Elfen gehen einmal davon aus, dass es übermorgen klappt. Falls nicht, hat es bestimmt nicht an euch gelegen. Lange haben wir uns überlegt, wie der Lohn, oder besser gesagt, der Dank aussehen soll, den wir euch schulden."
Rena wollte entrüstet aufspringen. Sie hatte es doch gerne gemacht, es war eine Herzenssache für sie. Pit ahnte so etwas und drückte sie mit aller Gewalt auf den Stuhl zurück.
„Bleib sitzen," zischte er, „lass sie doch ausreden!"
Die Königin bemerkte das Gerangel zwischen den beiden.
Sie schaute zu Rena und sagte ihr: „Ich weiß, dass es eine Herzenssache ist für dich, trotzdem werden wir dich belohnen! Ihr sollt die Fähigkeit erhalten, wie hier unten im Elfenreich mit den Tieren zu sprechen. Aber nur, um damit Gutes zu tun! Die Tiere sollen euch helfen und zwar dort, wo kein Mensch mehr helfen kann. So wie ihr die Tiere eingesetzt habt, um uns zu retten, so soll es

weiter geschehen. Mit richtigen, leibhaftigen Tieren und nicht nur den Seelen. Diese Begabung soll nur solange Bestand eures Ichs sein, solange euer Herz rein ist, wie jetzt. Noch eines: Es wird kein Dialog zwischen den Tieren und euch stattfinden, sondern nur ein Gedankenaustausch. Eine Art Telepathie.
Zum Beispiel: Rena, du brauchst einen Vogel, der eine Nachricht von dir irgendwo hinbringen soll, so wie eine Brieftaube es macht. Dann denkst du dir diese Situation. Der nächste Vogel in deiner Nähe wird dir zur Verfügung stehen, auch wenn es gerade eine Elster sein sollte. Umgekehrt wird es genauso sein : Ein Hund sieht, dass du in Gefahr bist. Dieser ruft dir gedanklich zu, dass du in einer gefährlichen Situation steckst und schon kannst du ihr aus dem Weg gehen. So sehen keine anderen Menschen dich mit Tieren reden. Wenn sie es sehen könnten, würdest du Schwierigkeiten bekommen. Vielleicht müsstest du dann irgendwann in ein Irrenhaus, weil sie glauben, dass du nicht mehr bei Sinnen bist. Leider sind die Menschen so. Also mach das Beste daraus mit unserem Segen.
Und noch eines: Ihr müsst den alten Bäckermeister Anton morgen unbedingt mitbringen. Ich habe zum Abschied eine Überraschung für den lieben alten Mann, der immer an uns geglaubt hat. Wenn ihr noch Fragen habt, dann stellt sie bitte jetzt!“

Die Kinder kamen nicht dazu. Tosender Beifall brandete im Saal auf. Alle klatschten rhythmisch in die Hände oder Pfoten und riefen dabei die Namen der Kinder. Rena und Pit waren gerührt. So viel Begeisterung hätten sie in diesem ehrwürdigen Baumschloss nicht erwartet. Ihnen war nicht wohl dabei, weil der Erfolg ihrer Bemühungen ja noch nicht sicher war. Vor allem die Sache mit dem Professor war noch nicht ausgestanden. „Hoffentlich geht alles gut!“ dachten sie.

Die Königin hob ihren Arm, das Jubeln verstummte.
„Habt ihr noch Fragen?“

Rena und Pit guckten verstört. Ihre Hände hatten sich gesucht und gefunden, fest drückten sie zu. Das war Wirklichkeit, der Händedruck war ein Beweis. Pit erhob sich von seinem Stuhl, um eine Frage an die Königin zu richten.
„Können unsere Freunde auch mit den Tieren reden? Sie haben doch auch geholfen?“
„Es ehrt dich, dass du an deine Freunde denkst. Nein, lieber Pit, nur ihr beide habt diese Begabung. Vielleicht noch Paco, wenn ihr es unbedingt wünscht.“
„Ja, bitte!“ Renas Stimme überschlug sich fast. „Paco auch!“
„Warum denn Paco?“ wollte Pit wissen.
„Weil er zu uns gehört und drei besser sind als zwei.“
„Meinetwegen“, brummelte Pit vor sich hin. Es gefiel ihm zwar nicht, aber um des lieben Friedens willen stimmte er zu.
„Werden wir euch wiedersehen?“ fragte Rena.
„Das kann ich dir nicht sagen, meine Liebe. Vielleicht irgendwann, irgendwo, in weiter Ferne. Falls wir unsere Gesandten wiederfinden, oder ein anderes Zuhause.“
Pit und Rena hatten keine Fragen mehr, sie waren einfach zu aufgeregt.
„Dann lasst uns auf übermorgen hoffen! Die letzte Sitzung im Elfenreich ist hiermit beendet!“ Königin Isir schwebte von ihrem Thron zu den Kindern, und alle folgten ihr. Zuerst zogen die 99 Elfen an ihnen vorbei, dann kamen die Tiere
Jeder wollte Rena und Pit seinen Dank aussprechen. Felix, ihr alter Freund, der Hase war der Erste, und viele seiner Artgenossen, wie Schlaumeier Fuchs, die Eulen und andere Vögel, zogen wie die Wildgänse an ihnen vorbei; Schnecken, Ameisen, Rehe, Waschbären, Eichhörnchen in großer Zahl und Frösche, die vor Begeisterung große Sprünge machten. Es war ein Fest der Freude. Man mochte sich gar nicht vorstellen, dass übermorgen alles vorbei sein sollte.

Pacos Abenteuer

In der Zeit, als Rena und Pit ihre letzte Besprechung im Elfenreich hatten, stand Paco vor großen Problemen. Er musste alleine handeln. Es war keine Zeit mehr, sich mit seinen neuen Freunden in Verbindung zu setzen. Was war passiert?

Vor drei Tagen war eine riesige Holzkiste in der Uni angeliefert worden. ‚Zu Händen Professor Bäuerle' stand drauf. Lisa hatte beobachtet, dass zwei kräftige Männer, die sie irgendwo schon einmal gesehen hatte, diese Kiste in ein Lager zogen.
„Was da wohl drin ist?" fragte sie Paco.
Ihm hatte sie diesen seltsamen Vorgang erzählt. Noch nie hatte sie solch eine Kiste in der Uni gesehen. Vielleicht neue Büromöbel? Doch eines war komisch gewesen bei der Sache: Die beiden Männer drehten sich ständig um, als hätten sie Angst, beobachtet zu werden. Es wirkte sehr geheimnisvoll.

Paco ließ sich nicht anmerken, dass es für ihn von großem Interesse war, was er da hörte. Er wusste, wo das Lager war. Also kein Problem für ihn, die Kiste zu finden. Als es dunkel wurde, ging Paco zu Lisa.
„Ich gehe noch für eine Stunde weg, komme gleich wieder!"
„Wo willst du denn jetzt noch hin, mein Junge? Es wird doch schon dunkel."
„Ich muss noch was von Stefan holen. Das brauche ich unbedingt für die Schule."
„Ihr seht euch doch morgen in der Schule. Ruf ihn doch an. Er soll das mitbringen, was du brauchst."

„Nein, Lisa, das geht nicht. Stell bitte keine weiteren Fragen, ich bin gleich wieder zurück.“ Die Tür fiel ins Schloss, Paco stand auf der Straße.
„Jetzt muss alles schnell gehen“, dachte er und lief zu dem Fahrrad des Jungen von nebenan. Er mochte ihn nicht besonders, aber sein Fahrrad war spitze und gerade nicht abgeschlossen. Es lehnte an der Hauswand und wartete förmlich auf ihn. Schwups, mit einer eleganten Bewegung schwang er sich auf das Rad und sauste los. Es dauerte keine fünfzehn Minuten, bis das Tor der Uni vor ihm auftauchte. Völlig außer Puste stellte er das Rad an den Zaun, der das Universitätsgelände umgab.

Jetzt nur vorsichtig sein! Wie wollte er überhaupt vorgehen?
„Egal, erst mal die Lage peilen“, dachte er sich und huschte am Pförtner vorbei. Im Lager brannte Licht. Man konnte es von weitem schon sehen.
„So ein Mist,“ dachte er, „da scheint jemand drin zu sein.“ Langsam schlich er sich an das Fenster. Es war zu hoch, oder er zu klein. Sein Blick ging nach rechts. Da lag eine Weinkiste aus Holz, die er im ersten Moment übersehen haben musste.
Paco holte sie sich in gebückter Haltung, um sich noch kleiner zu machen. Die Kiste war hoch genug für ihn. Jetzt konnte er sehen, was sich drinnen abspielte.
„Da, die Säge!“ Vor Schreck hielt er sich die Hand vor den Mund. Die beiden Holzfäller von der Weihnachtsfeier in der Uni waren dabei, dieses riesige Ungetüm zusammenzubauen. Besser gesagt, sie hatten es schon zusammengebaut. Nur die Kette der Säge musste noch aufgelegt werden.

Paco wendete sich vom Fenster ab, um zu sehen, ob die Luft noch rein war.
„Keine Menschenseele zu sehen“, dachte er. „Haben wohl schon alle Feierabend gemacht.

Was mache ich denn jetzt? Irgendwie muss ich an die Säge kommen und sie unbrauchbar machen!" überlegte Paco. Plötzlich hörte er eine Tür klappen, es kam aus dem Lagerraum. Er konnte es gut hören, da das Oberlicht von dem Fenster, an dem er stand, ein bisschen geöffnet war.
„Na, alles klar?" hörte er eine Stimme sagen, die er kannte. Der Professor! Paco wurde kalt und heiß zugleich.
„Läuft das Ding auch?" hörte er ihn fragen.
„Warum sollte es nicht?!" antwortete einer der Männer. „Im Moment ist nur noch kein Benzin drin. Apropos Benzin. Hast du was hier, Professorchen?"
„Natürlich nicht!" hörte Paco ihn sagen. „Das kann ich aber gleich noch an der Tankstelle ein paar Straßen weiter besorgen."
„Dann mach das mal schnell. Wir sind soweit fertig. Die Kette legen wir erst morgen, wenn wir am Baum sind, drauf!"
„Morgen, hatte er morgen gesagt? Wie schrecklich", dachte Paco. „Das muss ich verhindern, um jeden Preis! Aber wie? Wenn ich das nicht schaffe, war alles umsonst.....!"
„Hol du mal das Benzin, wir gehen in der Zeit eine rauchen!" hörte er den Holzfäller sagen. „Gut Jungs, wie viel Liter braucht ihr denn?"
„Je 10 Liter müssten reichen, also 20 Liter. Aber Super."
„Gut, bin gleich wieder da!"

Paco sprang von seiner Kiste und schubste sie mit einem Fuß weit weg, damit kein Zusammenhang zwischen dem Fenster und der Kiste erkennbar war.
Langsam schlich er sich an die Hausecke, um die Tür beobachten zu können. Da ging sie auch schon auf, und der Professor kam zum Vorschein. Kaum war er verschwunden und die Tür automatisch wieder ins Schloss gefallen, ging sie schon wieder auf. Die beiden Männer traten auf den Hof.
„Herrliche Luft," hörte er den einen, „besser als in dem stinkigen Lager!"

„Das kannst du laut sagen", antwortete der mit der tiefen Stimme und den großen Füßen. „Ich muss mal pinkeln."
„Gute Idee", meinte sein Kumpel. Daraufhin gingen beide zu den Bäumen, die am anderen Ende vom Hof standen, etwa dreißig Meter entfernt von der Lagertür.
Das war Pacos Chance. Wie ein Wiesel flitzte er zur Tür und gleichzeitig ins Lager. Sein Herz schlug ihm bis zum Hals. Mit ein paar schnellen Schritten stand er vor der Sägemaschine. Sie kam ihm noch größer vor, als er es vom Fenster aus vermutet hatte.
„Was mach' ich denn jetzt bloß? Wie kann man das Ding so verändern oder beschädigen, dass es nicht läuft?"
Er hatte keine Ahnung von Maschinen. Überhaupt, Technik war nicht seine Welt. Bis auf den Computer, aber der auch nur zum Spielen, wenn er ehrlich zu sich selber war.

Die Zeit sauste dahin. Gleich kamen sie wieder und er hatte die Chance nicht genutzt. Seine Hand griff in die Hosentasche. Was hatte er denn für Möglichkeiten? Paco fühlte den kleinen Talisman. Der kleine Vollgummiball mit der Weltkugel drauf, den ihm der nette Herr aus der Botschaft in Chile mal geschenkt hatte, um ihm zu zeigen, wo er hingebracht werden sollte. Paco schaute auf den Ball.
„Was mach' ich mit dir?" fragte er in Gedanken.
„In den Tank stecken", hörte er eine Stimme, die er nie vergessen würde. Es war die Stimme von Lin, der Elfe.
„Genau, in den Tank stecken! Das ist es!"
Aufgeregt suchte er nach dem Tankverschluss der Säge. Da war er, verschlossen durch einen handtellergroßen Deckel.
Mit aller Kraft versuchte Paco den Verschluss abzuschrauben, was ihm auch gelang. Unter dem Deckel war der Einfüllstutzen. Er schien kleiner als bei einem Rasenmäher. Paco nahm schnell den Ball und wollte ihn in den Tank stecken, aber er passte nicht rein. Sein Umfang war zu groß. Plötzlich fing der kleine Gummiball an,

in sich zu schrumpfen. Er wurde kleiner. Verdutzt beobachtete Paco den Vorgang.
„Jetzt wird er passen!“ hörte er Lins Stimme.
Schnell nahm Paco den Ball, um es noch einmal zu versuchen. Es klappte. Mit einem leisen „Pling“ fiel der Gummiball in den Tank. Schnell drehte Paco den Tankdeckel wieder drauf, denn er hörte Stimmen. Mit einem Satz sprang er in die Holzkiste, in der die Säge transportiert worden war und machte sich so klein, wie es eben ging.

Die beiden Männer betraten gleichzeitig wieder das Lager und mit ihnen der Professor.
„Na, dann kann's ja losgehen. Gib mal den Benzinkanister!“
Der kräftige Mann nahm den Kanister und füllte das Benzin in den Tank der einen und dann der anderen Säge.
„Lass mal an!“ sagte er zu seinem Kollegen, der daraufhin auf den Anlasser drückte. Ein ohrenbetäubender Lärm war zu hören. Schien gut zu laufen, der Motor.
„Jetzt du, komm, mach schon!“ Der Angesprochene drückte ebenfalls auf den Anlasser, jedoch ohne Erfolg. Paco in der Kiste rieb sich die Hände. Es schien zu klappen.
„Was ist los?“ fragte der mit der tiefen Stimme. „Kommt kein Benzin?“
„Nee, der Benzinschlauch ist leer.“
„Dann drück doch mal auf die Pumpe, wahrscheinlich ist der Schlauch verstopft.“ „Tatsächlich, jetzt kommt was.“
„Na, siehst du. Hör auf Papa.“
„Versuch noch mal.“ Der Motor sprang sofort an.
Das Gesicht vom Professor strahlte: „Dann kann es ja morgen früh um 10 Uhr losgehen.“ Kaum hatte er das gesagt, fing der Motor an zu stottern und ging dann aus.
„Was ist denn jetzt schon wieder los?“ fragte der Professor.
„Der Benzinschlauch ist schon wieder leer.“
„Das kann doch nicht sein!“ rief die Bassstimme. „Lass mal sehen.“

Nach einer halben Stunde schmiss er den ölverschmierten Lappen in die Kiste und schimpfte wie ein Rohrspatz. Paco hatte Glück, dass er den Lappen nicht abbekam.
„Das gibt´s doch nicht! Irgendetwas ist in dem Tank, was die Benzinzufuhr blockiert! Ich kann es aber nicht sehen, weil der Tank in sich eine Krümmung hat. Irgendetwas muss sich da festgesetzt haben."
„Was soll das heißen?" wollte der Professor wissen.
„Das soll heißen, dass wir den Tank ausbauen müssen. Dafür brauchen wir aber einen Spezialschlüssel. Und den habe ich nicht."
„Was heißt ‚nicht haben'?" fragte der Professor wütend.
„Nicht haben heißt nicht haben! Ich habe diesen Schlüssel nicht, kann ihn aber morgen besorgen."
„Ist das dein letztes Wort?"
„Ja, mein letztes. Was soll ich machen, ich kann mir doch keinen schnitzen!"
„Na gut, dann verschieben wir das Ganze um einen Tag. Schaffst du es morgen?"
„Wir werden sehen. Ich versuche es, kann aber nichts versprechen."
„Gut, dann lasst uns Schluss machen für heute."
„Soll die Säge wieder in die Kiste?" fragte der mit den großen Schuhen. Paco blieb fast das Herz stehen. Angstschweiß tropfte von seiner Stirn.
„Nein, nimm hier die Decke. Das muss reichen. Hier kommt sowieso keiner her!"

Nach einer Weile ging das Licht aus, Paco war allein. „Erstmal tief durchatmen", dachte er und erhob sich aus seiner gebückten Haltung. „Das hast du gut gemacht!" sagte er zu sich selbst und haute dabei mit einer Hand auf seine rechte Schulter. Wenn Paco gewusst hätte, was in der gleichen Zeit im Elfenreich besprochen wurde, hätte er bestimmt beide Hände genommen. Für die andere Schulter auch noch eine.

„Wie komm' ich wieder hier raus?"
„Natürlich durch die Tür, ein Notschlüssel hängt gleich daneben."
„Hallo, Lin! Danke für den Tip mit dem Ball und deine Hilfe."
„Bitte, bitte! Es war ja in meinem, oder besser gesagt in unserem Interesse. Du hast durch deinen Mut Großes geleistet. Wenn sie dich hier gefunden hätten, wäre wohl alles aus gewesen."
„Jetzt muss ich aber sehen, dass ich hier schnellstens rauskomme. Lisa wird sich Sorgen machen, wo ich bleibe."
Der Schlüssel hing neben der Tür in einem Blechkasten mit einer Scheibe, die allerdings eingeschlagen war, genau wie Lin es gesagt hatte. Scharfe Glassplitter, die noch im Rahmen steckten, zwangen ihn zur Vorsicht. Es klappte, und der Schlüssel passte. Er ließ sich leicht umdrehen, und die Tür war auf. Behutsam hängte ihn Paco wieder an seinen Platz und schloss die Tür hinter sich.

„Lin, bist du noch da?"
„Ja, Paco. Was kann ich für dich tun?"
„Du fliegst doch jetzt wieder ins Reich. Bitte erzähl der Königin von dieser Geschichte. Es wird sie beruhigen."
„Das hätte ich sowieso getan. Aber lieb, dass du mich dran erinnerst. Falls Rena und Pit noch in der Sitzung sind, werde ich es ihnen auch sagen. Ansonsten bitte ich Lum, das zu tun."
„Au fein, dann kann ich jetzt schnell zu Lisa nach Hause fahren."
„Mach das, lieber Paco. Vielleicht sehen wir uns heute noch."
„Au, ja, das wäre toll, und dann kannst du mir noch von der Sitzung erzählen. Ich wäre doch so gerne dabei gewesen."

Das Rad stand noch am Zaun, so wie er es hingestellt hatte. Paco fühlte sich wohl in seiner Haut. „Ein tolles Gefühl ist es, wenn man so etwas vollbracht hat", dachte er. „Eigentlich bin ich ein kleiner Held."
„Eigenlob stinkt!" hörte er Lin sagen.

„Ich dachte, du bist schon weg. Es ist gemein von dir zu lauschen." Dabei lachte er übers ganze Gesicht und schwang sich auf sein geliehenes Fahrrad.
Lisa war schon voller Sorge.
„Junge, wo warst du?" überfiel sie ihn, als er die Haustür aufschloss.
„Drei Stunden bist du weg gewesen!"
„Ich, ich war, ich..." stotterte er vor sich hin.
„Schon gut, mein Kleiner! Du bist ja wieder da." Sie nahm ihn in beide Arme und drückte ihn so sehr, dass man ihn kaum noch sah. Lisa und er machten sich noch zwei schöne Stunden, bevor sie ins Bett gingen. Paco verschränkte seine Arme hinter dem Kopf, und dabei dachte er an den Herrn in Chile, der ihm den Gummiball gegeben hatte. „Ob es schon damals eingeplant war, dass dieser kleine Ball vielleicht das Elfenreich retten sollte? Oder war es nur Zufall?"
„Das war wirklich nur Zufall, Paco." Lin war gekommen, wie sie es versprochen hatte. Sie saß in ihrer vollen Schönheit auf seinem Nachttisch, genau neben ihm.
„Oh, wie schön du bist. Wenn dich doch nur Lisa einmal sehen könnte!"
„Du weißt, das geht nicht, Paco. Ich bin hier, um dir zu erzählen, dass die Elfen und Waldtiere dich übermorgen brauchen, um ihre Reise anzutreten. Die Sterne stehen günstig. Übermorgen um 12 Uhr wollen wir es versuchen. Du siehst, wie wichtig das war, was du heute vollbracht hast!"
„Ich hab' aber Schule. Wie soll ich das machen?"
„Es wird ein Duplikat von dir auf deiner Schulbank sitzen. Keiner wird etwas merken."
„Was ist ein Duplikat, Lin?" „Ein Ebenbild von dir, wie ein Zwillingsbruder."
„Hee cool! Das könnt ihr machen?" „Ja, das können wir."
„Kannst du das mit mir öfter machen? Solch einen Zwilling könnte ich ab und zu gebrauchen."

„Das kann ich mir denken, schlaf jetzt. Du brauchst deine ganze Kraft für den großen Tag.“ „Was ist, wenn die Säge morgen schon wieder geht?“
„Das wird sie nicht. Ich werde schon dafür sorgen, dass es nicht passiert. Dank deiner Hilfe wissen wir ja jetzt, wo die Gefahr lauert.“
Paco wollte noch etwas sagen, aber zu spät. Lin verschwand im Dunkel der Nacht.

Der Tag X

Als die Sonne aufging, bemühte Rena sich, einen besonders schönen Tag zu zaubern. So sah es wenigstens aus.
„Was wird er bringen?“ fragte sie sich, die im Bett saß und ihren Gedanken nachging. Von ihr würde es abhängen, ob der Tag erfolgreich endete. Heute war der Tag X.
Was würde passieren, wenn sie die Keile, oder wie die Elfen sagten Stelen, in den Monolithen steckte? Würde überhaupt etwas passieren? fragte sie sich. „Vielleicht war das beim letzten Mal ein Zufall, wer weiß?“ Das Schlimmste für sie war, dass sie ihren Eltern davon nichts sagen durfte. Gerne hätte sie sich ihnen anvertraut.
Rena stand langsam auf, schlich über den Flur zu Siegberds Zimmer und versuchte, die Tür leise zu öffnen, was ihr auch gelang. Sie war überrascht, ihr Bruder saß ebenso wie sie im Bett und konnte wahrscheinlich auch nicht mehr schlafen.
„Kann ich zu dir kommen?“
Der Lange schlug die Bettdecke etwas auf, unter die sie schnell schlüpfte. So saßen sie beide nebeneinander und gaben sich Halt für das, was sie heute machen wollten.

„Wenn das heute schief geht, was dann?“ fragte sie.
„Was soll schon schief gehen? Die größte Gefahr hat Paco ja außer Betrieb gesetzt, wie Lum erzählt. War sie auch noch bei dir?“
„Ja, ich war gerade am Einschlafen, als sie mir die tolle Nachricht brachte. Ein Teufelskerl, dieser Paco.“
„Ja, er hat Mut, das muss man zugeben“, stimmte ihr Bruder zu.
„Wie fangen wir den Tag an?“ wollte Rena wissen.

„Nach dem Frühstück gehen wir zur Schule, wie jeden Tag. In Wirklichkeit gehen wir natürlich zu dem alten Bäckermeister Anton. Unsere Freunde treffen so gegen 11 Uhr beim Monolithen ein. Sie müssen erst zur Schule, weil sie keine Duplikate haben. In ihrem Stundenplan ist von 10 bis 12 Uhr Turnen angesagt, da wollen sie schwänzen. Der Dicke freut sich schon. Er hat zum Turnen sowieso keine Lust."

„Ob das mit den Doppelgängern klappt, was meinst du?"

„Ich glaube schon", meinte Siggi. „Bis jetzt hat alles geklappt, was die Elfen in die Hand genommen haben."

„Hast du dir denn schon was einfallen lassen, wie wir Oma und Opa zu dem Monolithen bekommen, Bruderherz?"

„Das wäre schlecht, wenn nicht, Schwesterherz. Björn und Kai haben den alten Handwagen sauber und wieder flott gemacht. Einen Sitz haben sie auch eingebaut. Wir werden Opa schön in Wolldecken einwickeln, und dann wird es schon gehen."

„Und was ist mit Oma?"

„Oma hat gesagt, dass sie den Weg zu Fuß schafft, wenn wir ihr genug Zeit geben und nicht so hetzen."

„Das glaubst du doch selber nicht!"

„Doch! Sie will auch versuchen, ein Stückchen mit dem Fahrrad zu fahren. Kai hat es wieder in Schwung gebracht."

„Na gut. Wann wollen wir denn bei dem Monolithen sein?" fragte Rena.

„So gegen 11 Uhr, wie die anderen auch. Vorher können wir doch nichts machen. Im Gegenteil! Es könnte auffallen, wenn wir uns da vorher aufhalten."

„Schön warm bei dir im Bett! Früher haben wir das öfter gemacht, weißt du noch?"

„Na klar weiß ich das noch."

„Warum machen wir das heute denn nicht mehr?" fragte Rena ihren Bruder.

„Weil unsere Eltern das nicht mehr wollen. Wir sind dafür schon zu alt, meinen sie.“ „Komisch, finde ich nicht, du vielleicht?“
„Nein, aber darum geht es nicht. Das hat was mit unserem Geschlecht zu tun.“
„Und warum liegen Mama und Papa in einem Bett?“
„Das ist was anderes, die sind schon groß.“
„Versteh' ich nicht.“
„Musst du auch nicht. Komm Rena, wir müssen aufstehen. Es wird Zeit!“
„Ist irgendetwas, Kind?“ Rena ließ ihre Mutter gar nicht wieder los beim Abschied. „Bist du etwa krank?“
Ihre Hand legte sich auf die Stirn ihrer Tochter. „Du bist ja ganz heiß, mein Kind. Geht es dir nicht gut?“
„Doch Mama, mir fehlt nichts. Es geht schon!“ Rena löste sich von ihrer Mutter und ging vor die Haustür.
„Ich hab' dich lieb!“ sagte sie aus einiger Entfernung und rannte davon. Mit einer Hand konnte die Mutter den Langen gerade noch an der Schultasche zu fassen kriegen, bevor auch er verschwand.„Junge, pass bitte etwas auf deine Schwester auf. Irgendetwas stimmt nicht. Ich glaube, sie wird krank.“
„Mach ich, Mama, versprochen. Mach dir bitte keine Sorgen!“
Die Mutter schaute den beiden Kindern nach. Sie hatte ein eigenartiges Gefühl und es war auf jeden Fall kein gutes.

Der Weg zur Bäckerei kam ihnen länger vor als sonst. Pit empfing sie beide an der Eingangspforte mit einem kräftigen „Hallo!“
„Warst du schon drin, bei Opa?“ fragte Rena gleich.
„Natürlich nicht. Ich habe noch einmal nach dem Handwagen gesehen und die Räder geölt, dann geht es nachher vielleicht etwas leichter. Komm, dann lass uns reingehen. Die beiden warten sicherlich schon!“
Genauso war es. Opa hing wie ein kleiner Junge mit der Nase am Fenster.

„Oma, sie kommen!“ Seine Stimme flatterte vor Aufregung.
„Ist ja gut, Anton. Rege dich bitte nicht so auf, denk an dein Herz.“
„Mein Herz ist gesund, nur diese verflixten Beine nicht.“
Er ging zur Tür und tat so, als ob er gerade zufällig nach draußen wollte.
„Hallo, da seid ihr ja. Kommt rein in die warme Küche!“
Opa machte aus Spaß einen Diener vor Rena. Er unterstrich ihn noch, indem er eine Handbewegung bis zum Fußboden machte.
„Danke, Anton! Spann die Pferde an, wir wollen zu den Sternen!“ rief Rena. Alle lachten über so viel Schlagfertigkeit. Die Atmosphäre war locker, trotz der angespannten Lage.
„Seid ihr auch so aufgeregt wie ich?“ fragte Opa.
„Und ob! Vielleicht noch ein bisschen mehr!“ antwortete Pit.
„Wisst ihr, warum die Elfenkönigin mich zu dieser Rettungsaktion eingeladen hat?“ wollte Opa wissen.
„Nein, das können wir dir nicht sagen. Nur eines wissen wir: Sie wollen dir einen Wunsch erfüllen, weil du immer an sie geglaubt hast.“
„Und welchen, wisst ihr nicht?“
„Opa, wir kennen doch deine Wünsche nicht. Also können wir es auch nicht wissen!“
Mit dieser Antwort war der alte Herr zufrieden. Woher sollten die Kinder auch seine Wünsche kennen?

„Wie sieht´s aus? Wollen wir noch mal Probesitzen in deinem Handwagen, was meinst du, Opa?“ Pit wollte auf Nummer Sicher gehen.
„Nein,“ brummte der Alte, „das habe ich gestern schon bei Kai und Björn getan. Passt alles prima. Wo sind die anderen, warten die draußen?“ wollte er wissen.
„Die kommen später direkt zum Monolithen. Du weißt doch, die Schule.“
„Ach ja, richtig. Hatte ich schon wieder vergessen, man wird älter.“
Oma hatte schon alles für die kleine Reise zusammengepackt.

„Kommt, Kinder, noch einen Becher heißen Apfelsaft. Dann können wir los."

Alles passte prima. Opa saß wie ein König auf seinen Thron. Richtig majestätisch sah er aus mit seinen weißen Haaren. Oma wickelte liebevoll seine Beine mit der Wolldecke ein. Das fand Opa allerdings vollkommen überflüssig, ließ es sich aber trotzdem gefallen.
„Rena, du schiebst hinten", machte Pit den Vorschlag. „Der Lange und ich ziehen an der Deichsel."
Oma hatte ihr altes Fahrrad, das die Jungs wieder fertig gemacht hatten, aus dem Pferdestall geholt und schob es neben dem Handwagen her. Es ging gut, und sie konnte sich daran wunderbar abstützen.

Die kleine Gruppe setzte sich in Bewegung.
„Was werden die Leute denken? Hoffentlich sieht uns keiner!"
Oma machte sich Sorgen um ihren guten Ruf.
„Schiet auf die Leute, hier geht es um Wichtigeres. Wilma, du wirst schon sehen, das wird heute ein Höhepunkt in unserem langen Leben!"
„Wenn du es sagst, Anton."
Die Fahrt ging flott. Nur Oma hatte sich etwas überschätzt.
Rena fand die Lösung, sie schob jetzt nicht mehr den Handwagen, sondern das Fahrrad. Oma saß drauf und lenkte nur. Das gefiel ihr. Sie war bester Laune, das Lenken klappte prima.
„Fahrrad fahren verlernt man nicht", meinte Opa, womit er wohl Recht hatte. Ohne Probleme bogen sie in den Waldweg ein, der zum alten Grundstück unten am Fluss führte.

Die Jungs waren ganz schön ins Schwitzen gekommen. Sie mussten sich kurze Zeit erholen. Opa war durchgeschüttelt worden bei der Tour, und auch er verlangte eine kleine Verschnaufpause.

Das herrlich gelegene Grundstück lag wie immer ruhig da. Keiner von ihnen konnte sich vorstellen, was hier in ein bis zwei Stunden passieren sollte. Pit nahm Oma an die Hand, um sie zu stützen bei dem etwas holperigen Weg. Das Gleiche machte der Lange mit Opa.
„Noch keiner da? Wo ist Paco?“ Rena schaute sich um. Kein Paco war zu sehen.
„Da kommen sie!“ rief der Lange und zeigte genau in die Sonne. Schemenhaft konnte man die Gestalten erkennen. Sie wurden durch die Sonnenstrahlen, die sich einen Weg durch das Geäst der Bäume bahnten, optisch verzerrt.
„Ja, sie sind es!“ rief Rena, die günstig zur Sonne stand und nicht geblendet wurde. Vornweg sprang Kobold, der auf Pit zuraste und aus vollem Lauf in seine Arme sprang.
„Wo kommst du denn her, mein kleiner Freund? Ich denke, du bist zu Hause.“
„Wir haben ihn unterwegs aufgegabelt. Er schien dich zu suchen!“ rief Björn Pit von weitem zu. Alle legten ihre Schultaschen in den leeren Handwagen. Da waren sie gut aufgehoben.

„Wir sollen zum Monolithen kommen, kommt!“ Rena zeigte zu dem großen Stein.
„Wer sagt das?“ wollte der Dicke wissen.
„Lum, die Elfe!“
„Wo ist sie?“
„Da, auf der kleinen Tanne.“
„Ha ha, das glaube ich nicht.“ Der Dicke konnte es immer noch nicht begreifen, dass er die Elfen nicht sehen konnte.
„Du kannst ja hier bleiben, wenn du mir nicht glaubst!“
Da standen sie nun alle nebeneinander: Opa, Oma, Rena, Kai, Björn, der Lange, Pit und auch der Dicke. Nur Paco fehlte noch.
Plötzlich hörten sie alle die Stimme von Königin Isir.
„Hallo, liebe Freunde. Schön, dass ihr da seid. So kann ich mich bei

euch bedanken, für die große Hilfe, die jeder einzelne von euch geleistet hat."

Alle guckten in die Richtung, aus der die liebliche Stimme kam. Björn, Kai, der Lange und der Dicke sowie Oma und Opa waren wie erstarrt. Sie hatten so viel von Rena und Pit über die Elfen gehört. Sie waren vorbereitet auf dieses Ereignis und jetzt das! Keiner von ihnen bewegte sich. Sie standen da wie Salzsäulen und lauschten der wunderbaren sanften Stimme.

„Ich möchte dich, Anton, du lieber Bäckermeister, bitten, mit Rena zu mir zu kommen", fuhr die Stimme fort. Rena ging zu Opa, fasste ihn an der Hand und führte ihn zur Königin Isir. „Als Dank für deinen treuen Glauben an uns möchte ich dir einen Wunsch erfüllen. Dazu brauche ich aber deine Hilfe, Rena."
Opa stand regungslos vor der Stimme, zu der kein Körper zu gehören schien.
„Was kann ich schon machen, was ihr nicht könnt?" fragte Rena die Elfenkönigin.
„Nimm die erste Stele, und stecke sie in die Mulde von dem Monolithen. So, wie du es damals schon einmal gemacht hast, bitte!"
Rena befolgte die Bitte der Königin und steckte die Stele in die Mulde, so wie vor einem halben Jahr. Auch diesmal veränderte sich die Farbe des Steins in ein leuchtendes Blau. Ein leises Grollen war zu vernehmen. Die Kinder wussten, was passieren würde. Ihr alter Bekannter, Herr Watz, machte sich bemerkbar.
„Hee, wer weckt mich aus meinem Winterschlaf?" hallte es durch die Luft.
„Der Winterschlaf ist vorbei, mein lieber Watz. Merkst du nicht, dass frische Knospen und Triebe schon an dir sind?"
„Die Stimme kenn' ich doch!" grollte er los, dass es sich anhörte wie ein Donner.

„Was macht ihr denn hier, holde Elfenfrau? Sind die Gesandten wieder da?“
„Nein, mein Lieber. Wir brauchen deine Hilfe. Geht es vielleicht auch etwas leiser? Wir sind nämlich in geheimer Mission hier.“
„Aber sicher, meine süße Elfe! Wo drückt denn der Schuh?“
Alle Anwesenden mussten schmunzeln über die Art, wie Herr Watz mit der Königin sprach. Er wusste wahrscheinlich nicht, wer sie wirklich war. Eben eine Königin!
„Bevor wir Elfen deine Hilfe für unsere Reise ins Ungewisse brauchen, möchten wir dich bitten, unserem alten Menschenfreund Anton, du wirst ihn kennen, einen Wunsch zu erfüllen.“
„Na klar, da steht er ja, mein alter Freund. Aber wie soll ich ihm denn einen Wunsch erfüllen, ich kann doch hier nicht weg?“
„Brauchst du auch nicht, mein Verehrter. Du sollst ihn mit deinen Ästen und Zweigen noch einmal in seine Baumhöhle tragen. Aber bitte vorsichtig!“
„Das ist kein Problem für mich!“

Herr Watz senkte seinen untersten Ast bis auf die Erde. Mit den Zweigen gab er Opa ein Zeichen, dass er herkommen sollte. Opa schaute seine Wilma an. Die schob ihn langsam zu dem Baumriesen und flüsterte ihm ins Ohr: „Mach es!“
Was jetzt passierte, kann sich der größte Träumer nicht vorstellen. Es war unfassbar. Die Gruppe sah, wie Herr Watz vorsichtig den alten Mann in seine Zweige nahm und langsam in die Höhe trug. Opa wurde mit Leichtigkeit von einem Ast zum nächsthöheren befördert. Es sah aus, als ob er im Fahrstuhl zu seiner Höhle fuhr.

Opas Augen leuchteten vor Freude und Ergriffenheit, als er sich mit den Händen in seine alte Baumhütte zog. Wie war das möglich? Alles war so wie früher, war es ein Traum?
Sein Blick ging nach unten, wo eben noch die Kinder und seine Frau

gestanden hatten. Nichts war von ihnen zu sehen. Dafür sah er seine spielenden Kinder in der Schaukel sitzen. Wie vor 50 Jahren.
Die Zeit schien stehen geblieben zu sein. Sogar das Parzellenhäuschen konnte er durch die Zweige erkennen. Es war in bestem Zustand und frischer Farbe.
„Was ist passiert?“ rief er.
„Dein Wunsch, noch einmal in deiner Baumhöhle zu sein wie damals in deiner glücklichsten Zeit, ist in Erfüllung gegangen.“
Lum war es, die ihm das sagte und die sich ihm auch zeigte.
„Bist du nicht die Elfe, die ich als Kind in meiner Linde im Hof sah?“
„Ja, Anton, das bin ich.“
„Wie schön du bist, und kein bisschen älter als damals siehst du aus.“
„Wir Elfen altern nicht, wie du weißt.“
„Ja, richtig, ich vergaß. Ist das, was ich jetzt sehe, denn die Wirklichkeit? Das kann doch nicht sein?“
„Nein, das ist sie nicht. Nur ein Zeitabschnitt aus deinem Leben.
Du kannst es dir gedanklich vorstellen, und wir können es visuell erscheinen lassen.“
So saßen sie noch eine Weile in der Baumhöhle und sprachen von alten Zeiten.

„Du musst jetzt in deine Zeit zurück, mein alter Freund. Da sind viele Menschen, die dich noch brauchen. Deine Frau zum Beispiel und die Kinder.“
„Ja, du hast Recht, Elfe. Heute könnte ich nicht mehr ohne die Kinder da unten sein. Sie haben mir so viel Lebensfreude gegeben. Und meine Wilma braucht mich auch. Oder brauche ich sie mehr? Egal.“
„Hee, mein alter Freund, ich soll dich wieder runter auf die Erde bringen!“
Herr Watz nahm den alten Bäckermeister Anton in seine Zweige und ließ ihn langsam hinunter. Oma nahm ihren Mann in die Arme und hielt ihn ganz fest. Er hatte Tränen in den Augen. So hatte ihn das Ganze mitgenommen.

„Schön wieder bei euch zu sein!“ rief er den Kindern zu. „Jetzt bin ich wunschlos glücklich! Hiernach kommt nichts mehr!“
Die Kinder hatten zu klatschen angefangen, als Opa die Erde wieder berührte. Ein Schauspiel ohnegleichen hatten sie erleben dürfen.

Eine kleine Verschnaufpause wurde eingelegt, Opa hatte sich doch sehr verausgabt.
„Schade, dass Paco nicht hier ist. Hoffentlich hat das nichts mit der Säge zu tun!“
Rena war es, die sich mal wieder um Paco Sorgen machte. In diesem Moment kam der mit einem Fahrrad angesaust und winkte mit der linken Hand seinen Freunden zu.
„Wo kommst du denn jetzt erst her?“ fragte der Dicke. „Gibt es noch Probleme mit dem Professor?“
„Nein, alles in bester Ordnung. Das Fahrrad hatte einen Platten.“
Alle redeten jetzt auf ihn ein. Jeder wollte der Erste sein und ihm das eben Erlebte schildern.
„Ich verstehe gar nichts, Leute. Mal langsam und immer der Reihe nach, wenn´s geht.“
Sie einigten sich, dass der Lange die Story erzählen sollte. Alle hörten aufmerksam zu, damit er auch ja nichts ausließ.

Rena war zu den Stelen gegangen, die in einer Reihe nebeneinander lagen. Die Erste, die steckte ja schon in dem Monolithen. Sie unterhielt sich dann ganz locker mit Lum über den weiteren Verlauf der Aktion.
„Wir wollen jetzt mit dem Versuch beginnen, den Monolithen zu aktivieren und damit unsere Körpermaterie in Strahlen umzuwandeln. Wir wollen in unsere Heimat oder zu einem anderen Platz im Universum gelangen, an dem wir existieren können.“

Königin Isir bat bis auf Pit alle Anwesenden, Abstand von dem Stein

zu nehmen. Pit sollte Rena die einzelnen Stelen reichen, damit ihr mehr Kraft erhalten bliebe.
„Die Sterne sind jetzt in bester Konstellation für unser Unternehmen, auch wenn ihr sie nicht sehen könnt. Bitte, Rena, nimm die zweite Stele."
„Sind denn auch alle Tiere da?" fragte sie besorgt.
„Was meinst du, was hier los ist! Wenn du sehen könntest, wie voll das hier ist, würdest du Angst bekommen. Ich habe gar nicht gewusst, dass wir so viel Tiere aufgenommen haben." schüttelte Königin Isir den Kopf.
Pit reichte Rena die zweite Stele, dann die dritte, vierte und so weiter. Jede dieser Stelen nahm zum Monolithen Kontakt auf.
Das sah man an dem blauen Licht, das die Stele jedes Mal umhüllte. Sie konnten die Spannung kaum noch ertragen. 6 Stelen waren geschafft. Rena schien kraftlos geworden zu sein. Sie hatte zunehmend Schwierigkeiten, die Dinger in die Mulden zu stecken. Gespannt schauten Oma, Opa und die Kinder auf Rena, die gerade die 7. Stele von Pit bekam und in die Mulde steckte.
Ein wunderbares, nicht zu definierendes Geräusch setzte ein. Es hörte sich an wie Geigenmusik, gemischt mit heulendem Wind und leisem Donner. Renas ganzer Körper schimmerte in einem leuchtenden Blau, wie zuvor die Stelen. Von dem Monolithen ging ein Lichtkegel aus, der in den Himmel führte und sich oben trichterförmig öffnete. Die Elfen wurden durch diese Lichterscheinung teilweise sichtbar. Es schien zu klappen, denn sie verschwanden durch diesen Lichtkegel.
Pit rief Rena zu, sie solle die letzte Stele loslassen. Sie konnte es aber nicht, weil sie sich in einer Art Trancezustand befand. Die Kinder standen wie ohnmächtig da, aus Faszination wurde Angst. Pit sprang auf den Monolithen, um Rena von der Stele zu befreien, die sie immer noch fest umklammert hielt.
Da passierte das Unfassbare. Rena löste sich von dem Stein, aber nicht so, wie sie es sollte. Sie schwebte wie die Elfen mit Pit an der

Hand, der sie nicht losließ. Hilflos sahen die anderen zu, wie die beiden sich genau wie die Elfen in dem Sog des Lichtkegels in ein Nichts auflösten.
Kobold hatte das mitbekommen. Er machte drei, vier lange Sprünge und landete auf dem Monolithen, auf dem eben noch sein Herrchen gewesen war. Und auch er verschwand. Zweimal zuckte ein Blitz am helllichten Tag vom Himmel, dann war alles vorbei.

Ruhig lag der Monolith da, als ob nichts geschehen wäre.
Die Kinder, Oma und Opa wurden von der Körperstarre, in der sie sich schon längere Zeit befunden hatten, befreit. Schnell liefen sie zu dem Monolithen. Nichts war mehr zu sehen. Keine Rena, kein Pit mit seinem Kobold, nichts.
„Hier liegt was!“ Kai bückte sich nach etwas Blinkendem. Es war Renas Armbanduhr, die ihr wohl vom Arm gefallen sein musste.
„Wo sind sie hin?“ fragte Björn verdutzt.
Keiner wusste eine Antwort. Kreidebleich standen sie da und waren schockiert über das Verschwinden der Freunde. Der Lange saß mit verweinten Augen auf dem Monolithen. Er fühlte sich schuldig an dem Verschwinden seiner Schwester. Er war es gewesen, der Rena in die Gruppe gebracht hatte, und damit hatte schließlich alles angefangen.

„Macht euch keine Sorgen um eure Freunde!“ Es war Herr Watz, der diese Worte sprach. Man konnte ihn kaum verstehen, da seine Energie wohl total geschwächt war.
„Ihr werdet sie wiedersehen!“ Der Baumriese verstummte.
„Habt ihr das gehört? Wir werden sie wiedersehen! Habt ihr das auch gehört?“
Alle schauten zu dem alten Baum. Sein Gesicht verschwand langsam von der Baumrinde. Das Letzte, was sie von ihm sahen, war ein Augenzwinkern. Das sollte vielleicht sagen: „Es wird alles gut!“

Hoffnung keimte auf bei den Freunden, aber nur etwas.
„Ihr habt gehört, was Herr Watz gesagt hat!"
Björn war der Erste, der seine Fassung wiederfand. Der Dicke kümmerte sich um den Langen, der in seiner Schuld verharrte.

„Kinder, wir können hier nichts mehr machen! Kommt lasst uns gehen!"
Opa fühlte sich als Ältester natürlich verantwortlich für die Kinder. Die hatten all ihr Selbstbewußtsein, das er an ihnen immer so geschätzt hatte, verloren. Sie benahmen sich eben wie Kinder. „Gott sei Dank, dass sie das noch können", dachte sich der alte Herr. Oma hörte jetzt schon die Vorwürfe, und die würden von allen Seiten kommen, das war sicher. Was werden wir überhaupt erzählen können? Die Wahrheit sicherlich nicht!
Die kleine Gruppe zog mit ständigem Blick nach oben in den Himmel, da wo die Freunde vermutet wurden, wie ein Häufchen Elend durch den Eichenwald. Sie waren automatisch zusammengeblieben. Keiner hatte die Gruppe verlassen, die jetzt auf den Hof der alten Bäckerei einbog. Jeder war mit sich selbst beschäftigt und musste versuchen, das Erlebte zu verarbeiten.

Erschöpft saßen sie am Küchentisch und guckten stumm auf die Küchenplatte. Der Lange war verständlicherweise immer noch untröstlich. Er machte auch den anderen Vorwürfe.
„Wie konnten wir uns auf so ein Märchen nur einlassen. Das konnte doch gar nicht gut gehen! Warum musste Rena unbedingt die Keile reinstecken? Ich verstehe das alles nicht! Was meint ihr? Hätten die Elfen nicht selber die Keile reinstecken können, oder war es ihnen zu gefährlich? Warum haben sie Rena das angetan? Was sage ich nur meinen Eltern?"
Vorwürfe über Vorwürfe gegen sich selber und seine Freunde. „Es wird wieder gut, du wirst sehen!" Opa versuchte ihn zu trösten.

„Die Elfen werden uns nicht enttäuschen."
„Du mit deinen Elfen," polterte der Lange los, „vielleicht steckst du mit ihnen unter einer Decke, wer weiß?"
„Halt Langer, nun wirst du aber ungerecht!" Björn gingen die Vorwürfe gegen den alten Herrn zu weit.
„Lass ihn, mein Junge. Das Leid spricht aus ihm. Es wird ihm helfen, damit fertig zu werden. Wir können es ihm leider nicht abnehmen."
„Irgendetwas muss jetzt unternommen werden. Es ist 15 Uhr. Bald wird es dunkel und dann geht nichts mehr", stellte Paco fest.
„Du bist ja ein ganz Schlauer! Was sollen wir denn deiner Meinung nach unternehmen? Vielleicht die Polizei informieren?"
Björn schüttelte den Kopf: „Ich weiß nicht weiter."

Der Lange stand auf.
„Ich habe einen Vorschlag zu machen. Wir sind bei dieser Entwicklung jetzt überfordert. Vor allen Dingen können wir keinen klaren Gedanken mehr fassen. Im Gegenteil, wir machen uns gegenseitig schon Vorwürfe.
Ich weiß von Pit, dass er seine Eltern eingeweiht hat. Irgendwann hat er allerdings damit aufgehört. Aber sein Vater hat das Dokument entziffert, wie ihr ja alle wisst, und seine Mutter hat uns die Geschichte mit den 12 Bergen aus ihrem Buch erzählt und gezeigt. Sogar die Elfen haben versucht, sie durch den Traum für sich zu gewinnen. Das Misstrauen war wohl zu groß, und das Interesse an der Geschichte ist so langsam eingeschlafen, wenigstens von Seiten seines Vaters. Uns war das natürlich ganz Recht. Wenn ich zu seinen Eltern fahre und ihnen erzähle, was passiert ist, dann werden sie uns vielleicht glauben. Wir müssen es versuchen."
„Das ist eine gute Idee, Langer, ich komme mit!"
Opa stand auf und stellte sich demonstrativ neben ihn.
„Vielleicht wird es etwas glaubwürdiger, wenn ein Erwachsener mitgeht!"

„Wir kommen auch mit!“ riefen Björn, Kai, der Dicke und Paco.
„Nein, lasst nur uns gehen. Ich glaube, das ist besser, und ihr geht alle nach Hause“, gab Opa den Rat. „Euch wird keiner fragen, was passiert ist, weil es ja keiner merken kann.“
Enttäuscht ließen sie die Köpfe hängen, sahen es aber schließlich ein.
„Ach ja, Paco, du bist der Einzige von uns, der Elfenkontakt hatte. Komm du auch mit. Vielleicht versuchen sie ja noch, mit dir Kontakt aufzunehmen. Wer weiß das schon?“
„Ist gut, ich muss aber eben Lisa anrufen, damit sie sich keine Sorgen macht.“
„Hier draußen steht das Telefon, Paco. Am besten machst du es gleich.“
Oma öffnete die Tür und zeigte ihm, wo das Telefon stand. Als Paco fertig war, nahm der Lange den Hörer, um Pit`s Mutter anzurufen. Der Vater war sicher noch nicht von der Arbeit zurück.
„Hallo, wer ist da?“ fragte die Stimme am anderen Ende der Leitung. Es war wie erwartet Pits Mutter.
„Hier ist Siegberd, hallo!“
„Hallo Siggi, Pit ist noch nicht da. Seid ihr nicht zusammengewesen? Er wollte sich doch mit dir treffen, oder?“
„Ja, das stimmt, er wollte noch was erledigen. Ich möchte die Zeit nutzen, um mit Rolf und ihnen etwas zu besprechen, und Pit sollte nicht dabei sein!“ Der Lange hörte an seiner eigenen Stimme, dass die Formulierung sich wohl nicht sehr intelligent anhörte.
„Warum soll er denn nicht dabei sein, er ist doch dein Freund?“
„Wir wollen ihn mit einer Sache überraschen, von der er vorher nichts wissen darf.“
„Ach, so ist das! Rolf ist in einer halben Stunde zu Hause. Er hat gerade vor dir angerufen, komm doch gleich.“
„Okay, bis dann. Ich bringe noch jemanden mit!“
„Ist gut, Siggi. Hauptsache, Pit kommt nicht in der Zwischenzeit nach Hause.“

„Das kann er nicht!“
„Wie bitte? Ich habe dich nicht verstanden?“
„Ich habe nichts mehr gesagt, also bis gleich!“ Der Hörer fiel auf die Gabel.
„Du kannst ja ganz schön lügen, mein lieber Kupferstecher!“
Opa schüttelte den Kopf. Besser hätte er es auch nicht gekonnt.
„Das war eine Notlüge. Was meinst du, was los gewesen wäre, wenn ich gleich die Wahrheit gesagt hätte.“

Oma brachte ihrem Mann ein neues Hemd und eine Hose zum Wechseln. Die alte war voller Schmiere von dem Handwagen.
„Komm, mach dich fein, du machst jetzt eine Reise“, flachste sie.
Die Kinder konnten darüber wieder schmunzeln. Die große Anspannung war erst mal vorbei.
„Kai, ruf doch mal ein Taxi. Es soll die drei zu Pits Eltern bringen!“
Er erledigte den Auftrag sofort. Kai hatte die Nummer im Kopf, es gab im Ort nur ein Taxiunternehmen.
Der hellbeige Mercedes hielt vor dem Haus von Pits Eltern. Die Tour wurde von dem Langen bezahlt, Oma hatte ihm einen 50-Mark-Schein gegeben. Beim Aussteigen wollte Opa von dem Fahrer wissen, ob er schon einmal einen Borgward gefahren hat.
Der Angesprochene verneinte das.
„Diese Kisten gibt es doch gar nicht mehr, höchstens als Oldtimer.“
„Ich habe früher nur Borgward gefahren, mein Herr. Das waren noch tolle Autos!“
Paco unterbrach die Unterhaltung der beiden. Ihm schlotterten vor Aufregung die Knie, und die unterhielten sich über Autos!
Das sollte einer verstehen.

Als der Lange auf den Klingelknopf drückte, wusste er immer noch nicht, was er gleich sagen sollte. Die Tür ging auf, und Rolf stand vor ihm. Er war schon nach Hause gekommen.

„Hallo, moin! Wen bringst du denn mit, Siegberd?“
„Das hier ist der alte Bäckermeister aus der nicht mehr betriebenen Landbäckerei, die am Rand vom Urwald der 1000-jährigen Eichen liegt.“
„Sag doch gleich, dass es euer sogenannter Opa ist. Pit hat doch von ihm erzählt. Guten Tag, Herr...?“
„Sagen Sie Anton zu mir!“ erwiderte Opa den Gruß von Rolf.
„Kommen Sie doch rein, Anton. Ich bin Rolf, der Vater von Pit, wie Sie sicher wissen!“
„Ja, ich weiß.“ Er bedankte sich für den freundlichen Einlass ins Haus.
„Da ist ja noch einer, wer bist du denn?“
„Ich heiße Paco, war ein Freund von Pit.“
„Wieso war? Habt ihr euch zerstritten?“
„Oh, habe ich war gesagt? Natürlich bin ich es immer noch.“
„Hee, Siggi, was ist mit deinem Freund Paco? Er kommt mir so merkwürdig vor!“
„Etwas aufgeregt wahrscheinlich, er hat ein bisschen Hemmungen.“
„Kommt, macht die Tür zu. So ist gut, danke!“
„Bevor ihr euer Anliegen vorbringt, eine Frage. Habt ihr zufällig Kobold gesehen? Er ist nämlich verschwunden, meine Frau sucht ihn schon verzweifelt.“
„Er ist mit in den Himmel geflogen!“ rief Paco. Rolf sah ihn an und schmunzelte.
„Mein kleiner Freund, was ich erzähle, das ist kein Witz. Wir machen uns Sorgen um den kleinen Kerl. Das macht er sonst nie, so lange von zu Hause wegbleiben!“
Der Lange war erschrocken über Pacos Bemerkung. Egal, dachte er, irgendwie müssen wir es ja erzählen, vielleicht ist es so am besten.
„Wir müssen mit dir über die Elfen sprechen, Rolf. Bitte hör uns an, es ist wichtig.“
„Ach ja, die Elfen, Pit hat lange nichts mehr von ihnen erzählt. Brigitte und ich wollten ihn nicht nerven. Er wird schon zu uns

kommen, wenn er Probleme damit hat, haben wir uns gesagt.“
„Die hat er jetzt!“ - „Wie meinst du das, Siggi?“
„Ja, vielleicht hat er sie auch nicht. Wir wissen es nicht genau.“

Die Tür ging auf, Pits Mutter betrat den Flur.
„Warum steht ihr denn im Flur? Kommt doch in die Küche, hier ist es bestimmt gemütlicher!“
Die Aufgeforderten kamen der Bitte nach und betraten nacheinander die Küche.
„Guten Tag, sind Sie nicht der alte Bäckermeister?“ fragte sie Opa.
„Ja der bin ich. Kennen sie mich denn?“
„Natürlich, mein Vater schwärmte immer von Ihrem Schwarzbrot, das ich ab und zu holen musste. Das Schöne daran war, dass es ein Stückchen Kuchenrinde gratis gab, wenn gerade gebacken wurde. Ach, das war eine schöne Zeit für uns Kinder. Vor allen Dingen im Winter, wenn es draußen eisig kalt war, durften wir uns in der Backstube aufwärmen. Dort konnten wir ein bisschen zusehen, wenn die Bäcker bei der Arbeit waren. Sie waren damals schon gut zu Kindern und sind es heute auch noch. Ich denke daran, was unser Junge uns manchmal von ihnen vorschwärmt.“
„Davon hast du mir ja nie erzählt, meine Liebe?“
Rolf war erstaunt, dass seine Frau das nie erwähnt hatte, als Pit von der Geschichte mit den Elfen anfing.

„Was führt Sie zu uns, Anton? Ich darf doch Anton zu Ihnen sagen?“ fragte Pits Mutter. „Natürlich, natürlich. Ich überlege die ganze Zeit, wie Sie früher wohl ausgesehen haben als Kind?“ - „Ich zeige ihnen nachher ein Bild von mir in jungen Jahren, aber jetzt kommen wir erst mal zur Sache. Was habt ihr vor mit Pit?“ „Ja, es geht um ihren Sohn, Rena und Kobold. Wir haben sie verloren und bitten um ihre Hilfe.“ „Wie verloren? Ich denke, ihr wollt ihn überraschen?“ fragte Rolf dazwischen.

„Sie sind uns bei der Rettungsaktion der Elfen abhanden gekommen.“

Brigitte und Rolf wurden etwas unruhig. Sie konnte sich keinen Reim auf die Aussage des alten Mannes machen.
„Siggi, was ist los? Erzähl, was passiert ist!“
Er erzählte das, was sie erlebt hatten, in allen Einzelheiten.

„Ich hab’ es gewusst! Es gibt die Elfen doch!“ Brigitte war es, die das sagte.
„Ist das alles, was du dazu zu sagen hast?“ brüllte Rolf los. „Ich glaube, du spinnst! Wo war dieser faule Zauber?“
Er fragte Opa mit wütender Stimme, denn der schien für ihn der Glaubwürdigste zu sein.
„Nun reg dich bitte nicht auf, Rolf. Ihnen wird schon nichts passiert sein. Immerhin ist unser Sohn in der Obhut der Elfen. Wenn das meine Mutter noch erlebt hätte! Sie hat auch an Elfen geglaubt.“
„So, jetzt ist hier Schluss mit lustig, ich rufe die Polizei! Wir müssen sofort zu diesem Stein, wo das passiert ist!“
Bevor irgendeiner etwas sagen konnte, hatte Rolf den Hörer in der Hand und die Nummer 110 gewählt, die Telefonnummer der Polizei. Alles ging sehr schnell, denn Rolf war so aufgebracht, dass keiner zu widersprechen wagte.
Innerhalb von 5 Minuten stand ein Streifenwagen mit Blaulicht vor der Tür.
„Kommt mit! Ihr wisst am besten, wo das passiert ist!“ rief Rolf den Kindern zu.
„Hallo, Walter, gut dass ihr so schnell hergekommen seid!“
Rolf schien den Polizeibeamten zu kennen, das vereinfachte natürlich die ganze Sache. „Komm, ich erzähl’ dir alles während der Fahrt.“
„Sind Sie nicht der alte Bäckermeister?“ fragte der Polizist und reichte Opa die Hand.

„Genau, der bin ich. Mit Leib und Seele, wenn man so will."
„Ich dachte, Sie wären schon...", seine Stimme stockte. „Was rede ich da für einen Blödsinn", dachte sich Walter.
„Schon gut", sagte Opa. „Wir kommen selten aus dem Haus, und daher ist das, was sie wahrscheinlich eben gedacht haben, irgendwie zu verstehen."
„Dafür, dass sie so selten aus dem Haus kommen, sind Sie aber ganz schön bekannt", meinte Rolf. Er war im Moment nicht gut auf den alten Herrn zu sprechen.

Brigitte stieg als Letzte in den Polizei-Kleinbus ein, dann ging die Fahrt los. Der Polizist schaltete wieder das Blaulicht ein.
Mit rasanter Fahrt ging es in Richtung Urwald zu der alten Eiche.
Der Lange erklärte den Weg zu dem Monolithen. Er lag da, als wenn nichts geschehen wäre.
„War es hier?" Rolf zeigte zu dem riesigen Stein, der vor ihnen lag.
„Ja, genau hier haben wir gestanden!" Paco ging zu der Stelle, an der vor zirka vier Stunden seine Freunde und er das ganze Schauspiel beobachtet hatten.
Walter, der Polizist, ging mit auf die Erde gerichtetem Blick um den Stein herum. Rolf hatte ihm erzählt, dass Rena, Pit und Kobold durch den Lichtstrahl in die Atmosphäre verschwunden waren. Von Elfen und sprechenden Bäumen hatte er lieber nichts erzählt, es war so schon unglaubwürdig genug.
Nach einiger Zeit bückte sich Walter. Seine Hand streckte sich nach einem Gegenstand aus, der halb in der Erde steckte.
„Was ist das?" fragte er Rolf, der den Kopf schüttelte, als er den Gegenstand sah.
„Das ist eine Art Energieauslöser, damit kann man den Monolithen aktivieren." Walter hielt einen von den 7 Stelen in der Hand, und zwar die aus der Baumhöhle.
„Komisch, immer die eine bleibt zurück. Echt sonderbar!"

Opa war es, der dieses sagte. Er hatte diesen Keil ja auch schon mal vor langer, langer Zeit gefunden.
„Also, Leute, nun erzählt mal der Reihe nach, was hier passiert ist."
Der Lange machte das für die Gruppe. Auch er ließ dem Polizisten gegenüber die Elfen aus dem Spiel, genauso wie Rolf es getan hatte.
„Wir haben hier gespielt," erklärte er, „dabei hatten wir 7 von diesen Dingern."
Sein Finger zeigte auf die Stele in Walters Hand.
„Wir haben sie alle in diese Mulden von dem Stein gesteckt, weil sie wahrscheinlich dahin gehörten."
Der Lange zeigte Walter, dem Polizisten, die 7 Mulden und fuhr fort:
„Als Rena die 7. Stele in die passende Mulde steckte, gab es ein helles Licht und alle, die zu der Zeit auf dem Stein standen oder ihn berührten, verschwanden in dem Lichtkegel."

„Das soll ich euch glauben?" der Polizist raufte sich die Haare.
„So ist es, und so war es, Herr Walter!"
Opa wollte höflich sein, wenigstens versuchte er es. Walter nahm die Stele und steckte sie in eine der Mulden.
„Da passt sie nicht, hier gehört sie rein!" Paco zeigte auf die erste Mulde.
„Ihr scheint euch tatsächlich auszukennen, sie passt." Walter staunte nicht schlecht. Natürlich passierte nichts, das war den dreien schon klar.

„Komisch, ich habe noch nie etwas über diesen - wie sagt ihr, Monolithen? – gehört. Ist das nicht ein Teil von einem Stern, oder sind das Meteoriten?"
„Genauso ist es", Rolf stimmte seinem Bekannten zu.
„Ich weiß nicht, da kann man nichts machen." Walter schüttelte den Kopf.
„Hier müssen Experten ran. Wir verwischen nur Spuren. Ihr könnt mir helfen, das Gelände weiträumig abzusperren. Ich habe das Material im Wagen."

„Hauptsache, irgendetwas tun! Egal, ob es etwas nützt oder nicht“, dachten die Kinder. Irgendwie ging es ihnen besser. Sie spürten nicht mehr diesen fürchterlichen Druck auf ihren Schultern, seitdem sie sich Rolf und Brigitte anvertraut hatten.
Die Kinder rollten das rotweiße Band ab und befestigten es an den Bäumen und Zweigen, die ihnen für diesen Zweck geeignet erschienen.
„Kannst du bei der Rückfahrt noch an einer anderen Eiche vorbeifahren?“ fragte Rolf seinen Bekannten. „Vielleicht gibt es da irgendwelche Hinweise?“
„Wenn du meinst. Versuchen können wir es ja. Lass uns gleich losfahren, es wird schon langsam dunkel. Hier können wir im Moment nichts mehr machen.“

Brigitte saß andächtig auf dem Monolithen und schaute in den Himmel. Sie wirkte ruhig und gelassen. Selten hatte sie sich so wohl gefühlt wie an diesem Ort, trotz der schlimmen Ereignisse. Der Stein, auf dem sie saß, gab eine wohlige Wärme ab.
„Ich bleibe noch hier!“ rief sie ihrem Mann zu, der ihr Zeichen gegeben hatte, zum Polizeiauto zu kommen. „Vielleicht kann ich noch irgendetwas finden. Hol mich bitte nachher mit unserem Auto ab!“
„Ja, ist gut!“ rief Rolf zurück. „Du hast Recht, bis nachher! Mach dir keine Sorgen, irgendwo werden wir sie finden!“
Brigitte musste schmunzeln. Sie war es doch, die an die Rückkehr ihres Sohnes und Renas glaubte und nicht ihr Mann.

Ab ging es mit Blaulicht, aber ohne Sirene. Paco, der Lange und Opa saßen hinten. Gerne hätten sie vorne gesessen, doch da hatte nur einer Platz, und das war natürlich Rolf.
„Hier musst du rein. Die große Eiche an der Wegbiegung ist es!“
Kaum hatte er Walter den Hinweis gegeben, da rief er laut : „Halt mal an!“ Alle Mitfahrenden mussten sich bei der folgenden

Vollbremsung gut festhalten.
„Was ist denn?“
„Da, das grüne Auto, der Passat. Ich kenne es, das ist der Wagen vom Professor!“
„Von welchem Professor?“ fragte Walter.
„Von der Uni Oldenburg! Was macht der hier? Sei still, mach doch mal den Motor aus!“ Walter drehte den Zündschlüssel herum und der Motor verstummte.
„Da, das Geräusch kenn’ ich!“ rief Paco. „Das ist die große Baumsäge!“
„Was für eine Baumsäge?“ Rolf und Walter guckten Paco fragend an.
„Der Professor wird die alte Eiche für die Forschung absägen lassen.“
„Das darf er gar nicht und wenn doch, dann wüssten wir es im Amt.“
Walter griff zum Funkgerät.
„Hallo Zentrale, hier Wagen 16! Habt ihr für das Absägen einer der 12 alten Eichen bei uns im Urwald der tausendjährigen Eichen eine Genehmigung vorliegen?“
Ein Knacken kam aus dem Lautsprecher, dann die Stimme einer Frau: „Nein, Wagen 16, hier liegt nichts vor!“
„Dann bitte ich um Verstärkung, aber schnell! Zum, eeh, zum Planquadrat 8, im Einsatzbereich C, die alte Eiche an der Wegbiegung, ich warte!“
„Kommt sofort, Wagen 14 ist zufällig in ihrer Nähe. Ende!“
„Verstanden, Ende!“

Walter hatte den Autopilot eingeschaltet. Darauf konnte er sehen, wo Wagen 14 sich gerade befand. Der Lange und Paco bekamen große Augen. So etwas hatten sie noch nicht gesehen, toll!
„Das hätte ich nicht gedacht, den ganzen Baum. Die Baumrinde hat ihm wohl nicht gereicht.“ Rolf erzählte seinem Polizistenfreund, was er mit dem Professor erlebt hatte. Der konnte damit allerdings wenig anfangen. Er schien sowieso etwas überfordert, aber wer konnte ihm das verdenken?

Nach zirka fünf Minuten traf der zweite Polizeiwagen ein. Zwei Beamte stiegen aus und nahmen mit Walter Kontakt auf. Eine kurze Lagebesprechung, dann ging es los Richtung Eiche.
Sie trauten ihren Augen nicht, was sie da sahen. Das Gelände war fachmännisch mit gelben Bändern abgesperrt, und ein paar Schaulustige hatten sich auch schon eingefunden. Wahrscheinlich Spaziergänger, die von dem Krach der Säge angelockt worden waren. Die beiden Holzfäller hatten gerade die Säge verankert. Es sah so aus, als ob sie auf beweglichen Böcken lag.
Der Professor stand nicht weit davon entfernt und schrie: „Fangt endlich an, sonst kommen noch mehr Leute!“

„Halt aufhören, Polizei! Sofort aufhören!“
Der Professor blickte sich um und erschrak.
„Hören Sie sofort auf damit! Haben Sie eine Genehmigung für das, was Sie da tun?“
Walter hatte eine Flüstertüte, oder besser gesagt ein Megaphon, mitgenommen, durch das er sprach.
„Diese Eiche steht unter Natur- und Denkmalschutz! Machen Sie die Säge aus!“
Der Professor wurde bleich wie Kreide. So kurz vor dem Ziel, und jetzt das!

Die Holzfäller hatten den Befehl der Polizei nicht mitbekommen. Sie waren mit ihren Ohren zu dicht an der Säge, es war einfach zu laut. Zwei junge Männer, die an der Absperrung standen, hatten die Sachlage sofort durchschaut. Sie sprangen über die Absperrung und liefen zu den Holzfällern. Sie nutzten den Überraschungseffekt aus, da die beiden mit ihrer Säge beschäftigt waren. Mit den Armen versuchten sie, die beiden kräftigen Männer an ihrer Arbeit zu hindern. Da die die Säge hielten, und diese sich gerade mit ihren scharfen Zähnen in die Eiche fressen wollte, konnten sie sich nicht

richtig wehren. Bevor die Holzfäller ihre Säge losgelassen hatten, schnappten die Handschellen zu. Ein Teil um den Griff der Säge, der andere um ihre Handgelenke.
Da standen sie nun, vereint mit ihrer großen Baumsäge und keine Möglichkeit mehr zur Flucht. Walter schaltete den Motor aus. Eine erholsame Ruhe trat ein.
„Da sind wir ja noch gerade zur rechten Zeit gekommen!"
Rolf strich mit der rechten Hand über den Einschnitt am Baum. Ungefähr zehn Zentimeter war die Sägekette mit ihren Zacken in den Baum eingedrungen. Genau wie damals an der Baumrinde war hellrote Flüssigkeit zu sehen, aber nur ganz schwach, nicht so stark wie damals bei dem THW- Mann.

Die Schaulustigen wurden weggeschickt. Von den beiden jungen Helfern nahm man die Personalien auf, falls sie noch als Zeugen gebraucht wurden. Bei dieser ganzen Aufregung hatte Rolf vergessen, warum er eigentlich hier war. Beim Anblick der Kinder fiel ihm die ganze Geschichte wieder ein. Was war mit Rena und Pit passiert? Hier schien sich kein Hinweis zu finden.
Sie fuhren noch mit zur Wache, um eine Vermisstenanzeige aufzugeben. Walter meinte, es müsse so sein.
„Mensch, meine Frau! Die hab' ich ganz vergessen! Kannst Du mich eben nach Hause fahren, Walter?"
„Natürlich, alter Sportkamerad. Kommt, euch bringe ich auch nach Hause."
Opa hatte nichts dagegen. Er war fix und fertig. Alles war ein bisschen viel für ihn. Der Lange lehnte dankend ab, er wollte lieber zu Fuß gehen. Er wollte die Zeit nutzen um zu überlegen, wie er seinen Eltern das Verschwinden seiner Schwester beibringen sollte. Rolf konnte sich denken, was der Lange jetzt durchmachte, und nahm ihn beiseite: „Vielleicht hilft eine Lüge. Sag zu Hause doch, dass Rena bei ihrer Freundin schläft. Dann hast du noch einen Tag

Zeit. Morgen sieht vielleicht alles anders aus, wer weiß?"
„Danke, vielleicht mach' ich es so, wie du sagst. Mal sehen."
Das waren seine letzten Worte, bevor er die Gruppe verließ. Rolf sah ihm nach. „Ich möchte nicht in seiner Haut stecken," dachte er. Dabei war er nicht wesentlich besser dran.

Walter löste sein Versprechen ein. Er brachte die Übrigen mit dem Auto nach Hause. Da waren sie alleine mit ihren Gedanken, bis auf Opa. Der konnte Oma sein Herz ausschütten, denn die war sicherlich schon ungeduldig, das Neueste zu erfahren.

Brigitte saß immer noch verträumt auf dem Monolithen und schaute in den Himmel. Nichts als Wolken, die langsam über die Baumwipfel dahin zogen. Es wurde dämmerig.
„Was für eine Ruhe hier ist", dachte sie. „Dieser Platz hat sicher Geschichte. Wer weiß, was hier vor tausend Jahren war?"
Sie erhob sich langsam von dem immer noch warmen Stein und fing an, nach irgendetwas zu suchen. Was, wusste sie selbst nicht. In den angrenzenden Büschen, die ungefähr zwanzig Meter von dem Monolithen entfernt standen, versuchte sie sich einen Weg zu bahnen. Ihre rötlichen Haare verfingen sich ab und zu in den dünnen, verwilderten Zweigen.
„Was ist das? Irgendetwas Buntes hängt in einem der Büsche? Wahrscheinlich ein Stück Stoff, oder so etwas Ähnliches." Brigitte kämpfte sich förmlich durch die Zweige zu dem Gegenstand.
„Wie kommst du denn hierher?"
Ein kleiner Teddybär hing kopfüber im Gebüsch. Sie musste sich so lang machen, wie es ging, um an den kleinen Kerl ranzukommen.
Es war Mops. Rena musste ihn vor Schreck losgelassen haben, als das Unglück geschah.
„Hee, kleiner Teddy, wie kommst du denn hierher?"
Sie kam nicht auf den Gedanken, dass dieser Bär Renas sein könnte,

woher auch? Immerhin war Rena schon aus dem Teddybärenalter raus. Liebevoll nahm sie ihn in den Arm. Er schien noch ganz heile zu sein.
„Kannst du auch brummen?"
Brigitte suchte in der Mitte von dem kleinen Bären eine Art Auslöser oder Knopf, auf den man drückt, sie fand aber keinen. Vielleicht geht´s so? Sie nahm ihn in beide Hände und neigte seinen Oberkörper etwas nach hinten.
„Na siehst du, es geht doch!" Ein leises Brummen war zu hören.

„Weißt du vielleicht, wo mein Sohn ist?"
Es war mehr ein hilfloses Selbstgespräch als eine Frage.
„ Sie kommen wieder! "
„Was war das?"
Erschrocken drehte sie sich um. Keiner da! Woher kam die Stimme, und was hatte sie gesagt? Brigitte wurde ganz aufgeregt: „Werde ich langsam verrückt, oder was ist los?"
Es war ruhig, nur ein paar Vögel zwitscherten in den Bäumen.
„Was hatte ich gesagt oder gefragt?"
Sie überlegte, wie es gewesen war. Jawohl, jetzt wusste sie es wieder: „Weißt du vielleicht, wo mein Sohn ist?" wiederholte sie die Frage, und dabei guckte sie den kleinen Teddybär an.
„ Sie kommen wieder! "
Da war es wieder, ganz deutlich! Sie kommen wieder, hatte die Stimme gesagt. Sie kam aus dem Bär. Brigitte wollte sicher gehen, sie fragte noch mal, und dabei blickte sie sich um. Es war keiner da, der das bestätigen konnte.
Wieder kam die Stimme ganz deutlich :" Sie kommen wieder! "
„Wo sind sie? Komm, sag es mir, lieber Teddybär!"
Nichts war mehr zu hören, nicht der leiseste Laut kam aus dem kleinen Kerl. „Wenn mich hier einer sieht, wie ich mit dem Teddy spreche, der wird auch denken, dass ich nicht richtig im Kopf bin.

Egal, was andere denken, hier geht es um mein Kind." Sie fragte ihn noch mal, ohne Erfolg.

Ein Geräusch schreckte Brigitte auf. Gott sei Dank, es war Rolf, der sie abholen wollte.
„Entschuldige, Liebling! Ich habe dich vergessen in der ganzen Hektik."
„Was war los? Habt ihr irgendetwas rausbekommen?" Sorgenvoll schaute Brigitte ihren Mann an.
„Nein, mein Schatz, nichts Konkretes." Er erzählte ihr die Sache mit dem Professor, merkte aber, dass sie ihm gar nicht zuhörte.
„Was hast du denn da?" Er zeigte auf den Teddybär in ihrem Arm.
„Den habe ich dahinten im Gestrüpp gefunden. Stell dir vor, er kann sprechen."
„Was soll das, Brigitte? Mir ist nicht zum Scherzen zumute."
„Ja, ehrlich, ich versuch' es noch mal! Hee, kleiner Bär, wo sind die Kinder?" Gespannt schaute sie in ds wuschelige Gesicht mit den Knopfaugen.
„ Morgen kommen sie wieder!"
„Hast du gehört? Er hat gesagt, morgen kommen sie wieder!"
„Ja, du hast Recht, ich hab es gehört. Hier will uns einer einen bösen Streich spielen. Das ist doch kriminell, gib den Kerl mal her!"
Brigitte hielt ihn noch fester, und dabei drehte sie sich von ihrem Mann weg, der nach dem Bär greifen wollte.
„Was willst du mit ihm machen?"
„Ich werde dieses Tonband, oder was das auch immer sein mag, aus seinem Bauch schneiden. Dann siehst du die Wirklichkeit."
„Das tust du nur über meine Leiche." Sie lief ein paar Schritte von Rolf weg.
„Tu es nicht, ich warne dich!"

„Aber Schatz, merkst du denn nicht, dass man mit uns ein böses

Spiel spielt? Mich soll es nicht wundern, wenn morgen ein Anruf kommt, der von uns Lösegeld verlangt."
Voller Sorge sah Rolf seine Frau an. „Sie geht daran zu Grunde. Verrückt wird sie werden, wenn sie es mal nicht schon ist", dachte er sich.
„Komm, bring mir den Teddy, wir geben ihn der Polizei. Ich verspreche dir, ihn nicht aufzuschneiden." Brigitte traute ihrem Mann nicht. In dieser Situation war er zu aufgebracht. „Bleib da, komm nicht näher, bitte!"
Rolf blieb stehen. Dabei versuchte er seine Frau zu überreden, ihm den Teddy doch noch zu geben.
„Hast du dein Handy dabei?" fragte Brigitte.
„Ja sicher, warum?"
„Sei so gut und ruf den Langen an. Frag ihn, ob Rena einen Teddy bei sich gehabt hat."
„Ich weiß nicht, ob er schon zu Hause ist. Versuchen kann ich es ja mal. Wenn es nicht Renas Teddy ist, dann gibst du ihn mir, ja?"
„Ist gut, ich möchte aber mit Siggi selber sprechen!"

Brigitte kam wieder zu ihrem Mann. Das Abkommen mit ihm hatte ihr wieder Mut gemacht. Rolf musste sich über die Telefonauskunft erst mal die Nummer vom Langen geben lassen. Das war schnell gemacht.
„Hallo, Siggi, hier ist Rolf. Schön, dass du gleich am Apparat bist, das erleichtert die Sache. Hast du deine Situation lösen können?"
„So la, la," antwortete er, „ich habe das gesagt mit der Freundin und dem Schlafen bei ihr. Meine Eltern waren allerdings mächtig sauer. Wir hätten ja vorher fragen können, meinten sie. Aber jetzt hat sich alles wieder beruhigt. Hoffentlich habe ich morgen nicht die Pappnase auf." „Wie meinst du das, Junge?"
„Wenn sie morgen nicht erscheint, natürlich!"
„Ach so, wir wollen es nicht hoffen."

„Gibt es was Neues?“
„Nein, in Sachen deiner Schwester nichts, oder vielleicht doch! Meine Frau möchte dir ein paar Fragen stellen. Ich gebe sie dir. Mach’s gut.“ Rolf gab Brigitte das Handy.

„Hallo, Siggi! Ich habe eine Frage. Hatte Rena einen Teddy bei sich?“
„Ja, wieso?“
„Ich habe hier im Gebüsch einen gefunden. Weißt du, wie er aussah? Hallo, bist du noch dran?“ Brigitte hörte nichts mehr.
„Ja, ich muss überlegen“, kam es aus dem kleinen, zusammenklappbaren Handy. „Er ist braun wie jeder Teddy, so genau hab’ ich mir den noch nicht angeguckt. Moment mal, er muss an einem Bein geflickt sein. Ich hatte mal aus Versehen beim Gerangel ein Stück Fell ausgerissen.“
Brigitte drehte den kleinen Kerl um, damit sie besser die Beine sehen konnte. Es war schon zu dunkel. Das Scheinwerferlicht am Auto sorgte für Abhilfe.
„Ja, hier ist es zu sehen. Er muss es sein.“
Siggi dachte nach. „Noch eins fällt mir ein, er hat zwei verschiedene Augen. Wir haben damals eins verloren bei der Rangelei. Ich glaube nicht, dass Rena das gleiche Auge wieder dran genäht hat, das wäre ein Zufall.“
„Es ist nichts zu erkennen“, stellte Brigitte fest. „Aber warte, die Ösen sind verschieden. Er ist es, ich bin mir ganz sicher!“
Brigitte strahlte Rolf an, „Er ist es!“
„Was hast du gesagt?“ Sie hatte das Handy zu weit vom Ohr gehalten. Dadurch konnte sie nicht verstehen, was Siggi gesagt hatte.
„Er heißt Mops. Sie hat mir erzählt, dass die Elfen ihn eingeweiht hätten.“
„Wie hat sie das gemeint?“
„Das weiß ich auch nicht. Daraus hat sie immer ein Geheimnis gemacht. Ihr Teddy war so etwas wie ihr Seelentröster.“

„Warum hat sie ihn denn zu eurer Rettungsaktion mitgenommen?“
„Ich glaube, sie hatte doch etwas Angst, weil alles von ihr abhing. Er sollte unbedingt mit, ich war dagegen, aber was soll´s.“
„Danke Siggi, vielleicht hilft er uns weiter. Dir kann ich es ja sagen, er hat zu mir gesprochen. Er sagte, dass die Kinder morgen wiederkommen. Ehrlich, so wahr ich die Mutter von Pit bin.“
„Brigitte, das ist ein gutes Zeichen. Ich werde heute Abend für die beiden beten, und das mach’ ich normalerweise nur, wenn ich Zahnschmerzen habe.“
„Mach das, Junge. Man muss alles versuchen. Wir hören morgen voneinander. Tschüß!“

„Siehst du, Rolf, es ist Renas Teddy. Ich hatte es im Gefühl.“ Sie gab ihm das Handy wieder. „Ja, Schatz, es ist gut! Entschuldige bitte mein Verhalten. Ich weiß manchmal nicht mehr, was die Wirklichkeit ist und was eure Phantasiewelt.“
„Hab Vertrauen zu den Mächten, in die wir nicht dringen können! Wahrscheinlich ist unser kleiner Verstand nicht in der Lage, das Ganze richtig einzuschätzen. Überleg mal, wie alt das Universum ist, und wie alt du bist. Du glaubst immer nur das, was du siehst. Stell dir vor, du könntest ins Universum gucken, ich meine richtig. Guck mal da, den Stern dort. Wer weiß, was auf dem jetzt los ist? Vielleicht stehen da irgendwelche Geschöpfe und sprechen gerade über unseren Planeten, die Erde?“
„Nun hör aber auf, Brigitte, bitte. Du machst mich ganz verrückt mit deinem Gerede.“
Man konnte wirklich schon einen Stern sehen. Es war der hellste am Himmel, Abendstern wird er genannt.

„Komm, lass uns nach Hause fahren. Wir können hier doch nichts mehr tun.“ Rolfs Augen streiften mit skeptischem Blick den kleinen Mops, der von Brigitte immer noch behutsam festgehalten wurde.

Eine fantastische Reise mit Überraschungen

Als Pit auf den Monolithen sprang, um Rena zurückzuholen, ergriff ihn ein Sternennebel. Er wurde in ein helles Licht gezogen. Rena war nicht mehr zu sehen, sondern nur noch zu fühlen, denn ihre Hand hatte er greifen können. Seine Stimme gab keinen Ton von sich, so laut er den Namen seiner Freundin auch rief. Es schien eine Ewigkeit zu dauern. In Wirklichkeit waren es nur Sekunden. Das Licht verlor an Helligkeit. Die funkelnden Sterne waren wieder wie am Anfang zu sehen. Langsam verflogen auch sie und irdische Bilder waren zu erkennen.

„Gott sei Dank, du bist da!“
Pit nahm Rena in den Arm, und dabei drückte er sie so sehr, dass sie Luftmangel verspürte.
„Was war das?“ fragte sie Pit mit großen Augen. „Wo sind wir?“
Jetzt merkte Pit erst, dass sich die Landschaft, in der sie standen, völlig verändert hatte. Kobold machte sich mit einem „Wau, wau!“ (Was soviel heißen sollte wie: „Ich bin auch hier“) bemerkbar.
„Wie kommst du denn hierher, wo sind die anderen?“
Rena bückte sich und nahm Kobold auf den Arm und dabei bemerkte sie, dass Mops nicht mehr bei ihr war.
„Mops ist weg. Wo ist mein Teddy?“
Pit streichelte unterdessen seinen kleinen Freund:
„Du wirst ihn wohl bei dem Monolithen verloren haben.“

„Hoffentlich bekomme ich ihn wieder! Sonst weiß ich nicht, was ich mache.“

Pit schaute sich um. Wo waren sie nur, diese Landschaft war ihm völlig unbekannt? Sie setzten sich auf einen Stein. Davon gab es reichlich hier.
„Komisch,“ Rena bemerkte es zuerst, „hier liegt etwas Schnee. Aber warum friere ich nicht?“
„Ja, du hast Recht. Nach dem Landschaftsbild müsste es kalt sein, ist es aber nicht.“
„Ob es geklappt hat, mit den Elfen? Was meinst du, Pit?“
„Ruf doch mal nach Lum. Vielleicht kann sie dir was sagen, falls sie überhaupt hier ist.“
„Ja, das ist eine gute Idee. Lum, hörst du mich? Hallo Lum, bist du da?“
„Sieh mal da, der Felsen!“ Pit zeigte zu einem Felsen, der nicht weit von ihnen aus der Erde ragte. Eine leuchtende Kugel löste sich und raste auf die Kinder zu.

„Hallo, hier bin ich, eure Lum!“
„Wo sind wir, Lum? Seid ihr gerettet?“

Rena und Pit überschlugen sich mit Fragen, sogar Kobold wollte was wissen.
„Habt Dank, ihr beiden. Wir haben durch euch eine neue Heimat gefunden. Dort in den Felsen ist jetzt unser Zuhause. Leider haben wir Lin verloren. Oder ist sie gar nicht mitgereist, weil sie sich um den Professor mit seiner Säge kümmern sollte?“
„Oh, die arme Lin! Was wird jetzt aus ihr - allein im Eichenwald?“

Rena war es, die sich schon wieder Sorgen machte.
„Vielleicht könnt ihr mal nach Lin Ausschau halten, wenn ihr wieder Zuhause seid.“

„Was wird mit uns? Das ist viel wichtiger." fragte Pit. „Wie kommen wir wieder nach Hause? Wo sind wir überhaupt?"
„Die Menschen nennen es Island, wo wir sind. Es ist schon über eine Millionen Jahre ein Land der Elfen. Hier werden wir lange bleiben können, denn die Menschen auf dieser Insel glauben noch an uns."
„Sagtest du Island?" Pit hielt sich den Kopf, als wenn er gleich abfallen wollte.
„Ja, das sagte ich, Island!"
Ihm fielen das Märchen mit dem Bild der 12 Felsen aus dem Buch seiner Mutter und die Fernsehsendung über Island mit der Elfenabgeordneten ein.
„Island!" sagte er zu Rena. „Ich werd verrückt, wir sind in Island!" Alles stimmte. Er konnte sich kaum wieder beruhigen.

„Die Gesandten waren auch hier. Wir haben unter den Felsen ein riesiges Elfenreich vorgefunden, 100 mal größer als das bei den Eichen. Das gleiche System wie in unserem alten Reich. Nur hier sind es die Felsen, die den Sauerstoff speichern und uns am Leben erhalten, und nicht die Eichen."
„Können wir mitkommen?" fragte Rena mit traurigem Blick.
„Nein, liebe Rena, das geht nicht. Du kannst dir vorstellen, was in dem Reich im Moment los ist. 1000 Jahre haben sie keinen Besuch mehr bekommen, wie wir auch, und jetzt kommt eine reine Invasion auf sie zu. Die Königin lässt sich entschuldigen. Sie kann wirklich im Moment nicht weg. Das müsst ihr verstehen. Ich soll euch noch mal ihren Dank aussprechen. Irgendwann wird sie sich bei euch melden. Aber denkt dran, es kann etwas länger dauern! Wir Elfen kennen keine Zeit, wie ihr wisst. Ich soll euch nach Hause bringen, was haltet ihr davon?"
„Au ja! Ich glaube, unsere Eltern machen sich große Sorgen, wenn wir nicht bald erscheinen." „Da gibt es nur ein kleines Problem."
„Und das wäre?"

„Ich kann nicht mit euch nach Hause schweben, es ist zu weit. Ihr müsst mit den Mitteln der Menschen reisen."

„Das müssen wir doch sowieso. Du kannst doch mit uns nicht schweben oder fliegen. Wir sind hier nicht im Elfenreich!"

Pit machte Lum darauf aufmerksam.

„Du irrst dich, mein Lieber. Durch die Reise mit uns Elfen seid ihr zu Elfenkindern geworden! Jeder, der einmal diesem Licht ausgesetzt war und mitgereist ist, gehört zu uns."

„Warum fliegen wir denn nicht gleich nach Hause?" fragte Rena.

„Meine Energie hat gelitten bei der Rettungsaktion. Ich brauche mindestens ein Menschenjahr, um wieder bei vollen Kräften zu sein."

„Sind wir denn jetzt keine richtigen Menschen mehr?" wollte Rena wissen.

„Natürlich seid und bleibt ihr Menschenkinder. Nur in Verbindung mit uns Elfen und nur dann, wenn ihr selber wollt, habt ihr diese Macht."

„Kann denn jemand unsere Eltern benachrichtigen, dass uns nichts passiert ist?" Rena machte sich große Sorgen.

„Das haben wir schon, liebe Rena. Dein Mops hat die Nachricht überbracht."

„Mops? Ist ihm auch nichts passiert?"

„Nein, sei beruhigt, es geht ihm gut. Er ist bei Pits Mutter."

„Die glauben doch keinem Teddybären. Das kannst du vergessen!"

Pit war von so viel Gutgläubigkeit seitens der Elfen enttäuscht.

„Wie sollen wir es denn machen? Hast du eine Idee?" fragte Lum.

„Wir müssen zu einer Dienststelle, am besten einer Botschaft, und uns melden. Die können dann eine Nachricht an unsere Eltern schicken."

„Das ist ein guter Vorschlag. Komm, wir können gleich reisen.

Bis zur Stadt wird meine Kraft noch reichen." Lum schwebte um die Kinder herum.

„Kommt, fasst mich an. Es geht los.“
Rena und Pit fassten sie an die Hand und ab ging die Reise mit Kobold im Arm.

Der Botschafter der Bundesrepublik Deutschland staunte nicht schlecht, als er sein Tor nach dem Sturmklingeln öffnete. Da standen zwei Kinder in nicht gerade jahreszeitlich angepasster Kleidung und ein Rauhaardackel vor ihm.
„Wo kommt ihr denn her?“ fragte er erstaunt.
„Wir kommen aus Hude und wollen nach Hause. Bitte helfen sie uns!“
„Nun kommt erst mal rein, ihr müsst ja frieren.“
„Danke, wir frieren nicht, wir sind nämlich Elfenkinder.“
Pit gab Rena einen Stoß, dass sie erschrak. „Was ist, stimmt doch?!“
„So, setzt euch bitte! Erzählt noch mal, wo kommt ihr her?“
„Man hat uns entführt und hier einfach abgesetzt.“
Pit schien diese Erklärung am glaubwürdigsten. Er wollte erst mal erreichen, dass die Familienmitglieder benachrichtigt wurden.
„So, entführt, und ihr kommt aus Hude; Wo liegt das denn?“
„In Norddeutschland, bei Oldenburg!“
„Sekunde, das haben wir gleich. Ich kenne kein Hude. Kommt mal mit, ich bin im Moment alleine, die Angestellten haben schon Feierabend.“

Er betrat mit den Kindern das Arbeitszimmer. Es dauerte einen Augenblick, der Computer musste erst mal warm werden.
„Diese Dinger haben Gott sei Dank nie Feierabend, eine gute Erfindung!“ meinte der Botschafter. Er machte sich an der Tastatur zu schaffen. Nach dem Geräusch zu urteilen, war er nicht sehr vertraut mit ihr.
„Da haben wir es ja, Hude bei Oldenburg, rund 15000 Einwohner. Da kommt ihr also her? Ich weiß nicht warum, aber irgendwie glaube ich euch.“ Pit war hinter den Schreibtisch gegangen, um besser auf den Monitor gucken zu können.

Über eine Auslandskartei versuchte der Botschafter, die Gemeinde Hude anzuklicken und das gelang auf Anhieb.

„Hier haben wir ja alles, was wir brauchen“, sagte er stolz. Auf dem Monitor öffnete sich die Homepage von Hude.
„Da steht die Telefon- und Faxnummer! Das wollte ich wissen.“
Er schrieb sie sich auf einen Zettel.
„Kinder, habt ihr ein Kloster bei euch, oder was ist das?“
„Wir hatten eins, vor langer Zeit. Heute steht nur noch eine Restruine.“ Pit war es, der den Botschafter aufklärte.

Gespannt schauten sie auf das Telefon, jede gedrückte Nummer wurde laut mitgesprochen, und es waren sehr viele. Das Freizeichen ertönte. Sie konnten alles genau mithören. Es meldete sich der automatische Anrufbeantworter der Gemeinde Hude. Die Bürozeit war vorbei.
„Und jetzt?“ fragte der Botschafter.
„Die Polizei, sie muss doch erreichbar sein.“ Die gleiche Prozedur noch einmal, jetzt mit Erfolg.
„Polizei Hude, was kann ich für sie tun?“ Walters Stimme war zu hören, er hatte ab 18 Uhr Innendienst.
„Guten Abend, hier spricht Herr Fröhlich. Ich bin der deutsche Botschafter aus Reykjavik in Island. Können Sie mir bitte eine Auskunft geben?“
Walter nahm Haltung an. Solch einen ranghohen Politiker hatte er noch nie in der Leitung. „Aber sicher. Kommt darauf an, was Sie wissen wollen.“
„Werden bei ihnen zwei Kinder vermisst? Sie heißen... Ja, wie heißt ihr überhaupt?“ fragte der Botschafter.
Die Antwort kam aus dem Hörer. „Rena und Pit vielleicht?“
„Ja, die Kinder bestätigen ihre Frage. Und ein Dackel ist auch dabei.“
Walter trällerte durch das Telefon.

„Tolle Nachricht, Herr Botschafter, wir waren schon in großer Sorge. Wo sagten Sie, sind die beiden jetzt?“
„In Island, bei mir in der Botschaft, und sie sind wohlauf.“
„Endschuldigen Sie, ich habe Island verstanden. Da hab’ ich mich wohl verhört.“
„Nein, mein Bester, das haben Sie nicht. Ich werde versuchen, sie morgen in ein Flugzeug zu setzen. Haben Sie verstanden?“
„Wenn ich ehrlich bin, Herr Botschafter, verstehe ich gar nichts mehr bei dieser Geschichte. Die Kinder sind doch erst seit 5 Stunden verschwunden, und jetzt sollen sie bei Ihnen in Island sein?
Das verstehe wer will, ich wenigstens nicht.“
„Hören Sie bitte! Benachrichtigen Sie die Eltern der Kinder, und sagen Sie ihnen, dass alle wohlauf sind.“
„Ja, mach’ ich sofort. Noch mal besten Dank für die gute Nachricht, Herr Botschafter!“
„Bitte, bitte. Ihr habt alles mitbekommen. Eure Geschichte scheint zu stimmen. Kommt jetzt mit in meine Wohnung. Die befindet sich im ersten Stock. Meine Frau wird euch erst mal was Vernünftiges zu Essen machen. Schlafen könnt ihr auch bei uns. Ich kümmere mich um die Flugtickets für morgen.“

Frühmorgens um 10 Uhr fuhr das Auto mit dem deutschen Stander auf das Fluggelände. Der Botschafter sprach mit ein paar wichtigen Leuten (so sah es wenigstens aus), bis die Fahrt direkt zur Landebahn weiterging.
„Aussteigen! Hier steht der Flieger, und er bringt euch nach Bremen. Dort werden eure Freunde euch empfangen, wer das auch immer sein mag. Einen kleinen Haken hat die Sache allerdings: Ihr müsst wegen dem Hund im Gepäckabteil fliegen! Oder wollt ihr euren Freund alleine lassen?“
„Nein, schon gut, Herr Botschafter. Wir wollen natürlich bei Kobold bleiben, ist doch klar!“ „Seht ihr, das habe ich mir auch gedacht.

Darum musste ich eben mit den Leuten reden. Sie wollten zuerst nicht, haben schließlich aber nachgegeben. Nun macht es gut, und schreibt mir mal, wenn ihr wieder zur Ruhe gekommen seid. Ich möchte gerne wissen, was wirklich mit euch passiert ist. Die Story mit der Entführung kann ich nicht so richtig nachvollziehen."
„Machen wir, Herr Fröhlich, versprochen. Und Tausend Mal Danke für Alles. Bitte bestellen Sie Ihrer Frau einen schönen Gruß!"
Rena sprang ihm um den Hals.
„Ich bin das glücklichste Kind der Welt, ich bin ein Elfenkind!" flüsterte sie ihm ins Ohr. „Wir kommen wieder, das weiß ich!" Dann ließ sie ihn los und lief zur Gangway.
Pit stand schon in der Tür vom Flugzeug und war ganz schön aufgeregt. Es war das erste Mal, dass er flog.

Der Flieger stieg in die Lüfte, und die beiden fühlten sich wohl im Frachtabteil zwischen Fahrrädern, Koffern, Kisten und Tieren.
Hier konnte keiner unangenehme Fragen stellen.
Pit schaute zusammen mit Rena aus dem kleinen Fenster, unter ihnen die wunderschöne Landschaft von Island.
„Guck mal da! Fällt dir was auf?" fragte Pit und zeigte dabei auf die Erde unter ihnen.
„Ja. Die Felsen! Es sind 12. Man kann sie genau erkennen!
An jeder Spitze von ihnen ist ein Licht zu sehen und das am helllichten Tag!
Ich glaube, das ist ein Zeichen für uns, Pit.
Wir sind doch jetzt Elfenkinder!

Und es geht spannend weiter !

Das Geheimnis der 1000-jährigen Eichen:
Die Menschen zerstören den Planeten, auf dem sie leben. Auch die Elfenwelt droht, vernichtet zu werden. Die Kinder Rena, Pit und ihre Freunde werden von den Elfen um Hilfe gebeten und tauchen ein in das Reich der Naturwesen und Tiere. Alles ist möglich: Sie sind Reisende zwischen den Wirklichkeiten. Sie lernen, unsere Natur als Wesen zu begreifen, das atmet und lebt. Sie entschlüsseln das uralte Geheimnis der 1000-jährigen Eichen, die nicht nur Bäume, sondern auch schlafende Energiestationen sind. Viele Abenteuer und Grenzerfahrungen müssen gemeistert werden. Schließlich schaffen sie es, die Elfenwelt in allerletzter Sekunde zu retten. Sie werden zu „Elfenkindern", d.h. sie bekommen die Fähigkeit, mit Tieren zu sprechen. Und gerade das bringt neue und außerirdische Abenteuer mit sich.

Das Geheimnis der Elfenträne:
Die Grenzen der menschlichen Fantasie werden erneut ein Stück nach außen verschoben. Der Stern der Elfen Naomi droht im Chaos des Bösen zu versinken. Der Überlebenskampf gegen die allgegenwärtige Schwarze Macht, die alles Leben verschlingt, ist der Kampf Weiß gegen Schwarz. Zeit und Raum schmelzen auf einem Punkt zusammen, als die Freunde die Erde verlassen und ihre Sternenreise beginnen. Materie wird durchlässig. Es geschehen unglaubliche mystische Dinge, wie die Geburt einer Elfe. Sie begegnen dem Rat der Herrscher, dem Weisen Schahn und auch die alten Eichen spielen wieder eine entscheidende Rolle. Ein lebensgefährlicher Wettlauf gegen die Zeit beginnt und nicht alle schaffen es, auf die Erde zurück zu kehren...

Das Geheimnis des Lichthüters:
40 Jahre später
Die einzelnen Lebensgeschichten der nun erwachsenen Kinder fügen sich so nach und nach zu einem neuen Ganzen. Wiederholt sich, was im Buch des Lebens längst verzeichnet ist? Die Macht der Schwarzen Magie ist immer noch nicht gebrochen. Meira und John treten in die Fußstapfen ihrer Eltern Rena und Pit. Ein Geschenk, das magische Kräfte besitzt, macht John zum Wächter des Lichts. Meira und John müssen dem Licht das Vermächtnis entlocken, das die Erde retten kann. Dazu müssen sie aber erst zur Quelle allen Seins reisen. Liebe Bekannte vom Stern Naomi melden sich wieder, um sich für die Rettung ihres Sterns vor 40 Jahren zu bedanken und die Kinder zu unterstützen und zu beschützen. Brachliegende Fähigkeiten werden mit neuer Energie wieder lebendig und das fantastische Geschehen nimmt seinen Lauf. Meira und John müssen das Licht, wo immer es sein mag, zu den Menschen bringen, damit die Erde eine neue ökologische Chance bekommt. Einer will das auf jeden Fall verhindern, denn er möchte die Welt in seinem Sinn beherrschen...

Fantastische Geschichten von

Peter Schlöndorff

Das Geheimnis der 1000-jährigen Eichen ISBN 3-9807337-6-9
Das Geheimnis der Elfenträne ISBN 3-9807337-7-7
Das Geheimnis des Lichthüters ISBN 3-9807337-8-5

Jedes Buch ist eine in sich geschlossene Geschichte

Geschichten über Elfen und andere Fantasien!
Die Trilogie ist eine fantastische Mahnung, die Schöpfung zu achten und zu bewahren!

„Der Mensch ist ohne Bäume nichts,
die Bäume sind ohne den Menschen alles!“
aus: Das Geheimnis der Elfenträne, Bd. 2

Es sind die Wesen aus einer anderen Welt, die uns die Augen öffnen. Was wahr ist, wer weiß das schon? Die Trilogie kann keine schlüssige Antwort geben, macht aber neugierig auf die eigene Kreativität und den Glauben an das Fantastische.

Empfohlen ab 8 Jahren,
inzwischen gehören aber auch viele Erwachsene zu den Elfen-Fans.

www.thiemo-graf-verlag.de **info@thiemo-graf-verlag.de**